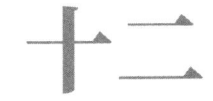

谢六逸全集 十二

谢六逸 著
刘泽海 主编

贵州出版集团
贵州人民出版社

国外新闻事业通信练习

《国外新闻事业》

谢六逸编,申报新闻函授学校讲义,申报新闻函授学校印行,1933年2月。

《谢六逸全集》以申报新闻函授学校1933年2月版为底本。

《通信练习》

谢六逸编,申报新闻函授学校讲义,申报新闻函授学校印行,1940年。

《谢六逸全集》以申报新闻函授学校1940年版为底本。

目 录

国外新闻事业

- 003　第一章　世界主要新闻概观
- 019　第二章　法国的新闻
- 023　第三章　日本的新闻
- 046　第四章　美国的新闻
- 065　第五章　德国的新闻
- 072　第六章　苏俄的新闻
- 080　第七章　英国的新闻

通信练习

- 091　第一章　通信事业概况
- 109　第二章　通信文字
- 112　第三章　通信的准备

139	第四章	地方通信
172	第五章	地方通信员之采访工作
224	第六章	国外通信
264	第七章	军事通信
291	第八章	结　论

| 293 | 人名索引 |

国外新闻事业

第一章　世界主要新闻概观

一

20世纪是新闻兴盛的时代，新闻是时代的产物，所以新闻事业便跟着时代潮流前进。从前的新闻，或者将特殊消息供给少数的读者，或者作为发表政论的机关，这种时代已是属于过去的了。现在是资本主义的时代，新闻受了经济势力的影响，它脱离政治的羁绊，变成一种产业，这是当然的发展。在19世纪初叶，英国最大的新闻《晨报》(Morning Post)，它的发行数不过一千三百份，后来虽然网罗许多文学家，如威士威斯(Wordsworth)、汤姆斯·穆尔(Thomas Moore)等人，可是销数也只有四千五百份。现代因为机械文明发达，新闻制作和发行方法的障碍便扫除了。现在有专为印刷新闻制成的纸张，有高速率的卷筒机，有电报电话，有飞行机，又有"无线电照相"和用无线电传播新闻的方法；新闻制作方法的发达将无止境。同时，广告也极其发达。这些原因，都足以使得新闻成为一种产业。在现代的文明国家,"新闻"确为一种很大的企业。

新闻事业既然成为一种企业,所以它和其他的企业共通活动。最近合理化的趋势,成了一般企业界的显著的倾向,新闻企业自也不能独异。大资本的集结与小新闻的合并,在英美和其他各国都有共通的现象。在1828年,印刷机普遍使用时,英国的新闻数是四百八十三种。在1909年,增加到二千三百二十二种。可是到后来渐次减少,在1928年减为一千一百五十种,此后每年减少。美国的情形也和英国相同,在过去五年间,有九十五种新闻因为与他报合并的原故停刊,在"油田"地方虽然新增二十五种新闻,可是抵销之下,依然减少了七十种。在几年以前,人口六十万的皮兹巴克市,有晨报四种,现则合并成为一种晨报和两种晚报。又如1910年以后,在伦敦就有晨报六种、晚报四种或者合并或者停刊。这些例足以证明新闻事业变成企业之后大资本的新闻必定鲸吞小资本的新闻。现代的新闻在购买机械、采访新闻、雇用人员各方面都需要大资本,因为要增加张数,多登载广告,非使资本集结不成功。不过新闻"托辣斯化"的结果,自然也有弊害。但在资本主义社会的经济状态之下,此种"托辣斯化"的倾向是无可避免的。

新闻企业化、生产组织合理化的结果,新闻当然成为单一化。势必在某种标准之下,规定一种规律格式,因此模型相同的新闻增多。由同一"托辣斯"发行的新闻不必说,即使公司不同,然而因为消息和供给新闻的通信社供给稿件的团体是相同的,因此报纸的式样与内容不免大同小异,于是有个性、有特征的新闻便渐次减少了。

新闻产业化还有一种结果,就是新闻的大众化。因为要增加销路,所以非迎合大众的心理制造新闻不行。势必制造以兴趣为本位的新闻,(例如上海的《时报》)使报纸成为庸俗的东西,因此超群的、有特色的新闻也减少了。英美两国的报纸是彻底企业化的,所以能用著名记者的社论为中心的新闻在今日也不常得见。

总之,现代欧美的新闻,都倾向于企业化。这是现代新闻事业的共通现象。

二

新闻既是产业,因此又具一种现代产业界共通的现象,就是美国化(Americanization)。世界各处都有美国的资本活动,在各面逐渐压倒英国资本,美国占了优超的地位。在新闻界,美国也凌驾英国,她有坚固的地位。美国的新闻经营,以设备优秀、资本丰富见称,新闻纸面以迎合大众为目的,美国式的色彩极浓。新闻制作最关重要的是"新闻采访"(News Gathering),美国报纸的"新闻采访"也胜过英国。伦敦《泰晤士报》(London Times)的时代已属陈旧,代之而起的要算纽约《泰晤士报》(New York Times)了。就通信社讲,路透社(Reuter)的时代已经过去,代之而起的要算联合通信社(The Association Press,略称 A. P.)了。

伦敦《泰晤士报》向称世界新闻界的霸王。英国国家的地位,从19世纪到20世纪初,君临世界,所以伦敦《泰晤士报》当然也在世界新闻界称霸。但如它的内容实质没有价值,是不能够保持此种地位的。从前的伦敦《泰晤士报》，它的评论和投稿在英国政界有指导的权威；通信网极完备，遍设世界各地，通信的态度公正，故能称雄于世界新闻界。如果翻阅该报，世界情势，不难一目了然。但在今日，便不是如此了。重要的原因，是因为北岩爵士从渥尔特的手中买收该报之时，北岩爵士想要满足政治的野心，便利用该报作为工具，不免伤害了言论的权威者的地位。等到北岩爵士殁后，该报复归于渥尔特氏与约翰·阿失脱氏，他们要保持该报的权威与传统，成了新闻产业化的牺牲。他们为要维持向来的地位，由当时的法官、学士院长、英格兰银行总理、牛津的 Allsouls 大学学长等人组织董事会，对于该报的股东变更等有承认或拒绝的绝对权，这样一来该报才恢复其地位。然而终未能如昔日一样，这有种种的原因，一因英美两国的国际地位互易，英不如美；一因有完备通信网和卓越通信的新闻出现，所以该报就有今不如昔之感了。这时乘机崛起的，就是美国的纽约《泰晤士报》。该报的创刊为 1851 年，当时的伦敦《泰晤士报》已成为世界驰名的新闻，该报不过是一家无名的地方报。其所以能发展到今日的地位，就是因为该社的主人亚妥尔夫·奥克斯和他手下的能手措施得宜的原故。自 1896 年经奥克斯整顿之后，该报的纸面焕然一新。又因美国在国际间的地位增高，该报也食其惠，逐年扩张。不过成功的主因，还得数到奥克斯的办理方针。他以 News 为表示新闻价值的重要资产，为要得到 News，不惜放弃利益。该报除开利用联合通信社（A. P.）之外，在世界各地的通信网颇为完备，各重要都市无不有该报的特派员。如林伯大佐飞渡大西洋或巴德赴南极探险，该报均费极大的酬金以获得他们的通信。又如在《凡尔赛和约》成立之时,该报也花费巨额的电费,将条约全文拍电到美国,在报纸上发表。诸如此类,都是奥克斯氏不惜费用以获得 News 的明证,因此该报的通信网较之伦敦《泰晤士报》以及世界任何新闻均为完备。现在该报在欧洲、亚洲、非洲的通信网,已经凌驾伦敦《泰晤士[报]》了。本来这两家报纸立有交换新闻的契约,可是把两种报纸对照一看,伦敦《泰晤士报》所载的纽约《泰晤士[报]》所供给的消息独多,而纽约《泰晤士报》所载的伦敦《泰晤士[报]》所供给的消息甚少。原因在于通信网的完备与否和报馆资本的大小。例如巴德氏的南极探险与林伯大佐的飞渡大西洋,为了取得通信的版权,曾支出巨大的金额。又如德国的徐伯林飞船周游世界时,该报为了获得通信版权不惜与哈斯特系的报纸竞争,除了哈斯特系所获得的日本、德国两地的通信版权之外,它以十八万金元获得其他各地的独占的版权。有许多 News 的版权是除了美国的资本之外没有人能够购买的。美国新闻的资本是占优势,自然能够压倒英国新闻。该报每日接收的电报语数平均约有十万语,电报费一年为五十万金元,终非伦敦《泰晤士[报]》所能企及的。

伦敦《泰晤士报》的资本为一千万元,纽约《泰晤士报》的资本为三千二百万元。纽约《泰晤士[报]》每年的收入为六千万元,职员为三千五百人,薪给每周需三十二万元,每日的平均页数为四十六页,星期版为二百二十五页,报纸的消费量一年需十万吨,每年馆内的支出以及其他社会政策的设施费为七十万元。报纸上的通信以及报馆、报馆内部的设备,伦敦《泰晤士报》终非纽约《泰晤士报》之敌。不过伦敦《泰晤士报》在英国的地位依然是特殊的,言论的权威依然是唯一无二的,在这一方面,即使是纽约《泰晤士[报]》也不能夺取它的地位。伦敦《泰晤士[报]》的发行数不过十八万,广告费的收入一年有一千五百万元,但非纽约《泰晤士报》之比。但是它也能够获得相当的利益,能够保持它的特殊的地位与权威。

据最近的调查,美国报纸的统计,共有一千九百四十四种,其中晨报三百八十一种,晚报一千五百六十三种。与1924年比较,减少七十种。因为地域辽阔,报纸分布的范围,不免限于局部。美国新闻的第一特征,就是页数甚多,因为广告发达,所以增加页数,页数既增,记事也随之丰富。试以大报二十三种统计其平均页数,则每日平均的页数为二十八面。广告与记事的百分比,广告为百分之五十七点九五,记事为百分之四十二点零五。广告费为新闻产业的主要收入,美国报纸前年度的广告收入约九亿圆,卖报收入约三亿二千五百万圆。大资本组织的托辣斯化的倾向较之英德两国为少。在总数一千九百四十四种报纸之内,有三百二十三种属于"连系报"(Chain),由五十七家公司发行之。以发行份数而论,总数的四成为连系报的发行份数。拥有最多的连系报的托辣斯为施克利卜·何怀德系(Scripps Howard),共有二十五种报纸。哈斯特系(Hearst)次之,有二十四种报纸。但就发行份数说,当推哈斯特系为最大的新闻托辣斯。除星期报之外,该系所辖报纸的发行份数为九百万份,加上该系发行的十二种杂志的读者四百万,足征该系新闻杂志势力范围之广大。

该系在世界各地所雇用的人员有八千人,哈斯特本人每年的收入为一千五百万元。除此之外,哈氏所经营的与报纸有关系的事业,以及和该社结有特别契约的各报馆不下二千家,发行份数达二千八百万,再加上通信社、特约稿件贩买社、电影社、造纸公司等,则哈斯特王国的新闻产业规模之宏大,可想而知了。哈斯特氏服务报界的发轫点,始于《旧金山讯问报》(San Francisco Examiner)的经营,他与当时布立兹氏(Joseph Pulitzer)所经营的纽约《世界日报》(New York World)竞争,以"动人观听"(Sensational)为他的编辑方针,标新立异,完成所谓"黄色新闻"(Yellow Journalism)。他在以大众为本位的报纸之中,开创一种新的形式。不惜以重金购求重要消息和特殊记载,这一点在新闻史上是值得大笔特书的。纽约《泰晤士[报]》的记事和评论以公正稳健为本位,认定上流读者为目标,力保"大报"的地位,哈斯特系的报纸则完全与之相反。所以这两种报在美国成为对立的两种典型。

在哈斯特系报纸与纽约《泰晤士[报]》之间,美国的新闻界尚有各种形相。如纽约《世界日报》,《报知论坛》(Herald Tribune)即《纽约论坛报》,纽约《泰晤士[报]》共称为三大晨报,即在全国也推为有数的大报。《世界日报》为已故布立兹氏所手创,后由其子渥尔特经营。现在《世界日报》在美国新闻界中,仍保存着"动人观听"的色彩。该报的主笔为李卜曼氏(Walter Lippman)揭橥进步的民主主义,为美国惟一的自由主义的斗士。其发行份数次于有四十三万的纽约《泰晤士[报]》而多于有三十一万的《报知论坛》,实为三十四万。

《报知论坛》在美国新闻史上也颇有光彩,创设者为彭勒特氏(Govdon Pennett),乃共和党进步系的大报。现任主笔为奥克登·李特(Ogden Leed),在他的指导之下,[《报知论坛》]成为一种高级的报纸,现仍在发展的途中。在支加哥地方,有《支加哥论坛》(*Chicago Tribune*)和《每日新闻》(*Daily News*)两种大报。《支加哥论坛》的发行份数为八十六万,《每日新闻》的发行份数为四十三万,二者的世界通信网均极完备,其馆址之富丽堂皇,更属驰名。除上述各报之外,美国有名的大报还有费城(Philadelphia)的《公报》(*Public Ledger*),该报通信网之完备与稿件之丰富,不劣于前述各报。《费城公报》的经营者为与哈斯特并称为美国出版界双杰的柯迪斯氏。该报的发行份数不过十四万,但他所经营的《星期六周刊》(*Saturday Evening Post*)的销路则有三百多万,《妇女杂志》(*Ladies Home Journal*)有百多万,其销路在美国当推第一。

除此而外,美国的大报还有《波尔梯摩日报》(*Bortimore Sun*),*Christian Science Monitor*、*Kansas City Star*、*Springfield Republic*、*St Louis Post Dispatch*、*Washington Post*、*Philadelphia Inquirer*、*Los Angles Times*、*Milwaukee Journal*(以上为晨报),*New York Sun*、*New York Evening Post*、*Washington Star*(以上为晚报)。这些报纸的发行份数约为七万至三十万,为各地方的大报,又是各地方的言论机关和广告机关,占有优越的地位。此外可以举出来的特殊新闻,在纽约有 *All Street Journal*,该报以经济界的消息为主。在纽约又有支加哥论坛报发行的《每日新闻》,以照相为主。该报模仿英国的 *Daily Mirror* 式的新

闻，以照相新闻为主，记事极简洁扼要，特殊读物、小说、谈话、漫画、流行记事等的配置颇为适当，为一种轻便的通俗新闻，为大众尤其是妇女所爱读。平日的发行份数为一百三十五万，星期日的发行份数为一百六十万，销数在美国为第一位。

美国的报纸，因为页数过多，故需要多量的记事，故每一记事，不免有冗长之嫌。编辑方针，多以记事为本位。特殊读物也多，评论与投稿大多占据一页的篇幅。此外还有一个特征，就是星期版庞大。如纽约《泰晤士[报]》的星期版有二百余面，简直是一本杂志，其他各报的星期版，也有极多的篇幅。

英国报纸的发行范围遍及全国，并非局部的或地方的，所以英国报纸的发行数比美国的多。现将英国的主要新闻与他的发行份数，列举如下。

高级新闻	（发行份数）
泰晤士(Times)(保守党)	185000
Daily Telegraph(同上)	110000
Morning Post(同上)	120000

通俗新闻	（发行份数）
Daily Mail(独立党)	1872418
Daily Express(同上)	1703000
Daily News Chronicle(自由党)	1400000
Daily Herald(劳动党)	1090000

照相新闻	（发行份数）
Daily Mirror（独立党）	1070000
Daily Sketch Graphic（保守党）	1050000
（以上为晨报）	

晚报	（发行份数）
Evening News（独立党）	870000
Star（自由党）	743000
Standard（独立党）	500000

星期报	（发行份数）
Observer（保守党）	约100000
Sunday Times（同上）	约100000
Weekly Dispatch（独立党）	1267950
Sunday Express（同上）	950000
People	2185000
News of the World	3000000
Sunday Pictorial（照相新闻）	2000000

经济新闻	（发行份数）
Financial Times	不详

上列各报的发行处均为伦敦，地方报之著名者有 *Manchester Guardian*、*Glascow Herald*、*Scottsman*、*Irish Times* 等。前面列举的 *People*、*News of the World* 两种，与其称为新闻，不如称为"周刊杂志"较为妥当。其发行份数之多，足与美国的《星期六周刊》并称，不过这两种

的体裁是报纸而已。

在英国最近新闻合并的倾向极盛,大资本的"新闻托辣斯"较他国为独多,除一二特殊的新闻之外,几乎没有独立的新闻。现在代表的新闻集团有下列诸系。

罗莎米亚系,以 *Daily Mail*、*Daily Mirror* 等报为中心。

贝雷兄弟系,以 *Daily Telegraph*、*Financial Times*、*Daily Sketch* 等报为中心。

比维布尔克系,以 *Daily Express* 为中心。

自由党系,以 *Daily News* 为中心。

现在英国的两大新闻势力就是"罗莎米亚系"和"贝雷兄弟系"。

"罗莎米亚系"的主人为罗莎米亚爵士,他是已故北岩爵士的兄弟。他在1922年创立"*Daily Mail* 托辣斯",下列八种报纸,均在其管辖之下。

1. *Daily Mail*
2. *Daily Mirror*
3. *Evening News*
4. *Sunday Pictorial*
5. *Weekly Dispatch*
6. *Derby Telegraph*
7. *Lincolnshire Echo*
8. *Gloucester Citzen*

"贝雷兄弟系"的主要人物为卡姆洛斯氏与哥玛·贝雷爵士,他们与"罗莎米亚系"对抗,在伦敦及各地方买收多数报纸。贝雷兄弟自 1916 年经营 *Sunday Times* 之后,即买收 *Financial Times*、*Daily Graph* 等报。1924 年自罗莎米亚爵士的手中买进 *Daily Dispatch*、*Sporting Chronicle* 等报,创立"联合新闻公司"。其后又设 Allied Northern Newspaper Company 在英国北部及苏格兰买收多数新闻,又在伦敦从巴拉姆爵士的手中买进 *Daily Telegraph*(这是与伦敦《泰晤士[报]》并称的大报);后又买收 *Daily sketch* 等照相新闻,势力逐渐扩大,遂与"罗莎米亚系"分庭抗礼。在近年,这两大托辣斯的势力正计划买收各地方的晚报,以达鲸吞蚕食的目的。

1928 年末,罗莎米亚爵士以五千五百万圆的资本设立"北岩新闻公司",除在曼彻斯特、格拉斯哥、纽卡斯耳、卜利斯妥尔、伯明罕五大都市新办晚报之外,又在主要都市买收晚报,他发表一种计划,欲以伦敦的《大晚报》(*Evening News*)为中心,作成晚报的连锁。于是贝雷兄弟方面也急于买收《地方晚报》,特意在北岩新闻公司发行或买收晚报的都市,抢先买收和北岩方面竞争的报纸,双方的竞争状态极为明显,本来英国各地方的晚报,在 1928 年有六十四家,发行份数总计为三百十二万八千份。统计晚报发行地方的户口约有四百万户,所以报纸的分配率,已占户口数的七成七分,实已无新办晚报的余地。因此这两大新闻托辣斯势必着手买收现成的晚报。一派在其地买收晚报,他派必在同一地方或相近的地方买收"竞争报"以便和他对抗。双方的竞争极其猛烈,没有止境。1930 年 6 月,双方已成立一部分的妥协协约。在某某地方,双方的势力范围均加以限定。可是在罗莎米亚系新办的晚报《世界晚报》(Evening World)发行的地方，两派的竞争依然剧烈。现在罗莎米亚系的资本为一亿二千万圆，贝雷兄弟系为二亿五千万圆。罗莎米亚系经营的报纸为十四家，贝雷兄弟系为二十一家。贝雷兄弟系经营的周刊杂志约为八十种，其他定期物也有八十[种]，在英国当推为第一。罗莎米亚拥有《每日邮报》等大报甚多，两者的对立，不仅在英国新闻界，即在世界新闻界也是一种伟观。

诸如此类的激烈竞争，不仅行于此两大新闻托辣斯之间。在伦敦地方，罗莎米亚系的《每日邮报》(Daily Mail)与比维布尔克系的《每日快报》(Daily Express)两大通俗新闻之间也表演竞争的活剧。这里令人感到兴味的，就是罗莎米亚系的公司，竟持有他的敌手《每日快报》的股票四成九分，两家报纸的竞争，正和日本的大阪《每日新闻》与大阪《朝日新闻》相似。（此两种报纸并非隶于同一资本势力）《每日邮报》原为罗莎米亚的哥哥北岩爵士创办的，为英国新闻"美国化"的先驱。发行份部在日报中推为世界第一，独步一时。近年罗莎米亚爵士目睹《每日快报》的兴隆，而自己的报纸有不振之势，遂罢免《每日邮报》的编辑部长马洛氏。《每日快报》由仆尔曼非尔特氏任主笔，网罗有干练的英才，对于《每日邮报》常出以积极的压迫的态度。发行份数的增加率在最近当数第一。《每日邮报》在伦敦和曼彻斯特两地发行，《每日快报》除此两地之外，更加上格拉斯哥，共在三地发行，所以发行份数，竟与《每日邮报》对抗。现在两家报纸发行的差数虽有三十余万，但《每日邮报》在 1929 年只增加十一万份，而《每日快报》则增加至三十二万份,数年之后,《每日快报》或将超过《每日邮报》了。

三

欧洲大陆的新闻,其发达不如欧美,大多数的新闻为政党的机关报,内容多以政治论文、政治记事与政事投稿为主,一般的新闻记事只居于从属的地位。法国新闻的大部分都是政党机关报,规模宏大设备完全的报也不少。法国报纸的发行份数,在百万以上,足与英国的《每日邮报》《每日快报》匹敌的,共有三种。一为《小巴黎人报》,行销一百七十万份;一为《巴黎日报》,行销一百二十万份;一为《晨报》,行销百万份以上。此外如政府的机关报《时报》,销行也在百万左右。如《巴黎回声报》《人道报》《费格洛报》《向上报》等均极著名。(详第二章)德国的三千二百零四种报纸之中,几乎全部是政党的机关报,代表二十六种政党,故报纸的内容不难推想而知。新闻的合并与集结,在德国实行甚早。沙尔、摩西、维尔斯太因兄弟三派自1905年起即各采用"合并政策",因欧战与通用货币激增之故,他们利用时机,合并各报。现在德国四千种新闻与周刊杂志,其中三分之二,都属于此三派。沙尔氏原为《环球报》的总理,后为国粹党领袖胡根堡买收,变成胡根堡系的一部分。胡根堡系由1."伯林新闻";2.地方新闻;3.广告代理公司;4.国际通信社;5.电影等五部分组织而成,近来的活动颇为显著。德国最大的新闻托辣斯还得数维尔斯太因,该系除经营八百种新闻杂志之外,兼营印刷、造纸、广告、通信、电影、电话等事业，其规模之大，在英美也少有。意大利以米兰的《柯利耶尔·德邦·塞拉报》与罗马的《吉达利亚报》《波波罗报》等为最著名，但并无何等新闻上的特色。荷兰有海牙的《菲得兰脱报》与洛特尔打姆的《电讯报》两种，他们的态度不偏于政党，消息较多，社论也公正，颇有特色。在奥国则以社会党、共产党的新闻居多数，以宣传为主，消息为从。凶牙利与奥国相似，因为改订国界的国民运动正热，所以新闻也集中于这方面。在丹麦则以哥彭哈根的《波利居林报》为出色。日内瓦有《日内瓦日报》，因在国际联盟的所在地，故以外交记事见长，为一种有特色的报。俄国的报纸，大多数为政府、共产党、工会、农会的机关报，内容以宣传和布告为主，普通的消息甚少。*Provda*报为共产党的机关报，发行数为一百五十万；*Isvestia*为政府的机关报，发行数为八十万。与其说它是"新闻报"，不如称为苏维埃生活的一部。南美与中美各小国，因为与美国相近之故，所以报纸均为美国化。美洲南部与中部的人民和美国相同，他们多为来自欧洲的移民或为移民的子孙，所以报纸上关于欧洲或海外的消息较为丰富。欧洲的报纸上广告甚少，南美各报的广告甚多。在亚尔然丁的维耶洛斯·阿依勒斯发行的《拉·布勒莎[报]》与《国民报》两种，其纸面与设备均与英美的大报相等。如《拉·布勒莎报》的星期版附录，就有三十二面的凹版和彩色版照相。该报对于社会服务的设施也极注意，馆内设有公众图书馆、音乐学校、讲堂、免费诊病所、法律与农事雇问、产业化学试验等，均为读者的便宜而设。此外东方的日本，其新闻事业也极发达，以后当详论之。

本章提示：

1. 20 世纪的新闻是一种产业。

2. 新闻托辣斯化的倾向。

3. 新闻产业化的结果。

4. 伦敦《泰晤士报》与纽约《泰晤士报》。

5. 美国新闻的现势。（美国的新闻托辣斯）

6. 英国新闻的现势。（英国的新闻托辣斯）

7. 英国新闻托辣斯的竞争。

8. 欧洲大陆各国的主要新闻。

9. 美洲中部、美洲南部的主要新闻。

第二章　法国的新闻

一

法国有二百七十余种日报,可是销行份数多的报纸甚少,销行份数超过百万份的只有三家,不过发行份数称雄世界的《小巴黎人报》应视为例外。

法国报纸最近的外形常为六面,纸质甚劣,纸面的照相也极粗恶。(不过以照相为专门的向上报却是例外)铅字的行格甚密,标题也小,记事却冗长,故记事中分段之处极少见,"分题"也随之缺如,看去有不快之感,读时也感到不方便。考其原因,不外是减少生产费之故。

法国各报的内容,略叙如下。

在《论著》一栏里颇多名作,法国以文学称,这是当然的。凡论著均用"署名制"。《国外通信》多载异国的风俗习惯,由"国外特派员"写为长篇通信稿寄回报馆,颇多精彩。《一般记事》以供给读者在咖啡店中作为"谈话资料"为主，多出于文人手笔。《学术记事》常载关于音乐、戏剧、文学、美术的批评，科学方面的记事也常揭载。《社会新闻》为法国报纸的特长，不载关于个人的私生活，如个人的离婚消息等均不登载。不过常登载刑事犯人的照相，被捕时的写真等，不能不说是一种缺点。在文艺方面，多载"中篇小说"，译品甚多。

巴黎共有日报三十六种，其中十五种为政党机关报，发行份数在二十万份以上者有十一种。下列五种晨报，称为巴黎的五大新闻。

报纸名称	发行份数
《小巴黎人报》	170万
《日报》	100万
《晨报》	80万
《小日报》	60万
《巴黎回声报》	20万

下列六种，发行份数均在20万份以上。

报纸名称	发行份数
《刚强报》（晚报）	45万
《向上报》（此报为写真新闻，由《小巴黎人报》兼营）	25万
《人道报》	20万
《每日新闻》	20万
《法兰西行动报》	20万
《民友报》	百万（？）

二

法国的主要报纸，兹分述于下。

《喜剧报》（*Comédia*） 创刊于1907年，篇幅六至八面，多载演剧、音乐、电影、美术方面的记事，照片精美，纸质甚佳。《无线电附刊》颇完全，罗列国外播音节目。但对政治则冷淡。

《十字架》（*La Croix*） 创刊于1880年，为加特力教的机关报，读者多为乡间的善男信女，附有田园附刊。篇幅共为六面，在第一面印有十字架上的耶稣。运动栏无"赛马"的消息，也没有演剧栏。在政治上为极右的报纸。

《巴黎回声报》（*L'Echo de Paris*） 创刊于1884年，自1923年主笔莫理斯·巴勒逝世，遂由喀斯台尔罗将军以笔代剑，主持笔政。篇幅为六至八面，读者多为中产阶级。态度为保守的，不过以报道为务而已。此报怨恶社会主义，反对《洛加鲁条约》，主张压倒德意志。对于其他各国的新运动也［采］取突击的态度。发行份数为二十万，大部分为长期订户，但以四乡的阅者占多数。

《向上报》（*Exoalsior*） 创刊于1910年，由《小巴黎人报》经营。篇幅六至八面，二分之一全为照片。编辑方法取美国式，以妇女儿童为对手，没有艰深的政治理论。订户有二万五千，销二十五万份。

《费加洛报》（*Le Figaro*） 创刊于1826年，为法国香水大王柯迭（Coty）的产业，法国文学家投稿者甚多。为上流交际社会的机关，以此闻名于世界。艺术的色彩极浓，富于贵族趣味，纸质亦佳。编辑方法现在与百年前无异。每星期有附刊，名画甚多。篇幅六面：第一面为关于学问艺术的论文，第二面为杂报、社交界、文学批评，第三面为海外电报、社会记事，第四面为运动栏与商情，第五面为演剧与广告，第六面为广告（多为上等旅馆的广告）与长篇读物。

《**人道报**》(*L'Humanité*)　创刊于1904年，为社会党的机关报，创办者为蒋·乔勒斯。自1920年的兹乌耳会议以后，遂成为共产党（S. F. I. C.）的机关报。主笔为共产党的领袖马塞尔·加洵（Marcel Cachin）与文豪亨利·巴比塞。善用巨大的标题和奇特的照片漫画等宣传。资本甚充足，故经营尚称发达。发行数为二十万至二十五万份，除开巴黎的读者外，普遍于各工业都市。该报反对军阀主义与帝国主义，自不待言，时受政府的干涉，记者每入狱。法国的"武圣"福煦将军逝世时，该报所用的标题为"军国主义的傀儡福煦死去"。罢工的记事甚多，煽动阶级斗争。又认一切运动为资产阶级的游戏，但法国民众的运动如脚踏车竞赛则为之记载，并发起巴黎至莫斯科之间的脚踏车旅行。该报的特色为第五面的"劳动战线"消息与第六面的劳动新闻。

《**刚强报**》(*L'Intransigeant*)　创刊于1880年，态度为保守的。主要记事排于第一面，第二三面均用小号字。读者多为求职业的男女与劳动阶级，因该报有"分类小广告"之故也。

第三章 日本的新闻

一

新闻经营的历史分别为个人经营时代、政治机关时代、股份公司经营时代。日本现在的新闻事业，应属于最后阶段。

各种报纸在早[期]均为个人经营，如英国的《泰晤士[报]》《晨报》便是其例。日本在早[期]也有一人或数人经营的报纸，例如条野传平、落合芳几、西野传助的《东京日日新闻》，前岛密、太田金右卫门的《邮便报知新闻》，英人布莱克经营的《日新真事志》等都是。当时报纸的纸面甚狭小，发行份数亦少，所需资本有限，故可由个人经营。后来报纸逐日发达，发行份数渐次增加，设备扩大，向来的小资本便不易经营了。此时的报纸就变为政党的机关报。明治十二年至二十年时（西历1879—1887），日本的报纸就是政治机关时代的最高峰。不过这个时代并不长久。报纸上面的政党色彩过于浓厚，读者不免成为固定的，读者的数目也有一定了。即使想广求读者也不可能。政党虽出资经营,但报纸的发展终有限制。到了这个时候,各报都把政党的旗帜取下,例如《邮便报知新闻》不再作改进党的机关报,《东京日日新闻》也中止被政府御用。自由党的机关报《自由》,在时代的潮流中,便也寿终正寝。当那时候,现代新闻事业的股份经营时代便乘机而起。以前各报不过是直属于各政党的言论机关,现则变成直接隶属于广大群众的报道机关了。报纸既然以群众为顾客,故必减低新闻生产费,务求物美价廉。因此在编辑印刷方面,都须利用新机械,以图改良设备。在这种情形之下来经营报纸,非需要大资本不行。不仅日本的报纸如此,代表"现代新闻事业"的大报馆也无不如此,非由股份公司来经营不行。新闻经营的一般倾向,已由个人的投资走进大众的投资了。

日本的主要报纸及通信社,其性质与资本金如下。(依据1930年《新闻总览》,单位为千圆)

		(公称资本金)
东京、大阪朝日新闻社	株式会社	6000
东京日日、大阪每日新闻社	同上	10000
时事新报社	同上	5250
国民新闻社	同上	3000
中外商业新闻社	同上	2000
都新闻社	同上	1350
报知新闻社	同上	1100
日本电报通信社	同上	1000
大阪时事新报社	同上	1500

续表

		（公称资本金）
每朝新闻社	同上	1000
北海泰晤士社	同上	800
东亚日报社	同上	700
名古屋新闻社	株式合资	1500
新爱知新闻社	合资会社	1500
福冈日日新闻社	同上	1000
东京每夕新闻社	同上	320
Japan Times 社	匿名组合	500
新闻联合通信社	组合组织	——
读卖新闻社	国人经营	——
大正日日新闻社	同上	——

上表内的大报除读卖新闻以外均为股份公司，最大的日本电报通信社也是资本一百万元的股份公司。日本各地的地方新闻，还有不少是由个人经营的。除东京、大阪两地外，日本全国共有报馆五百六十七所，其经营组织大致如下。

株式会社（股份公司）	120 所
个人经营	378 所
其他	69 所
合计	567 所

就数量计，个人经营较股份经营约多三倍。不过代表各地方的报纸，多为股份经营，个人经营者，其地位并不重要。所以可以说地

方的新闻也走进股份经营时代了。

日本全国主要新闻的发行页数如下。

报名	晨刊	晚刊
东日	10 版	4 版
东朝	10	4
报知	8	4
读卖	8	4（星期版）
时事	8—12	4
中外	8	4
大朝	10	4
大每	10	4
大阪时事	4 版	8 版
新爱知	8	4
名古屋	8	4
北海泰晤士	8	4
都	14	4
国民	8	4
福冈日日	12	4

上表中大朝（《大阪朝日新闻》）、东朝（《东京朝日新闻》）为一家公司所经营者，除日报外，兼发行《周刊朝日》《朝日画报》《朝日运动界》《朝日照相画报》《朝日儿童报》《妇人》《电影与演艺》。大每（《大阪每日新闻》）、东日（《东京日日新闻》）为一家公司所经营者，除日报外，兼营《英文大阪每日新闻》《每日新闻周刊》《经济界》《盲人用点字大阪每日新闻》《教育电影》等出版物。

二

日本各报从前用"分栏"的编辑方法，现在也采用混合编辑法了。（混合编辑的详细解释，可参考《实用新闻学讲义》）用分栏的编辑法是硬性（政治经济等消息）和软性（社会消息）两种消息在编辑时各自独立，记事写成之后，独立编辑。采用混合编辑法之后各种记事，经整理部之手，统一编辑。

混合编辑法尚未实行之时，硬性记事，即政治、外交、财政、教育等记事，在编辑上特别重视；其他警察署记事、裁判记事（按此两种记事在我国报纸上则为来自公安局、巡捕房与公堂的消息）及其他市井杂事，因其为软性，故受轻视。日本记者给与一种轻蔑的称呼，名为"三面记事"（即登载于第三面之意）。编辑时对于标题、铅字、小标题之多少等，亦有差别，大概硬性新闻取英国式，软性新闻取美国式。后来改为混合编辑之后，软性记事，因其为社会新闻之故，在编辑上反而被重视了。

向来被轻视的"三面记事"（社会新闻）何以忽受重视呢？就是因为编辑者自觉报纸不是以一部分的读者作为对手，而是以一般大众作为对手的。如政治经济等类的硬性记事，必须对于这方面有特别知识或兴味的人，即是比较的属于知识阶级的人，然后才爱读它，一般大众，不甚感到兴味。现代的报纸既以尽量得到大多数读者为目的，当然注重能毂引起大众兴趣的社会记事，如杀、盗等类。同时硬性记事的记载方法也采用软性记事的记载方法，就是以兴味为中心。例如内阁更迭,政法家的动静,未来内阁的猜想等,固然属于政治记事,但一般民众对于内阁更迭的希望;未来首相的人物批评或其家族的消息等,则可用社会记事的方法记载出来。

日本混合编辑法的开始为1923年(即大正十二年十二月),创始者为东京朝日新闻,该社设"整理部",统一硬软两性的编辑记者,受整理部部长的统制。当时各报逐渐实行,现在全国的主要新闻,都采用混合编辑法了。

三

日本新闻事业能有今日的发达,实为输入轮转印刷机(即卷筒机)并使之改良进步的原故。轮转机输入日本为明治二十五年(1892年),当时输入者为法国的马利洛尼式机,由"官报局"与"朝日新闻社"首先使用。此种印机能力甚为薄弱,一小时内不过能印二万张或二万五千张,但较之向来所用的平版单面印刷已算进步了。后来轮转印刷机在日本的进步特别显著,到了大正十年(1921年)时,已能自制一小时内印刷八万份的高速度轮转机了。高速度轮转机用大型的卷筒纸,并有自动折叠机、自动截断机,故印刷能力非常进步。现在各大报馆的印刷机,一小时内能印十二万张,称为"超高速度轮转机",故能收"大量生产"之效。

日本各报馆使用"高速度"或"超高速度"轮转机者,列举如下。

1. 东京朝日新闻社

  外国轮转机,朝日式超高速度机   4部

日本制同上 8部

2. 东京日日新闻社

　12万张超高速度轮转机 6部

　8万高速度轮转机 6部

3. 报知新闻社

　报知式超高速度轮转机 8部

4. 时事新报社

　德意志阿尔伯特式高速度机 4部

　同上式　　连结机 2部

5. 读卖新闻社

　读卖式高速度轮转机 3部

6. 国民信闻社

　德意志格尼兹希巴耶式超高速度机 2部

　池贝制造高速度轮转机 2部

7. 大阪朝日新闻社

　超高速度朝日式轮转机 17部

　德意志式四色印刷轮转机 1部

　同上影写版轮转机 2部

8. 大阪每日新闻社

　美国HOE公司制日本电光超高速度轮转机 11部

　同上超高速度印刷机 12部

9. 大阪经济新闻社

外国制轮转机新式高速度付印彩色	1 部
日本制同上	2 部

10. 每朝新闻社

外国制德意志阿尔伯尔特式高速度轮转机	1 部

11. 日刊工业新闻社

日本制轮转机高速度新叠式	2 部

12. 新爱知新闻社

高速度轮转机	4 部

13. 名古屋新闻社

名古屋新闻式超高速度机	4 部

14. 福冈日日新闻社

德意志式高速度轮转机	4 部

15. 京都日日新闻社

京日式高速度轮转机	1 部

16. 东奥日报

日本制 TKS 式最新高速度彩色印刷新式轮转机	1 部

17. 信浓每日新闻社

日本制高速度轮转机	1 部

18. 京都日出新闻社

德意志高速度彩色印刷轮转机	2 部

19. 神户新闻社

神户新闻式超高速度机	2 部

20. 神户又新日报社

    又新式高速度轮转机   2 部

21. 小樽新闻社

    德意志阿尔伯尔特公司制超高速度轮转机   1 部

（上表根据1930年《日本新闻总览》）

就上表看来,日本报馆使用超高速度轮转机的有28社。高速度轮转机合计为38部,超高速轮转机实有75部。（这些报馆也同时并用普通轮转机）上表以外的报馆均使用马利洛尼式、TKS式、石川式等普通轮转机,也有一部分使用平版印刷机的。不过集数十部小印机的能力,尚不能与大报馆的一部超高速度轮转机匹敌。将来的印刷机还得注意两点:一为印刷速力的增加,一为印刷机器占据地位的缩小。最近美国的印刷机发明家亨利,吴特氏的超高速度机,一小时内能印刷三十二Pages的报纸六万份。日本的报纸为十版,故一小时内可印日本报纸二十万份左右。其次,现在大都市中央区的地价极昂贵,因此工厂的发展扩张甚为困难。如机器所占的地位能够缩小,设备可以便宜不少。日本各报馆,现在已注意这方面的改善了。

除印刷机外,还有补助机器的设备。如铸造铅字机、凹版印刷机、彩色印刷机、报告行情用的Checker机等,此类1900年代发达起来的新机器,各大报均已采用。此外尚有一种"自动制版机",任浇铸铅版的工作,极为精巧便利,各报多有置备者。

四

日本主要报馆的设备方面,已经注重新兴的科学机械。例如电送照相、飞机、电光新闻等。尤以电送照相的利用，在日本颇见进步。

新闻照相与新闻记事立于对等的地位。因事务繁剧，无暇读报的人，很喜欢看新闻照片，故各报馆为了新闻照片，不惜巨资，努力改进。现在各报都有照相部和制版部。除搜集国内照片之外，更向海外多方搜罗。遇某事件发生时，照片与记事同时揭载。纽约供给相片的摄影通信社有 Wide Wored、Internationae、Acme、Band A、Underwood 等。伦敦有 London News Agency、Keston Company、Central News、Sport and General 等。其他各地如伯林、巴黎、柯彭哈肯、司妥克霍姆等处，日本各报都和这些通信社结有契约，供给新闻照片。从前相片不能利用电气送达，所以远方照片来不及伴同新闻记事一时发表。毋论国内外都得用飞机或传书鸽以缩短传送照片的时间。现在电气的运用日趋精密，"电送照相"已经完成，故日本报界也利用它了。不过日本所用的电送照相的范围仅止于国内各都市。有此种设备的报馆也只有大阪朝日新闻、大阪每日新闻、日本电通社三家。其"使用的范围"与"电机"如下。

东京与大阪两朝日新闻社（东京至大阪之间）德国西门子·加洛鲁斯·台勒芬根电送照相机。

东京日日与大阪每日两新闻社（东京至大阪之间）贝兰氏电送照相机。

日本电报通信社（东京、大阪、名古屋、京都、冈山、广岛、福冈之间）德国西门子·加洛鲁斯·台勒芬根电送照相机。

"电送照相"在日本最初使用为 1928 年（昭和三年）9 月 14 日。

当时日本皇族秩父与松平氏联姻纳彩的情况,由东京日日新闻社电送至大阪每日新闻社。同年日皇加冕时,前述两家报馆与二通信社开始竞争,甚形热闹。至于海外,则尚未实行。

为传递照相迅速起见,日本各报馆多利用飞机。近代航空事业发达,结果新闻事业实多利赖,不仅传递照片为然。日本各报所用的飞机及数目如下。

1. 大阪朝日新闻社(包含《东京朝日新闻》在内)

川崎多尔尼叶式麦尔克尔型(BMW、六百马力)、职员二人、乘客四人至六人,三架。

川崎多尔尼叶式柯麦特型(勒比亚莱洪、四百五十马力)、职员二人、乘客四人,一架。

三菱式 MC 型(甲克、三百八十马力)、职员二人、乘客四人,一架。

布尔格式十九 A 二型(洛莱鲁马四百马力),二架。

莎蒙生式二 A 二型(莎蒙生二百三十马力),七架。

以上共计飞机十五架。

2. 大阪每日新闻社(包含东京日日新闻社在内)

三菱式 R 一、二型(依斯巴洛司维莎三马式力),二架。

三菱式 T 一、二型改造(勒比亚莱洪四百五十马力),一架。

赖安式 NYP 二型(怀尔温特式二百马力),一架。

三菱式 T 一、二型改造(依斯巴洛司维莎四百五十马力),一架。

纽薄尔式二十四型(鲁龙一百二十马力),一架。

三菱式T一、二型改造（勒比亚莱洪四百五十马力），一架。

其他预备机四架（其中二架为三菱式R、二型；另二架为三菱式T式一、二型）。

以上共计十三架。

飞机的设备以大阪朝日新闻为首。该社不但以飞机传送原稿、照片，并且提倡航空事业，开办旅客航空输送（定期），于仙台、东京间，东京、大阪间每周来往二三次。后来"日本航空输送株式会社"开办后，该社始行停止。但在东京、新潟两地间新辟航空路线，以至于今。以飞机为"通信工具"，在1928年日皇加冕时及1929年徐伯林号飞船赴日本时，各报馆的飞机通信，竞争殊为激烈。大阪每日新闻并研究飞机自地上取稿的设备，首先成功。今后日本各报对于飞机的利用必有增无已。

除飞机而外，在空中传递稿件的东西，就是传书鸽。用鸽传递，经费既省，且不必像飞机需用宽大的地面。故近来使用者甚多。各报的饲养传书鸽数目如下。

东京日日新闻社	450只
东京朝日新闻社	300只
时事新报社	250只
日本电报通信社	200只
国民新闻社	200只
报知新闻社	200只
读卖新闻社	100只

帝国通信社　　　　　　　　50只

日本的大报馆在馆址的楼上,有一种"电光新闻"的设备,按时报告重要新闻,使路人仰首即得最新的消息。有此种设备的报馆如下。

1. 东京朝日新闻社,大阪朝日新闻社

Syntireting Sign 公司制,流动式六尺大字电光新闻机。

2. 东京日日新闻社,大阪每日新闻社

Sky Sign Construction 公司制,一百二十尺长、七尺阔,电光新闻机。

五

日本各报收入的来源为"报费"与"广告"。据1929年度上半期大阪每日新闻社的"报费"与"广告"的收入,其比例如下。

报费收入　　　　　　　　1371067 圆
广告收入　　　　　　　　1191256 圆

照此比例看来,报费收入占五成三分,广告收入占四成六分左右。即全报馆的收入的五成余为报费收入,四成余为广告收入。各报虽有不同,但各大报大抵相差不远。报纸的售价常较成本为低,一份报售一分五厘,成本在三分左右。别的商品售价二分,在报纸只能售一分。其所以售价低廉,在成本之下的原故,就是因为有广告收入之故。在日本此两种收入相匹敌,甚至报费收入较广告收入为多。欧美及中国的报馆正反乎是,广告收入较之报费收入为多。

日本报纸上所登载的广告,以药品、化妆品、书籍、食料品、演剧、电影等为主。广告主人为社会各方面的商品生产者与贩卖者。此等产业的发达,遂影响新闻事业。欧洲大战以后,日本产业界忽然呈现向来所无的好况,发展甚速。加以新机械的制造进步,新闻事业的广告剧增,同时报费收入与发行份数亦剧增。目前日本的产业界虽然不景气,可是报纸上的广告行数依然保持原来的倾向。兹将1929年与1930年各报广告的增加率比较如下。

东京地方的十四家报馆	1929 年度	36875486(行)
	1930 年度	37943868
	增加行数	1068380
	增加率	290

大阪地方的三家报馆	1929 年度	12936181(行)
	1930 年度	13426520
	增加行数	490339
	增加率	379

据上表所示,东京十四家报馆1930年度的广告行数较之1929年增加二成九分。大阪的三家报馆则增加三成七分。

就东京、大阪两地的三十四种报纸,它们的纸面上的新闻,总行数和广告行数比较,我们知道纸面上总行数为二万一千万行;而广告行数为八千五百九十八万七千行,约占四成。《大阪朝日新闻》总广告行数占五成五分,其次为《东京朝日新闻》占五成四分,《时事新报》[占]五成,《北海泰晤士》占四成九分,《报知新闻》占四成六分,《小樽、名古屋新闻》占四成五分,《每夕新闻》占四成四分,《新爱知》

《满洲日报》占四成二分,《京城日报》占四成,其他《山阳新报》占二成九分,《九州日日新闻报》[占]二成八分,《中央新报》[占]二成七分。看这个统计,可知全部的广告总行数虽然累年增加,可是增加率多集中于各大报,小规模的报馆,则逐年减少。广告费原以报纸的发行份数作为标准,小规模的报纸,他的发行份数少,广告费廉,然而登广告的人不多;份数多,则广告费昂,因效果显著,故广告主人多乐就之,因此广告遂集中于各大报纸。

大报馆有报费的收入,同时又有巨额的广告收入。报馆不愁没有增加设备的资金,故编辑与通信等项的设备,日愈完善。原来的规模大的报纸规模愈大;规模小的报纸规模愈小。因此可知广告对于新闻事业的关系。

六

日本各报馆的组织为三局制,即"编辑局""营业局""印刷工场"三部分。各报大同小异,兹举东京《时事新报》为例,以概其余。

东京《时事新报》创立于1882年(日本明治十五年,清德宗八年),创办人为福泽谕吉,小幡笃次郎、中上川彦次郎二人佐之。创刊时每日出四版,一版分五栏,一栏四十四行,一行二十三字。现在朝刊与晚刊共十四版,一版分十二栏,一栏的行数为八十行,每行十五字。当时的卖价每份为三分,订阅每月为六角五分(六十五钱),足见卖价甚贵,但广告费极其便宜。当时每日的发行数创刊号只有一千五百份,其后日渐增加。到了1885年已得了五千的固定读者,中日战争时，骤增至一万三千份。战时发行号外，有出价二元购买一张者，其对于军事消息的报道，为人注意如此。该社为增加发行份数与缩短印刷时间起见，于1895年向英国购入爱尔·何公司制造的高速度卷筒机。欧战发生时，发行数增至三万五千份至五万份，其后渐增至五十万份。大地震时销路减少，未几又恢复原状。

该社本为福泽谕吉氏个人的财产，至1904年5月改为合名会社，至1920年改为股份有限公司。其组织分"编辑""营业"两局，与"印刷工厂""社会事业部"。

编辑局 设主笔、编辑长、副编辑长。其下分八部，即社论、总编辑、政治、经济、社会、外报、地方、联络等。附设绘画、年鉴、图书、照相、校正五系。主笔为编辑局的首脑，对于社论与一切新闻记事负完全责任。编辑长与副编辑长辅佐主笔，处理编辑局一切事务。其下有编辑主事、编辑员数人，担任纸面制作，统称之曰总编辑部。编辑局内设庶务系（股），管理杂务。

总编辑 总编辑司制作纸面之责。凡编辑局各部作成的原稿，（社会部与地方版的记事除外）以及外来的通信、特约稿、投稿等，均齐集在总编辑部的机上。先由编辑主事及编辑助理将堆积数尺的稿件一一过目，使各篇文章统一，删改重复部分，就新闻之轻重缓急，而作适当的选择取舍。并且加上各种适合的标题，将行数大略计算一下，便送至工场印刷。

纸面的制作是一种艺术，并不是将各种新闻记事罗列纸上，便算完事。1.须使一切材料生动；2.但须使其有一中心；3.使纸面映入读者的眼中有壮美之感;4.此种工作须在付印的数秒钟所斟酌筹划,故没有多余的时间以供推敲,所以工作甚为繁重。《时事新报》的新闻每天制作八次至九次。晚报制作两次,晨报制作六次至七次,制作时间从上午十一时半至次日上午一时。

总编辑修改以后的稿件,立时送到印刷部发排。先印成"小样"(即错字甚多之草样),然后送到校正系。

校正系 在短时间内,由校正系将小样与原稿对校,凡错字、脱漏之字、颠倒之字,均一一用红笔改好,送还印刷工场。排字工人照"校正稿"逐字改正,名为"初校"。新闻的校正,因求时间经济,大概以"两校"为宜。但重要稿件,也有重复至"三校""四校"的。

经过再校、三校的手续,更由总编辑部将记事划分。如为晨报,则政治部的记事登在第二面与第三面;经济部的记事登在第七面。分配既定,由总编辑部派员自己亲赴工场,令拼版工人将记事配列组合,先试印一张,名叫"大样"。审视一过,如无须修改,总编辑部的工作才算完毕。

日本各报纸,无论读者居住地域的远近,都能在当日阅读。故总编辑部依照每天火车开行的时刻,以限制新闻记事的收发。例如在关西方面,须于五点五十分前将报纸送上火车,北陆方面六点五十分与七点;宫城、岩手、青森方面六点二十分。所以发稿的切止时间至为迫促,又须将新鲜记事排入,因此总编辑部的工作不能丝毫延宕。总编辑部的苦心,便在于此。

社论部 社论部为发表报馆主张的重要机关。该部将每日国内外发生的各种问题加以研究，并批判评论之。如使新闻成为"舆论的代表"或"社会的木铎"，必力求社论部的健全。

政治部 该部担任关于政治的各种报道。在枢密院、内阁、大藏（即财政部）、内务、陆海军、农林、商工、递信、司法、文部（即教育部）各官厅，均由该部派有专任的记者担任采访。此外如以议会或各政党为中心的各种政治问题，以及东京府市有关系的政治事项，亦由该部负搜集报告的责任。遇着内阁改组的前后与帝国议会开会的时期，此时政治部的记者最紧张最活动。《时事新报》的政治记事，以迅速正确，为该国人士信用，例如日本改年号为昭和，首先揭载于报端者，即为该报。

经济部 凡金融汇兑、保险信托、海陆运输、主要工业、农业、各种商品、劳动、经济问题等皆属于经济部。该部与财政经济各官厅、银行、公司、商店及其他经济团体联络，注重报道之敏捷与记载之正确。普通的经济记载刊于第七版，商情则登载于晚报第四面的《商况》栏。《商况》一栏，登载股票、米谷、棉丝、生丝等行情。部内又设经济调查系，将每日经济记事分类，完全保存，并整理国内外经济统计。

外报部 世界各国发来的外国电报及通信，由该部整理、翻译、解说；外务省（即外交部）的消息亦须采访整理。《时事新报》的海外通信网撒布于世界各都市。在北平、天津、青岛、上海、奉天、大连、长春、哈尔滨、新嘉坡、哥伦坡、波妥塞德、纽约、华盛顿、旧金山、伦敦、伯林等地，均设有特派员或通信员。每月支出的电报费为三万元左右。每发一通信电报,有费至数千元者。无论任何重要事件,由伦敦发电[报]至东京间只需十小时,由纽约发电[报]至东京,只需八小时。电报经过翻译,加上适宜的照片,即可刊载,入于读者之目,总计不过需时二三小时。

馆内电信局 国内外通信员,发至本馆的电报,既甚繁重,为节省手续计,该馆与递信省(即交通部)接洽,准许设置"托送用私设电信"(即私设电报)。馆内设电报机与"东京中央电信局外国电信课"的电报机连接。凡该社应收应发的电报均由中央电报局直接传递。馆内有电报技师三人,不分昼夜,逐日收发电报百数十通。

社会部 社会发生的一切事件均属之。报纸的社会记事与政治经济记事比较,前者的读者较为广泛,故对于社会的影响甚大。故"正确""高尚"实为社会记事的要素。该部内又分运动、文艺、家庭、儿童各组,各有主任、记者一人主持之。

地方部 编辑"地方版"为地方部的职责。地方部以一府为单位,在每日发行版数之外,某地的重要消息,排为一版,专以供给该地的阅者浏览,使"中央报"与"地方报"混而为一。此外国内通信亦由该部主持,国内通信的主持者分为支局、通信部、通信员三种。在府、县、厅所在地设分局,(但大阪市除外)在其他各都市设通信部,小都市则设通讯员。

联络部 大阪《时事新报》与东京《时事新报》两报之间,交换稿件,联络通信皆由联络部任之。其主要工作,在管理两报之间的专用电话。电话速记亦由该部主持。故分为两系,一为联络系,一为速记系。这里应该特别介绍的是速记系。长途电话，必用人将电话内容记下，普通一人在三分钟内只能笔记二百字至二百五十字。如用专门速记的人材，则三分钟内可以记录一千字以上。自大正十三年，《时事新报》的大阪、东京两地的长途电话完成后，联络部的工作更为繁忙，现有专门速记的记者三十余人，分布两地，担任长途电话的记录。

编辑局内除上述各部之外，又设有图书系、写真系、年鉴系、绘画系、传书鸽系。

图书系 保管编辑部应用的书籍材料；介绍、批评新出版的书籍，搜集人物、风景照片，用"卡片制"整理保存；剪报工作，亦属此系。

写真系 担任照相、冲洗，以供编辑部应用。

年鉴系 该报发行《时事年鉴》，内容与我国《申报》发行的《申报年鉴》相同，由年鉴系记者专司调查编辑。

绘画系 政治记事与社会记事及其他各部所需要的绘画、装饰画、漫画、讽刺画等，皆由绘画系供给。其主要工作为编辑每周发行之附刊，名为"时事漫画"。《时事漫画》共有四张，对折为八面。内四面为四色版印刷，外四面为单色版印刷。由专门绘画记者担任绘画与编辑。

传书鸽 新闻的通信机关，除利用电话、电报、无线电而外，还得利用传书鸽。在近距离地方，如有传书鸽，即可不必架设临时电线。饲养传书鸽，传达通信，运送照相等事务，均由传书鸽系主持。

社会事业部 凡讲演会、音乐会、运动竞技会与发起其他各种事业的集会,或遇天灾人祸发起救护、救济贫民等事业,均由该部主持之。

营业部　掌管报馆的营业、工务等。营业局长之下设贩卖部、广告部、会计部、调度部、工务部及人事课、调查系、出版系。

贩卖部　管理新闻发行,部内分下列五系:1.市内系(下分社营专卖店、自营专卖店、一般分售店);2.地方系(下分青森贩卖局、札幌贩卖局,不属于地方专卖系之各地方贩卖局);3.地方专卖系(下分吉祥寺贩卖局、熊谷贩卖局、前桥贩卖局、平塚贩卖局、木更津贩卖局,以上地名或为东京近郊,或为东京附近各县);4.邮送系;5.发报系。贩卖部内最重要者为发报课,在短时间,应将报纸由火车发送全国各地。

会计、调度、人事课　会计部分金钱出纳、计算、股票各系,掌管馆内一切财政。调度部管理股票以外的一切庶务,报馆财产的保管整理,物品材料的购买、卖出、支给,以及馆内的卫生,风纪取缔,管理雇员等等。人事课管理社员的进退、勤惰、薪俸等。调查系详细调查报馆的营业、状态,同时与他报的营业状态比较。出版系管理"时事年鉴"及出版物的刊行贩卖。

广告部　分交际、内勤、分类广告三系。交际对外,与广告主及广告公司接触。内勤系又分收发、大样、校正、计算统计、意匠各系。

工务部　详见下述印刷工场。

印刷工场　分管理部、工场部,服务人员约三百六十名。管理部职司工务方面的一切设施、计划、机械、电气、调查、研究、人事、给与、计算、庶务等项。聘请各专门技术家及事务员担任。工场部即直接制作新闻的作业场，又可分为活版课与印刷课，各课又因工作之不同，区分为各系。

活版课分拣字排版、改字、自动排字、照相制版、铸字、解版七系。拣字系职工接到编辑部或广告部送来的稿件，即依照原稿从铅字架上拣取铅字。该报有铅字二千万个。排版系将铅字整理排成一页报纸的形式。改字系在原稿校正以后，将错字逐一改正。自动排字系（monotype）为极贵重的工作，此种日本文字的 monotype，为杉本京太所发明。拣字须依赖职工，此机即将拣字机械化，随时铸造崭新的铅字，照原稿排列，迅速便利。照相制版系将摄影记者交来的照相制为铜版，（需时十五分钟至二十五分钟）将漫画制为凸版，小说的插画、广告用的大字等均由其担任。铸字系铸造各种铅字，或改铸，或补充。现该报有铸字机六架，（一分钟铸字六十枚，六架机器每一小时能铸二万一千余枚）Casting 机六架，再加上 monotype 机，每日能供给新铅字数十万枚。解版系在打纸版以后，选择铅字，如铅字完好，即放还架上，有磨灭不明者，即以之改铸。以上七系的工作完成以后，则活版作业已属完备。

印刷课为拼版以后的工作。在铅字排好以后，须打纸版，再以纸版浇铅版，上印架，印成新闻纸，此种种工作，均属于印刷课。印刷课分纸版、铅版、滚筒、印刷四系。

《时事新报》现在所用的印刷机为"时事式"超高速度卷筒机，由德国亚尔培公司所制，共有八部。印刷所用的纸张，由王子制纸公司供给。

《时事新报》服务社会的事业有"奖励义勇行为"的"义勇表奖会",对于救助人命者、在学术上有功绩者、航空牺牲者,均以金钱或奖章奖励之。此外如提倡运动,亦为该报的社会服务事业。

问题：

重述日本新闻事业的概况。

第四章　美国的新闻

一

美国报纸的编辑营业方针，虽然采取增加销路主义；可是销行份数终不及英法各大报。因为美国国内各报，在营业上的竞争甚为激烈，不容许某一报纸独特发展。各报俨如群雄割据，成为割据现象的原因如下。第一，美国幅员辽阔，通信机关完备，故各地无不开设报馆，彼此竞争。就地理的关系说，一家报馆，如在远距离以外去获取读者，必甚困难。即使获得，亦终不易维持。例如纽约有一家报纸，办理虽极完善，但由邮送至旧金山的读者时，必在发行后的第四天或第五天，新闻的价值，大半消失。所以旧金山的市民，与其看纽约发行的报纸，不如径阅本地发行的报纸。即以纽约一州而言，布法洛的市民虽然喜欢纽约的大报纸，但只限于一部分的读者，至于大多数的市民，依然要看布法洛本地发行的《布法洛新闻》《布法洛泰晤士》等报。据新闻史家的研究，纽约新闻的势力范围，只有五十里以内的区域。并且在此区域之内,各城镇尚发行各种地方新闻。又如米苏里州,圣路易的市民多喜阅 Globe Democrat、Saint Louis Post Dispatch 等报,甘萨斯的市民,则爱读《甘萨斯星报》。第二,美国各州自行民主政体,亦为使各州各都市的报纸发展的有力原因。美国四十八州行自治制,故市民自然对于州内发行的报纸感到兴趣。又因现在的通信机关完备,本地报纸,登载世界各项消息,已甚完备,即令不读别州的大报,也无不可。因此美国的地方报能获得多数的读者。地方新闻发达,所以演出群雄割据的状态。

据1924年10月末美国《编辑与出版》杂志的调查,美国各州各都市发行的重要日刊新闻,已至四百二十九种(晨报),总发行数为一千二百三十六万五千二百十五部。晚报较晨报为多,共有一千五百八十五种,其总发行数为二千六百三十四万四千二百二十二部。晨报、晚报合计,共有三千二百九十九万九千四百三十七部。星期日出版(即Sunday paper)的新闻共有五百三十九种,其总发行数为二千二百二十一万九千六百四十六部。如与1921年10月末比较起来,则日刊报纸增加三百万余部,星期日出版的报纸增加二百四十万余部,两者每年增加百万左右。(1921年10月末日,晚报的总发行数为二千八百四十二万三千七百四十部,星期日出版的新闻总发行数为一千九百零四万一千九百十三部。以上数字根据该杂志1925年《国际年鉴》专号。)

在多数的晨报、晚报或星期报之中,有行销份数少至二三千份的小报纸,也有销五六十万份以上的大报纸。但日刊报纸中,销数在一百万份以上者，尚付阙如。星期报中，如 *New York American*，销至一百零五万四千九百三十三部；*Chicago Herald and Examiner* 销至一百零一万八千九百十七部。其次则为 *Chioago Tribune* 的星期版，销数为九十二万六百三十八部；纽约的画报 *News* 的星期版为八十万七千二百七十九部。《纽约泰晤士[报]》的星期版为五十六万九千六百二十三部。《纽约世界日报》的星期版为五十五万九千八百七十五部。在每日发行的各报中，销数最大者，纽约的《新闻报》，销数为七十八万六千三百九十八部；其次为该报的晚报 *Journal*，销数为六十六万六千六百八十六部。但与英国各报的销数比较，则不逮远甚。例如伦敦的《每日邮报》，销数为一百七十五万九千八百八十一部。*Evening Standard* 为一百五十万部，画报 *Daily Mirror* 为百万部，星期出版的《世界新闻》为三百五十万部，《星期画报》为二百万部。英国各报发行份数之多，实由国情与地理的关系使然。英国国土狭小，交通机关发达。伦敦发行的报纸，在当日或隔日即可遍送全国，可无时间迟延，减少新闻价值的忧虑。并且各地乡村的读者也可以获得，维持读者，殊为易事。例如《每日邮报》，办有曼彻斯特的地方版，登载地方农村的消息与田园生活，使地方读者与报纸发生亲密的关系。其次英国国民，其性质为保守的，崇仰本国的历史，故以一读首都伦敦的报纸为荣。这种风尚，与美国的地方读者完全不同。

　　美国的地方新闻发达，所以新闻事业现出群雄割据的状况，其原因虽为地理的关系与政治的区划，然美国为历史浅薄的新大陆一点，也为主要的原因。因为美人不必拘泥于历史，随处可以创业，所以用一种开辟荒地的意志去办报。看报的人，多为欧洲各国移住的移民，大多数对于波斯顿或纽约的新闻，没有特别的兴趣，只以阅览本地出版的报纸为满足。所以地方新闻易于发展。

二

美国各报馆的组织，多为合资公司。股东方面的代表者为社长、董事、发行人。内部的组织分"编辑""营业""印刷"三部。美国各报，最初本非公司组织。自19世纪后半，始为公司组织。以前属于个人经营。1704年，约翰·康伯尔氏在波斯顿发行《波斯顿导报》为始，其后创刊各报均为个人经营的报纸或为政党机关报（受政客津贴）。到了现在，美国各报多为完全独立的企业，不受个人或政党的援助。最早采用公司组织者为《纽约论坛报》，该报创立于1841年4月10日，由何勒斯·格里尼个人［创立］。后来于1849年1月1日，改为公司组织，当变更组织之时，上自干部，下迄职工，均分配特股，所以馆中人员，均为股东，共同经营。自该报开始此种组织以后，各报也跟着改革。

馆内的编辑部管理新闻的编辑、制作等业务，营业部掌管广告发行、会计等业务，印刷部担任报纸的印刷、制作。编辑部雇用站立时代之前有明敏头脑的人物，营业部雇用长于经营事业的干才，印刷部雇用有科学知识与熟练技巧的人材。

编辑部的组织，可以纽约、支加哥、费城、圣路易、旧金山各地的大报为例。这些报馆的编辑部，分为两部：一为论说部，一为新闻编辑部。论说部担任社论栏,新闻编辑部担任社论栏以外的全纸面的编辑。新闻编辑部更分为若干部门,分担各种职务。各种职务的分担,随报纸而异,但大体相同。兹以《纽约泰晤士报》的编辑组织作为代表,列举如下。

董事会(董事五人) Board of Directors

发行人 Publisher

执行委员会 Executive Council

论说部 Editorial Department

 主笔 Editor in Chief

 副主笔(二人) Associate Editors

 论说委员(八人) Editorial Staff

新闻编辑部 News Department

 编辑部长 Managing Editor

 副编辑部长 Assistant Managing Editor

 昼间编辑长 Day News Editor

 社会部长 City Editor

 副社会部长 Assistant City Editor

 夜间社会部长 Night City Editor

 副夜间社会部长 Assistant Night City Editor

 电报通信部长 Telegraph Editor

 副电报通信部长 Assistant Telegraph Editor

 整理部长 Make-up Editor

副整理部长 Assistant Make-up Editor

星期版编辑长 Sunday Editor

副星期版编辑长 Assistant Sunday Editor

画报编辑 Editor Rotogravure Pictorial

副画报编辑 Assistant Editor Rotogravure Pictorial

经济部长 Financial Editor

副经济部长 Assistant Financial Editor

商情记事部长 Bussiness Editor

运动部长 Sports Editor

副运动部长 Assistant Sports Editor

新刊介绍编辑 Book Review Editor

不动产编辑 Real Estate Editor

音乐部长 Music Editor

演剧部长 Dramatic Editor

社交编辑 Society Editor

绘画美术部长 Art Editor

绘画美术部 Director Art Department

漫画股 Cartoonist

投函部主任 Editor Correspondence

组合新闻编辑 Manager Syndicate News

外国新闻杂志阅读股(二人) Foreign Publications

美国新闻杂志阅读股 American Publications

调查材料整理股 Manager Library and Index

新闻索引股 Manager News Index

记事目录股 Subject Index

无线电股主任 Manager Wireless Station

华盛顿分局主任 Manager Washington Office

副华盛顿分局主任 Assistant Manager Washington Office

伦敦分局主任 Manager London Office

巴黎分局主任 Manager Paris Office

在各部长与副部长之下工作的记者共有二百零七名,此为1923年时的调查,现在也许还有增加。《纽约世界日报》的编辑部,服务于日刊者共为一百四十三人,服务于晚报者共为一百二十一人,服务于星期版者为二十一人,连其他人员合计在四百人以上。

在编辑上各报均各有特色。某教育家研究纽约各报在三个月以内登出的新闻,发表结果如下。

关于不良风纪的新闻记事	3900 件
不健全的新闻记事	1684 件
平凡的新闻记事	2100 件
认为有价值的新闻记事	2900 件

此统计证明有报告价值的记事,只占百分之三十九。这位教育家对报馆方面发警告,希望对于新闻记事的取材加以注意,但《纽约世界日报》的答复是"如此已足,有价值的记事,已近十分之四,已算好了。现在的社会与个人的要素之中,大约只有这点分量"。这可以

说明新闻是社会的反映。

美国各报对于新闻记事的处理，各有不同。大概国内的事故占七成，国外的事故占三成。国内消息，重视大总统的选举、暴露政治界的[腐]败、惊人的命案等项。但是此类事件不是常有的。故与美国有密切关系的国际外交问题、政治记事、诉讼事件、运动记事、经济记事也被重视。至于赫斯特系的报纸则对犯罪、诉讼事件、男女丑行更为重视。国外新闻以欧洲方面记事占多数，约占七成，其次为日本、中国、墨西哥、南美等地。不过有时又依照当时情形而定，例如1923年9月1日，日本大地震时，各报均登载于第一版，颇为详尽。以下再略说各报的编辑方针。

《纽约泰晤士[报]》对于政治、外交、经济的记事，以公平、正确为主，且极详细，故为研究美国的外人与一般知识阶级所喜读。又因资本充足，活动极坚实，有时揭载出来的记事，使读者惊异。例如1919年6月9日，巴黎和平会议的草案，已载于美国上议院的议事录，于是该报的华盛顿分馆访员，即赴华盛顿的印刷所，将印刷中的该条约草案，由二十四根电报、电话线直送纽约，登载于第二篇的第一页至第八页，共占六十二栏地位。读者及同业均为之惊讶不已。但在一般读者，不过对于此项消息的"标题"与"记事"，觉得长大而已，至于仔细阅读内容的人，只有对于此项条约有特别兴味的少数读者罢了。当时的同业见《纽约泰晤士[报]》超群出众，不免有嫉妒之意，评该报所登的消息为"狂人所读的冗长的记事"，此说亦不无理由。正如支加哥的北西大学教授W. D.施考特在他的《广告心理学》

里所说的话,"凡一般人读报的时间,不过十五分钟"。所以有价值的长篇新闻记事,读者只看标题或跳读内容。因此《[纽约]泰晤士报》被人评为"冗漫无生气",但该报的记事坚实、正确精密,为一般所信用。在广告方面自然增多,在1924年时,该报广告,已达二千六百万行。该报的全年度支出总额超过二千万元,纯利为二百五十万元。

《支加哥论坛报》的编辑方针,以简洁有兴趣为主。极有兴趣的问题,虽占据全幅,亦所不惜。以前对于三K党的内幕,曾用全面登载。1923年对于日本的地震,每日用三面页地位登载。该报对于国际外交的新闻特别注重。在第一面登载《论说漫画》(*Editorial Cartoon*),该报的《特载的新闻记事》(*Feature Stories*)亦为他报所不及。

"赫斯特系"的报纸又属别开生面。如《纽约亚美利加报》《支加哥通问报》《旧金山讯问报》等,皆属于"赫斯特系"。此外全美各地,发行九种晨报、十一种晚报、六种星期报。总发行数已超过七百十万五份。该系各报的编辑方针,均以感觉主义为中心,对于发行地的犯罪事件、杀人、强盗、收贿、男女的丑行等事件,不惜用挑拨的文字,大大地揭载出来。论说亦以排英,排日,攻击合众国政府,排斥知事、市长,煽动民众等为主。总之,反对、排斥、攻击、煽动、嘲骂为该报的一贯精神。鼓吹爱国,凡事主张"美国第一"。该系报纸的论说,由《纽约晚报》亚肃·步里斯本主持,每日用电报拍送系内各地报纸登载。故步氏的论说,读者之多,世界无匹。"赫斯特系"的报纸,不为知识阶级的人士信用,但下层社会则深喜之。从前纽约选举市长时,当选者赫斯特系报纸所拥护之哈兰,其时虽有《纽约泰晤士[报]》、《纽约世界日报》、《大晚夜报》(Evening Post)等反对,均归无效,可知该系报纸在下层阶级极有势力。

与哈斯特系报纸相反者为《基督教警报》(波斯顿)(Christ in Science Monitor)。该报以主笔威廉·亚波特的新闻伦理观为主,凡杀人、强盗、诈欺、男女丑行、家庭秘事等均不揭载。而以国际外交、产业、海外贸易、政治等消息为主。海外的"邮政通信",甚为注重。该报的编辑方针,以忠厚笃实为主,戒挑拨,记事以公平、正确、坚实为基础。《特载的新闻记事》亦以鼓吹高尚趣味为目的。该报主笔亚波特氏为著名的新闻伦理运动的先驱,1922年1月任该报主笔,提倡新闻伦理运动。据亚氏之说,现代新闻、[报]纸应扫除挑拨的犯罪记事,中止彼此受损的营业竞争,建设为社会公众服务的独立新闻。该报在亚氏指导之下,成绩斐然,现在的销数为十万三千余份。

《纽约世界日报》在19世纪末至20世纪初期,曾受黄色新闻的污名。在今日该报纸面已竭力避免挑拨的文字,对于政治、经济、外交、教育作公平、坚实的报告。努力拥护国民的权利、自由、利益。照相、漫画,与各种《特载的新闻记事》极为丰富。该报之有今日,实为约瑟弗·布立资的努力。

《甘萨斯城星报》在中部各州的新闻中要算最有威势的。它的编辑方针忠厚笃实,犹如波斯顿的《基督教警报》。其政治记事以公平、正确见称,论说能辨是非曲直,批判公平,能获读者的信用。

《纽约论坛报》在第一版载有"记事目录",(犹如上海的《申报》)指明某面有某种新闻,对于阅者颇为便利。

《费城公报》以国际外交问题、东方问题著名于美国报界。该报对于缩小海军,反对扩张军费,曾发表公正的意见。以下略述各地报纸的情状。

华盛顿虽为政治中心,但新闻界不甚活跃。波斯顿为美国新闻产生最早的古都,且为美国文学的发祥地。但因地理与经济的关系,在都市的膨胀发展上,不逮纽约与支加哥。该地市民具保守的风格,故新闻缺乏泼辣的活气。但亦坚实沉着。如《波斯顿通问报》《波斯顿邮报》等,均极踏实。又该地同业间的竞争并不激烈,因读者固定之故。

旧金山与罗杉矶等太平洋沿岸都市,为将来发展新闻事业极有希望的市场。如《旧金山讯问报》《旧金山记录报》《罗杉矶泰晤士报》等,均能逐年发展。西部各报大多活泼有生气,编辑方针取感觉主义,对于维系浮动的读者,颇为有效。

《照相新闻》(画报)为美国报界的特色。现在美国的日报,发行数最高者,即为纽约的《新闻报》(News)。该报为绘画及照相新闻,于1919年创立,主持者为《支加哥论坛报》主人麦可米克氏。出版后颇受读者欢迎,至今更为繁盛。该报的新闻记事极平易,照相、插图甚多,纽约的职业妇人、儿童及其他市民都喜欢阅看。赫斯特系报纸的主人赫斯特曾仿《新闻报》的编辑体裁,于1924年6月24日创刊《镜报》,于同年10月,销路已增至二十万份,可知美国人士对于此种体裁的新闻有特殊嗜好。

三

美国各报的广告,其繁盛为世界之冠。任取一种报纸或杂志翻阅之,大抵广告与文字各占一半,甚或广告较文字为多。《纽约泰晤士[报]》的广告,占纸面的五成八分;《纽约世界日报》占五成二分;《纽约亚美利加报》广告较少,占二成七分。晚报中,Evening Journal 占五成四分,《New York Evening World》占四成八分;星期报中,《纽约泰晤士[报]》占五成八分,《纽约世界报》占五成四分,《纽约亚美利加报》占四成九分。至于周刊杂志《礼拜六》则广告栏较记事栏为多,一页广告需费数千元,尤为骇人听闻。广告收入较报费收入为多。广告费对全部收入之比率为十分之六七,报费对全部收入之比率为十分之三四。

根据《编辑人与出版者》杂志的调查,1924 年全美各报中,主要新闻二百二十八种,晚报六百五十六种,星期报二百八十九种,其登载广告之总行数为五十亿五千八百七十万五千五百另八行,广告费为六亿四千二百万元。广告之多,世无其匹。

美国的新闻广告,共分三类:一为全国的广告,二为新闻发行地的本地广告,三为分类三行广告。各报的广告部亦照此分为三部,亦有分为"全国与本地广告部"与"分类广告部"者。其上设广告部长管理一切事务。广告部设"意匠部",应广告主人的需要,制作原稿,并供给劝诱登载广告的材料。除"意匠部"外,又设"商情调查部",使广告主人理解新闻广告的效力,以吸收广告。

美国各报的广告费并非一致，视报纸的销数、看报者的阶级与社会信用等而有高低之差。

广告公司（代登广告）在美国有二千余家。全国广告多由广告公司经手，地方广告除百货店而外，其他小广告亦经广告公司代理。分类广告则直接与报馆接洽，但亦有由广告公司代办者。广告公司的手续费大约为一成至一成五分。支付广告费的日期，大约在广告登载后，一个月以内；如付现金，可得若干折扣。但广告费则须付给现金。吸收广告的方法，各报馆与各广告公司均苦心研究，竞争甚烈。分类广告，年来极为发达，因为此种广告，对于社会各阶级甚为便利。

据《编辑人与出版者》杂志的调查，美国各报的广告，以《地答罗的新闻报》为最，每年约有三千六十万行；次为《支加哥论坛报》，二千八百十八万行；《罗杉矶泰晤士[报]》二千七百三十九万行；《纽约泰晤士[报]》二千六百二十八万行；《甘萨斯市星报》二千五百三十万行；《华盛顿星报》二千五百三十万行；《纽约世界日报》二千四百七十八万行；《比兹保新闻报》二千三百四十七万行；《圣路易邮报》二千三百另四万行；《罗杉矶讯问报》二千二百九十六万行。

广告的类别行数与报纸发行都市的经济状态、人口多少、新闻特色、购读阶级、销数、社会信用等均有关联。就一般说，一家报馆的广告以地方广告占多数，约为十分之六，至于全国广告与分类广告则在伯仲之间。

美国的大广告主，福特汽车公司开设于地答罗的，故《地答罗的新闻报》的广告受其实惠。支加哥的《支加哥每日新闻》，亦在商工业的中心地,且于吸收广告苦心研究,故广告亦多。可见广告为商业的武器,而美国的富庶,也在各报的广告上表现出来。

最近各大报均设"商情调查部",使广告主人理解于本报的广告效力,更进以实际调查市民的购买力,将最受欢迎之商品指示广告主人与贩卖业。对于新出的商品,或某种商品在某地推销未广,欲设法推销者,该部均为广告主谋便利,负责使该商品销售于各小店。

自"商情调查部"设立以后,新闻广告发生一大变革。因为从前的广告必须讲求劝诱,现在以满足广告主为务,使广告主自己需要新闻广告。同时广告主必须选择"商情调查部"完备的报馆,各报馆对于"商事调查部"亦努力使之充实。因此,不正当的广告即被淘汰,凡揭载于报纸上者均为确实可靠的广告,在"报馆""广告主""消费者"三方面,均有实益。

据"美国新闻发行者协会广告部"的调查,1924年,美国各报的广告主及广告费的支出有如下列。

广告费	广告主人
200万元	福特汽车公司
190万元	维克多留声机器公司
165万元	齐维洛勒特汽车公司
160万元	美国烟草公司
150万元	李·麦烟草公司
150万元	印底安那模范火油公司
140万元	加尔麦特麦粉制造公司
125万元	维廉·李格莱口香糖公司

续表

120 万元	道奇兄弟汽车公司
100 万元	贝格·地答罗的汽车公司
80 万元	玉蜀黍制造公司
80 万元	必梭登牙粉制造公司
75 万元	U.S 橡皮公司
75 万元	哈卜汽车公司
70 万元	奥克兰汽车公司
70 万元	B.F 古德里希汽车胎公司
65 万元	克利哥特碳酸水制造公司
63.5 万元	贝克汽车公司
60 万元	F.Z. 哈亨士罐头公司
60 万元	吉勒纳尔雪茄烟制造公司
51 万元	普·甘衣裳公司
50 万元	哈·马衣裳公司
50 万元	加州模范火油公司
50 万元	文学周刊社（Interary Digest）
46 万元	葡萄干制造业联合会
45 万元	柯尔格特牙粉肥皂制造公司

看上列的统计，便可知道美国的许多广告主不惜费用，竞登广告。制造者方面实行广告战争，如果失败，事业便一蹶不振；广告战胜，事业繁荣，制造品风行。因此生产者对于广告，不惜牺牲。试看柯尔格公司制造的肥皂，能将英国制造的贝耶斯肥皂逐出美国市场，便是由于广告战争的胜利。但英国的李朴登红茶在美国极注重广

告,故受人欢迎。福特汽车公司的营业发达,虽为出品的关系,但亦为亨利·福特为广告战胜利所致。《文学周刊》(*Literary Digest*)能销至[一]百四十万份,必梭登牙粉风行全美,亦不外广告巧妙的结果。

四

美国的"新闻伦理化"运动,颇值得在此介绍。

1923年4月二十七八两天,在华盛顿开的"第二次美国新闻编辑者大会",曾通过《伦理法则》。此项规约,可以挽救美国专以挑拨文字引诱读者的弊端。兹撮举大要如次。

规 约

新闻本来的职能,在将人们所行、所感、所思的事件传达于人类。故新闻对于当务者,要求他们应具有最广泛的理解力、知识、经验、观察力与推理力。与新闻发生关系的人,其责任无异于大众的教师。为使美国新闻有健全的习惯与形成正当的抱负起见,特制定下列之法规。

第一,责任。除与公众的福利有关的问题之外,新闻不受任何拘束。故新闻之能善为社会服务与否,全视经营新闻事业者之责任观念何如。如新闻记者以新闻的自由立场供利己的或无价值的目的使用,则彼对于此种高尚的责任,甚不忠实。

第二,出版的自由。出版自由为天赋人类的最大权利,故应守护之。

第三，独立。除有忠实于公众利益的责任之外，一切均独立自由。如帮助违反公众福利的一切私的利益，则无论理由如何，均非忠实的新闻记者所应容忍。新闻的传达，苟其来源为"私"，如不能将来源公示于人；或不能证明其有新闻的价值，不应揭载发表。远离吾人所认识的真理的评论上的党派心，实冒渎美国新闻的精神，新闻栏内的党派心，亦足以颠覆新闻职业之基础的原则。

第四，诚意。对于读者所披露的诚意，即新闻的名誉。新闻记者常以诚意考虑，只许真实、正确的记事揭载于纸上。其次，标题应依照记事内容并加以"保证"。

第五，公平无私。新闻的报告与发表意见，截然为二。新闻的报告，不得加入任何别类之意见，亦不得随好恶之感情而左右记事。但记者署名及其他特别记事不在此限。

第六，光明正大。新闻如不与被告人以辩明之机会，而私自发表影响其名誉或德性之科罪，甚为不当。其正当之方法，如对于重大犯罪，除在司法机关调查之外，应使被告人有辩解的机会。

第七，端正。一方面公言高尚道德的操行，但发表教唆卑劣行为的记事，例如犯罪及不道德行为的描写，则该新闻不免遭受无诚意的非难。该新闻的发行，显然不以公益、服务社会为目的。

上述的伦理法则,大体上能矫正现代新闻的缺陷,能企图更善的社会公益,达到社会服务的目的。美国的"感觉主义"与"黄色新闻",颇受影响。

同年4月21日,"甘勒克其加特州新闻评论记者协会"在哈特孚开春季大会,讨论新闻伦理法则,全场一致,通过下列规约。

伦理法规

吾人相信新闻业为名誉职业,且为服务国家的机关,故议定下列的伦理法则,作为支配本协会会员的服务方针。

一、为增高新闻事业标准起见,应作最善之努力。使与自己竞争的报纸,以吾为学步之例,方为贤明有利;且能幸福,故应使吾人的报纸努力向上。

二、凡不以正义道德的最高观念为基础者,可勿为之尽力。

三、为拥护州法及国法之权威起见,须借新闻栏与社论栏以鼓吹奖励之。

四、由别种出版物转载之记事材料,无论用于何处,均应记明出处。

五、对于同时代的新闻与编辑者,不可在新闻栏或在社论栏谩骂之。

六、用合法的手段,防止记事栏插入广告之扩大。

七、调查一切送登的有疑问的广告,拒绝易遭误解、不正当、违法的广告。对于"免费奉送"一类的广告，更应拒绝。

八、本会会员应决心履行所负之义务……

就上述的伦理法则看来，现代美国新闻界，已厉行伦理的运动，这对于极端商品化的"黄色新闻"，正是一种对症的良药。

提要：
1. 美国的地方报纸极其发达。
2. 美国报馆的组织。
3. 美国各报编辑的特色。
4. 美国各报的广告。
5. 美国新闻界的伦理运动。

第五章　德国的新闻

一

德国的新闻事业,确立其产业的基础时,为20世纪的初头。德国的资本主义,其发达较迟于英美,因此新闻之成为企业,亦较迟于英美,并且规模也较英美狭小。即在德国国内,新闻的资本集团较之其他产业,例如制铁托辣斯、化学工业托辣斯等,其规模亦颇狭小。

到了1900年代,德国新闻企业化的倾向甚为显著。根据木塞(Muεor)的调查,1906年,德国全国,在人口不到一千的地方所发行的新闻数共为二三种;人口在五百以下的地方所发行的新闻数,共为三种。到了1914年,前者减为十七种,后者减为两种。Ernst Sohroder氏为研究地方新闻知名的人,根据他的调查,1914年,办有新闻的最小的镇市为拜耶龙的鲁台鲁施特登,该地的人口只有三百一八人。但据1921年1月1日的调查,办有新闻的最小镇市,实为莱因布洛温兹的布兰肯哈蒙(人口六百五十人)。又据Kapfinger的调查,1927

年,人口在一千以下的地方所发行的新闻减为十四。此等小新闻的所在,如依地方区划,可分莱因诸地、汉洛弗娃、巴登、拜耶龙等处。据以上的调查,可知各地方的小新闻,到了1900年代,忽然减少。此一事实,足以说明德国新闻事业集中的倾向。

发展极速的德国新闻事业,到了世界大战时,已有许多资本集团成立;大战以后,施台勒斯(Hugo Stinnes)拥有强大的资本,使新闻事业日趋繁盛。现在共有三大托辣斯,即1.亚尔弗勒·胡根堡(Alfred Hugenberg);2.乌勒斯泰因(Ullstein A. G.);3.摩塞(Rudolf Mosse)。

二

德国的新闻,在今日已有过多的现象。人口不及美国之半,但新闻的数目,则有美国的两倍。二十六政党在各地争办报纸,作为宣传的工具。希特勒政府成立以后,报纸的党派性仍然不能解消。希特勒视新闻为政府的代理店,他曾经说:"新闻为国民教育的道具,为了国家与国民的利益,国家非掌握之不可。"所以在法西斯党的纲领中,有这样的话,"新闻为国家的一种最有影响力,有各种权力的东西,故凡违反'公'的利害的新闻,须禁止之"。所谓"违反公的利害"一语,究竟至何程度,亦甚漠然,在当局者的解释,其范围是无限的。可以说凡违反法西斯的意见者,即是违反公众的利益。所以苟非法西斯新闻则非新闻。希特勒政府成立以后,宣传部格贝尔斯博士主持的《安古利弗报》,在一年之间,销数达一百万份,其势力之豪,可想而知。其他法西斯的老机关报,如在闵行及柏林发行的《浮尔基昔耳·

伯俄巴希特耳报》，亦超过百万份，尤在进展中。在希特勒执政之前，代表德国的大报纸，如柏林的《孚希昔报》《汉堡·弗勒姆登布勒特报》《阿尔格迈勒报》《弗兰克弗尔特尔报》等，自从法西斯的报纸抬头以后，这些报纸就没有作为了。现在德国的新闻，全在法西斯的统治之下。例如1933年3月2日（大总统布告发出的翌日）在柏林发行的有名报纸如《洛特·弗哈勒》等四十九种一齐被罚停刊一个月。那些报纸自然是有抗闵党（Communist）的色彩的。最可怪者是停刊一个月以后，再令停刊一个月，事实上等于永远禁止发行。社会党系的报纸也同样遭受压迫，其中最出名的《弗俄尔维亚尔兹报》也在被罚停刊"两星期"的名义之下，永久停刊。社会党之被迫停刊者共有一百三十余种。抗闵党与社会党两系报纸被迫停刊的总数为一百八十余种。此外如资本家或编辑者为犹太人或为犹太系的德国人，亦在取缔之列。一般报纸的编辑者如有触犯法西斯的忌讳时，即被撤职。就德、意两国比较，意大利的法西斯远不及德国。

三

德国报纸的篇幅，多为小型，德报的一张，等于我国报纸的半张，此为德国特有的形式。因为德国17世纪的周刊新闻时代，本为小型（较现在的报纸更小），所以今日仍维持其传统。在手工业时代，不能制造大型的报纸；现在机械工业发达，造纸已不成问题，但德人已看惯了小型的报纸，也就不想改变了。不过在汉堡、基尔龙一带地方，在前世纪与英、法诸国交通频繁，该地报纸皆为大型。此外如前政府的机关报《阿尔格迈勒报》，则较普通的大型报纸更大。

四

德国新闻的编辑法亦有其特征，最可注意者为第一面的编辑。各报的第一面，其编辑法可区别为三类。

1. 登载社论与政治记事。
2. 只载政治记事，社论则载于他面。
3. 不问新闻的种类如何，以重要消息登在头上。

上第一、第二，两种为德国新闻的传统编辑法。第三为美国式的编辑法。凡政党新闻与尊重德国传统的新闻均用第一、第二两种。至于大都市的午报、晚报，或以广告及贩卖为主的商业新闻则采用第三种编辑法，标题喜用大号，与小型的纸面甚不匀称。但一般报纸的标题则令人有阴暗之感，这也是德国报纸的特征。

其次令人注目的就是大报的"附刊"甚多。虽未能与美国各报的星期附刊比较，但内容颇为充实。各报附刊在德国称为"文化副刊"。凡文艺、工业、医学、农艺等，皆由专门记者担任编辑。政党机关报皆借此与商业新闻竞争。此种特色，实为德国人尊重文化的国民性的表现，为理解德国所必须注意的。

五

根据1927年德国闵行大学新闻研究所调查，德国新闻的总数为三千二百四十一种。如依州别区分，则普鲁士有一千八百十九种，拜耶尔士有四百三十三种,沙克孙有二百二十种,维登堡有一百七十八种,巴登有一百五十七种,徹林根有一百三十三种。

三千二百四十一种新闻中,政党新闻占一千五百二十种;不属于政党的有一千四百九十五种,其余为都市的公报新闻与外国语新闻。政党新闻又分左右两派,分类如下。

右派	自由党	63
	德国国民党	56
	德国国家党	444
	人民党	210
	农民党	18
	拜耶龙国民党	101
	国粹党	7
左派	社会民主党	169
	中央党	321
	德国共产党	32
	民主党	89
	共和党	9

六

在希特勒执政以前,德国柏林有数种著名的大报,值得介绍一下。

1.《柏林·达格布拉特》(*Berliner Tageblatt*)

此报为摩塞印刷公司的代表新闻,亦即社会民主党系最有力的报纸。创刊于1871年,当初全为营业性质,自该报的巴黎特派员台俄妥耳·吴尔夫任主笔以后,文笔惊人,援助社会民主党,使德国革命成功,声价甚高。通信敏捷,附刊甚多。销路在德国为第一。

2.《孚希昔报》(*Vopsisohe Zeitung*)

此报为德国最早的报纸,在1704年时,本名"柏林·布立威勒吉报",其后由孚希氏买收,始改今名。1913年由乌勒斯泰因印刷公司买收。伯仑哈尔特任主笔,主张国际主义,倡"对法妥协说",遂成为右派攻击的目标。伯仑哈尔特氏曾任德国新闻记者协会会长,又代表德国出席国际新闻记者协会,被选为会长。该报属于社会民主党系。

3.《伯林·洛克尔·安兹吉尔》(*Berliner Lokalanzeiger*)

该报为薛尔合资公司所经营的各报的代表,1914年为胡根堡所有,属于德国国家党。通信网甚为完备,读者甚多,小广告尤为著名。

4.《德意志·阿尔格迈勒报》(*Dentsche Allgemeinc Zaitung*)

此报为德国帝政时代的机关报,由施台勒斯、普鲁士州政府、实业家等辗转经营,同情于德国国民党。

5.《日耳曼尼亚报》

创刊时为德国加特力教的中央机关,自中央党成立以后,为该党奋斗,贯彻主张,颇有名声。

提要:

1. 德国新闻的"托辣斯"倾向。

2. 希特勒治下的德国新闻。

3. 德国新闻的形式。

4. 德国新闻的特征。

5. 德国新闻的分野。

6. 德国新闻的代表。

第六章　苏俄的新闻

一

现在苏俄发行的新闻，可以区别为两系，即党内系与党外系。苏俄是抗闵党（Communist）专政的国家，由无产阶级独裁。苏俄的联邦中央执行委员会即等于内阁，人民委员即等于政府。因此新闻可以区分为二。属于党内系者有抗闵党中央委员会的机关报《布洛勿达》（Provda）以及其他农民新闻、劳动者新闻、青年抗闵党新闻、军事新闻等。属于党外系者有苏俄"内阁"的机关报《依斯勿也斯洽报》（Isvestia），最高经济会议的机关报《印德斯特利亚尼莎且》，财政人民委员部机关报《衣可洛米吉斯卡亚·吉兹立》，水陆交通人民委员部机关报《古德克》以及农务、外国贸易、供给、邮电、劳农监督等人民委员部的机关报。在乌克兰、后高加索、乌兹且克等共和国的政治中心地均各有机关报。除此以外，职业组合中央委员会，消费组合本部等亦各有机关报，均属于党外系。

就发行地点说，又可区别为"中央报"与"地方报"。在苏俄首府发行的联邦新闻称为中央报，各地可以区别为共和国、自治共和国、州、区、村等新闻。有二千工人以上的工厂则有工厂新闻。国营农园与集团农场亦有农园新闻(《梭浮俄斯》)与集团农场新闻(《苛尔霍兹》)。有学生千人以上的大学，或者专门学校必有学校新闻。工场新闻的发展甚速，1928年不过二百种，到现在已达一千五百种。工场新闻不限于每日，有隔日一次、二日一次、一周一次、十日一次者，依工场规模的大小而定。此外有一种布告性质的新闻，名为壁报(俄语为施秦格塞达)，它的任务甚为重要。登载工厂、自治团体、病院、共同住宅、俱乐部、汽车、汽船等集团每天发生的消息与他们的希望。并且对于怠惰的个人，行为不正者(例如扰乱秩序、服务怠惰、官僚主义者、反社会主义者等)加以社会的制裁，即用壁报以完成社会主义的建设。因此凡集团、集会场所均有壁报，现在已达二十五万种之多。(1928年只有六万种)壁报的种类有二：一种以公表每日的消息为本位；一种以长期揭载口号、法规、训令等为本位，均贴在各集团墙壁上的固定地位，或用纸张手写或用打字机印成，并从新闻杂志上剪用材料。壁报也有编辑部，从工场劳动者、住民、农民俱乐部员而来的材料，皆经编辑部取舍选择，然后登载，不能任意贴出。与壁报同一作用者，还有一种移动新闻。遇海陆军操演之时，军事通信员在军中公布情报，名曰"军事移动新闻"，此种新闻，只在操演时发行。此外又有"农事移动新闻"，在农繁时期，即播种、收获时期发行之。农事移动新闻的组织简单，由地方新闻记者与农民通信员一二人携带小型印机，带领印刷工一二人到农村，搜集新闻，将集团农业的效果，个人农业与集团农业在收获、利害各方面的比较，印成小张报纸，分配于农民，目的在建设集团农业的社会主义。纸面与张数均少，对于农村文化之向上及农村社会化，贡献甚大。

二

常有人批评苏俄的报纸，说它并非"新闻"，只是随自己的意思写作，内容雷同。这话诚然不错。凡是苏俄的报纸都是统一的。因为统一，所以觉得它的内容单调。如中央亚细亚南部，后高加索，克尼米亚地方的僻地，北穆尔满斯克，亚尔汉格民斯克等地方，他们所办的新闻都是一贯的单纯化的。就是说，他们集中于最后的目的——建设社会主义。在拥护无产阶级独裁，拥护无产阶级利益之点，色彩全然相同。他们只承认无产勤劳大众的存在。党内系的报纸与党外系（政府）的报纸，在记事的采录上虽不统一，可是精神完全一致。各报的组织亦同。编辑之下，设编辑若干人，担任各种记事的取舍。若干人之力不能决定时，由编辑会议决定之。编辑部所收到的稿件，以各工厂、各农村通信员的通信稿［为主］。1931年2月12日，在莫斯哥特开苏俄第五次劳农通信员大会，大会公布通信员的总数为二百七十万人（1925年为十四万人，1927年为三十三万五千人，1928年为五十万人）。现在甚至一工厂有四千以上的通信员。"劳农通信员"为劳动者通信员与农民通信员的通称，前者由劳动者任通信员，后者由农民及集团农场劳动者任通信员。苏俄各报纸均欢迎人民的投函,如投稿数次,为报馆采录,在工厂者即可称劳动通信员,在农村者则称为农村通信员,自然是完全服务,不给酬劳的。

三

苏俄现在发行的新闻,分为下列各种。

1. 一般政治指导新闻;

2. 劳动者新闻;

3. 农民新闻;

4. 职业组合新闻;

5. 消费合作社新闻;

6. 青年抗闵团新闻(注:抗闵即 Communist 之音译);

7. 少年新闻(注:少年即 pioneer,八岁至十五岁);

8. 其他。

兹更说明如次。

第一种包括抗闵党的机关报《布洛勿达》,联邦政府的机关报《依斯勿也斯洽报》,以及全联邦,各共和国,各边疆地方,各州、各区的抗闵党,苏俄政府各机关的机关报。

第二种包含供给联邦、共和国及各地的一般劳动者阅读的新闻。

第三种的读者为农民,包含全联邦中央农民新闻、共和国中央新闻、州区农民新闻。

第四种包含中央职业组合,铁路人员、教员协会,小作农组合,纺织业人员组合等所发行的报纸。

第五种包含中央消费合作社、各地消费合作社发行的新闻。

第六种为青年抗闵团(即抗梭莫耳)的机关报。

第七种为少年抗闵团的机关报。

第八种指不属于上列七种的,各地发行的混合的小报与特殊新闻。

照上述的分类,可知苏俄的新闻均为抗闵党党政府的机关报。苏俄政府实际上是由抗闵党组织的,所以苏俄的各种报纸自然直接或间接受党的指导监督。(参照本章第一小节)

四

苏俄的五年计划(1928—1933)已经完成,关于新闻的五年计划,置于"产业开发五年计划"一部门之内。1928年10月1日,苏俄联邦发行的新闻总数为六百零五种,五年计划完成后,即在1933年末,应增加至七百二十三种。1927至1928年之间,全联邦一年间的新闻总发行份数为二十亿,五年以后,应增加为六十三亿。同时整理新闻网,使颁布区域成为"计划化";规划统一新闻的形式,改善内容,目的在图苏俄新闻成为有计划的发展,俾各新闻能充分完成对于党国的使命。

五年计划实行前后数年间的新闻总数如下。

年次	联邦的总新闻数
1925年1月1日	589
1926年1月1日	613

续表

1927年1月1日	556
1928年1月1日	576
1929年1月1日	692

五年计划新闻总数的增加计划如下。

新闻之种类	1928—1929年	1932—1933年
1. 一般政治指导新闻	158	171
2. 劳动者新闻	66	74
3. 农民新闻	225	269
4. 职业组合新闻	22	23
5. 消费合作社新闻	19	33
6. 青年抗闵党新闻	59	71
7. 少年抗闵党新闻	18	37
8. 其他	38	45

照上表看来，苏俄对于农民新闻的发达，特为注重。一般政治指导新闻与农民新闻合计，五年计划终了时，约占总新闻数的百分之六十。如加上劳动者新闻，约占百分之七十以上。其次少年抗闵党与消费合作社新闻的增加，亦堪注目。

五年计划的新闻分布区域的新闻网如下。

由分布区域区分的新闻种类	1928—1929 年	1932—1933 年
1. 联邦新闻	33	33
2. 共和国"中央新闻"	94	106
3. 边疆地方、州中央新闻,自治共和国、自治州中央新闻	169	204
4. 区"中央新闻"	263	309
5. 分区"中央新闻"	46	71

上表可以说明苏俄新闻把握各经济的行政的区分的地域。

新闻发行的次数,在五年计划中如下。

发行次数	1928—1929 年	1932—1933 年
1. 日刊	142	261
2. 一周四次	4	7
3. 一周三次	104	242
4. 一周二次	146	90
5. 一周一次	137	115
6. 一个月三、二、一次	13	8

就上表看来,其目的在使新闻发行的次数增多。

五年计划中新闻一次及一年的发行份数如下。

发行份数别	1927—1928年	1932—1933年	1932至1933对1927至1928之百分比
绝对数			
一次的发行份数（单位千）	8800	27700	311[%]
一年的发行份数（单位百万）	2000	6300	315[%]

五年计划中各种新闻一次的发行数如下。（单位为千）

新闻之种类	1928—1929年	1932—1933年
1. 一般政治指导新闻	3442	7272
2. 劳动者新闻	1636	3424
3. 农民新闻	3388	9351
4. 职业组合新闻	1513	2921
5. 消费合作社新闻	503	1101
6. 青年抗闵党新闻	761	1726
7. 少年抗闵党新闻	489	1291
8. 其他	789	1597

上表内以农民新闻的发展值得注目，1928年度为三百三十八万八千份，五年间增至九百三十五万一千份。

第七章　英国的新闻

一

英国的报纸可分四大类,即晨报、晚报、写真新闻与星期报。地位最重要者为晨报,晚报次之。写真新闻颇受一般家庭的欢迎,星期报除一二例外,大部分以娱乐为主。晨报因编辑方法不同,又可分为硬性与软性两种。硬性一类的读者多为上层阶级或知识阶级,软性一类的读者则为一般大众。这两种报纸的编辑法,有下述的差异。硬性报的编辑法注重论说,登载名流的投稿甚多。海外特派员不特能力优异,且遍布各地。通信稿在质量两方面都较一般通信社的优良。不过他们的编辑方针是保守的,最初数面,多刊登广告,新闻记事的标题,不用大号铅字,他们的用意,不在煽动读者。这一类报纸的读者虽少,但是他们的社论和报道影响甚大。软性一类的报纸,以煽动的记事,迎合一般人心理,所以标题常用大号字,惹人注目。第一面登载煽动的记事,最后一面登载照相新闻,此外各面的新闻记事中,也插入相当的照相。如运动与妇女家庭的记载,更其注意。不过这两大类的编辑法,不一定是绝对不变的。例如《泰晤士报》在最近二十年,也采用大字标题,此外硬性新闻也有采用软性编辑法的。软性新闻的编辑法也有近似硬性新闻之处。至于二者的经营法也有差异,硬性新闻其性质为保守的,多为家族经营或为独家公司经营,软性多由大资本的脱辣斯或连锁公司经营。贩卖法在前者为消极的;后者为积极的,常用悬赏赠品等方法,用以招徕读者,竞争甚烈。

视为硬性的报纸,以《泰晤士[报]》为中心,如《每日电闻》《晨邮报》《曼彻斯特导报》等皆是。《每日电闻》与《晨邮报》近来亦打破多年的因袭,登载照相,在编辑法上,已稍通俗了。《每日电闻》自被贝雷托辣斯买收以后,减低定价,内容亦不免有所更张。这两种报纸在政治方面的态度,均属于保守党系。《[伦敦]泰晤士[报]》亦属于保守党,受英国政府的援助,至于《曼彻斯特导报》则属于自由党系。

视为软性的报纸有《每日邮报》、《每日快报》、《新闻汇报》(*News Chronicle*)、《每日快报》等,销数常在一百三十万至二百万之间(硬性新闻不过三十万左右)。就政治立场区分,《每日邮报》《每日快报》属于保守党系,《新闻汇报》属于自由党系,《每日快报》为劳动党系。除《每日快报》之外,均为完全独立经营的报纸。

二

英国新闻最显著的特征,就是经营的合理化,受大资本的统制。现将英国著名的报业托辣斯列举如下。

1. 罗特米耳系(Lord Rothermere,北岩爵士之弟)

属于此系的公司：

每日邮报托辣斯(Daily Mail Trust)

联合报纸有限公司(Associated Newspaper, Ltd.)

每日镜报馆有限公司(Dail Mirror Newspaper, Ltd.)

星期画报有限公司(Sunday Pictorial Newspaper, Ltd.)

北岩报纸公司(Northcliffe Newspaper, Ltd.)

代表此系的报纸为《每日邮报》,销路在一百万至二百万之间,平均每日总销数为一百七十五万。除在伦敦出版外,如曼彻斯德、巴黎及横渡大西洋各大邮船中均出地方版。《每日邮报》而外,如《晚报》(Evening News)、《星期快报》(Sunday Dispatch)(此是周刊)、《海外邮报》等,均属于联合报纸有限公司。

2. 贝雷兄弟系(Sir William Perry; Sir Games Pervyf)

属于此系的公司：

报联有限公司(Allied Newspaper, Ltd.)

合群印书馆有限公司(Amalgamated Press, Ltd.)

金融时报有限公司(Financial Times, Ltd.)

凯莱人名录公司(Kellys Directories, Ltd.)

西方邮报有限公司(Western Mail, Ltd.)

北国报联公司(Allied North Newspaper, Ltd.)

代表此系的报纸及杂志有下述各种。《每日电闻》(Daily Telegraph)、《星期时报》(Sunday Times)、《金融时报》(Financial Times)、

《每日简报》(Daily Sketch)、《星期图画报》(Sunday Graphic)、《星期汇报》(Sunday Chronicle)、《每日快报》(Daily Dispatch)、《皇家新闻》(Empire News)、《晚汇报》(Evening Chronicle)、《回音报》(Answers)、《世界拾零》(Comic Cuts)、《家庭琐报》(Home Chat)等。

3. 皮佛勃洛克系(Lord Beaverbrook)

属于此系的公司：

伦敦快报馆有限公司(London Express newspaper Co., Ltd.)

此外并经营电影事业，例如：地方影戏院有限公司(Provincial Cinema Theatre, Ltd.)，百代兄弟电影公司(Path Fréres Cinema)，第一国家公司(First National)等。

代表此系的报纸为《每日快报》(Daily Express)、《星期快报》(Sunday Express)、《标准晚报》(Evening Standard)。

英国的新闻事业均受这三个托辣斯的支配。此外还有规模较小的托辣斯，如史他麦报业托辣斯(Stasmer)，新闻汇报公司(Newspaper Chronicle)，每日捷报公司(Daily Herald，为 Odhams 所有)，利物浦回声报公司，勒赛斯特系(Leicester Harmsworth)，奥太晤公司(Outham)等。他们的资本虽然丰富，但总不能和大资本集团拮抗，将来终不免为大托辣斯合并，这乃是资本主义社会新闻事业的趋势。

附英国重要报纸调查表(此表根据友人冯力山君的调查)

报名	说明
《[伦敦]泰晤士报》 (London Times)	伦敦 出版者,泰晤士报出版部(The Times Publishing Co.,Ltd.)。业主亚司托少佐(Major J. J. Astor)并瓦尔特(John Walter)。成立于1785年,每日出版一次,计185000份。为一般英国上流社会人物以及政治家、新闻记者等所爱读。是英国的领袖报纸。驻外访员遍布全世界各地。每日有三篇以上的社论。对于国内政治常处超然的态度,虽然多半仍替保守派说话。对外则以大英帝国的利益为前提。主张侵略殖民地,与英国外交部一鼻孔出气,加之又以学者的举动作为护符,确能表达英国的绅士态度,所以更受各方的欢迎。自从1908—1922年在前报纸大王诺斯克利夫管理之下,颇失去绅士气概不少。因之引起英国一般上流人物的不满。迨诺氏死后,经一部分全国的著名人物合组一委员会,审查并选择未来管理该报的人物。他们认为《[伦敦]泰晤士报》并不止是营业性质,而是有关于英国的学术。英国人时常是以《[伦敦]泰晤士报》夸耀于全世界的。 此外尚另出版有一图画星期刊,附以重要新闻并各种特别材料,专门供给外国读者。
《晨邮报》 (The Morning Post)	伦敦 出版者,晨邮报有限公司(The Morning Post, Ltd.)。资本计三十万镑。属于在保守党中珮特氏(Sir Percy Bate)所领导下的一派。成立于1772年。每日出版一次,计134000份。《晨邮报》是伦敦最老的一家报纸,与英国的贵族并海军省有关系,也是属于上流阶级的报纸。地位仅次于《泰晤士报》。是保守党的右翼。是英国一家"死硬派"的报纸。论调以反对苏俄并压迫殖民地闻名。

续表

报名	说明
《每日电闻》 (Daily Telegraph)	伦敦 出版者,每日电闻有限公司(The Daily Telegraph Co.,Ltd.)。是1928年由伯雷等用两百万镑的价格所购来,现属于伯雷托辣斯集团管辖之下。创立于1855年。每日出版一次,计350000份。读者比较普遍,是算在英国《泰晤士报》以外,最好的一家政治日报,特别是他的外交通讯并多量的广告,吸引不少读者。自从1930年将售价两辨士减为一辨士以后,销数几乎突增至三倍左右。该报的态度属于保守党,约如《泰晤士报》,国家主义的色彩极浓。
《人民报》 (The People)	伦敦 出版者,Long Acre Press,Ltd。创办于1881年,每星期出版一次,销路超出300万份以上。它是《每日先驱报》的星期版,读者多为工人阶级与中产分子,编辑方法略似《每日先驱报》,也算是社会主义的报纸。属于Odham公司。
《观察报》 (The Observer)	伦敦 出版者,观察报馆有限公司。资本计五十万镑,与《晨邮报》同为伦敦的少数未被报纸托辣斯所并吞的报纸。每星期日出版一次,计213000份。是保守党右派的报纸,在星期日报中,与《星期时报》齐名,阅读者多上流社会人物,以文学、政治部分编得最出色。
《每日捷报》 (Daily Herald)	伦敦 出版者,Odham公司。资本金(计)150万镑,创立于1912年。本是工党的机关报,于1930年由Odham接办。销数已由30万份以内突增至200万份,阅读者多是工人阶级并中产份子。是唯一英国工党的报纸论调,对内,与国政治与工党政策相符合,对外,拥护国际联盟并主张和平主义。《每日捷报》自从移至新主人手中以后,原有主张受牺牲处不少,虽说名义上仍是社会主义者的日报。

续表

报名	说明
《新闻汇报》 (News Chronicle)	伦敦 出版者,威斯敏司特报馆(News and Westminster, Ltd.)并合众新闻纸公司(United Newspapers, Ltd.)(二者各占股本之半数)。成立于1846年。该报是由三家报纸:《每日新闻》(Daily News)、《威斯敏司特报》(Westminster Gazette)(二者于1928年即合并称为 Daily News and Westminster Gazette)并《每日汇报》(Daily Chronicle)于1930年联合而成,并改用今名。每日出版一次,共1280122份。也算是伦敦大报之一。不过格式则属于《泰晤士报》与《每日邮报》之间,为半通俗报。是自由党人在伦敦唯一的报纸。(读者大部分为伦敦并英国各地的自由党人。反对保守党甚烈。)
《劳工日报》 (Daily Worker)	伦敦 出版者,劳动印书馆。它是英国共产党的机关报。创立于1920年1月1日,每日出版一次,销数约在5万份以上。读者几完全是工人阶级,特别在英国南部,极受欢迎。主要的口号是:反对目前的英国政府,反对苏联运动,反对压迫殖民地各民族,并反对第二次世界大战。它是英国最左倾的报纸。
《星期快报》 (Sunday Express)	伦敦 出版者,伦敦快报馆有限公司。是《每日快报》的星期日刊。创立于1918年。每星期日出版一次。销路110万份。阅读者多中产阶级份子。
《每日简报》 (Daily Sketh)	伦敦 出版者,每日简报与星期图画报馆有限公司。属于贝雷兄弟托辣斯。创立于1909年,每日出版一次。销数120万份。是一种极通俗的图画日报。方法模仿自《每日镜报》,但较《每日镜报》为优。

续表

报名	说明
《星期时报》(Sunday Times)	伦敦 出版者,报联公司。属于贝雷兄弟托辣斯,是《每日电闻》的星期刊。创立于1822年,每星期日出版一次,销20万份。读者多为一般知识分子,特别是对于政治方面有兴趣的人物。
《曼彻斯特导报》(Manchester Guardian)	曼彻斯特 出版者,曼彻斯特守导报馆有限公司(Manchester Guardian&Evening News. Ltd.)。成立于1821年,是与《新闻汇报》同为英国自由党人的著名报纸。每日出版一次,特别注重于工商业方面,读者几乎尽是工商业界中人。是英国最好的一家商业报纸,而且也是英国除了伦敦以外唯一获得世界声誉的外省报纸。
《每日邮报》(Daily Mail)	伦敦 出版者,联合新闻纸有限公司(Associated Newspaper, Ltd.)。是属于罗特梅耳集团下最重要的日报。创立于1896年,每日出版一次,共1770000份。为英国通俗报的始祖,并伦敦四大通俗报之一。《每日邮报》完全受罗氏个人的支配,论调倾向于保守党方面。所登载的趋重于趣味新闻,体裁约类于上海《时报》。自从罗氏赞成英国法西斯蒂运动以后,该报事实上已成英国蓝衫党的机关报。读者多一般英国中流阶级,传布范围颇广。
《每日境(镜)报》(Daily Mirror)	伦敦 出版者,每日镜报有限公司(Daily Mirror Newspapers, Ltd.)。是一种半图画的日报,每日刊载的照片甚多,也属于罗特梅耳集团管辖之下,与《每日邮报》为一双姊妹报。每日出版一次,约120万份。读者范围亦甚广泛,尤其以妇女为多。报纸态度同于《每日邮报》。

续表

报名	说明
《晚报》 (Evening News)	伦敦 出版者,联合新闻纸有限公司。也同样的属于罗特梅耳集团管辖之下,每日出晚刊一次,约70万份。有广大的读者。对于政治方面,自然与罗氏一系宗旨相符合,就是极端的帝国主义,竭力反对社会主义并苏俄,可以说是《每日邮报》的晚刊。
《星期快报》 (Sunday Dispatch)	伦敦 出版者,联合新闻纸有限公司。也在罗氏管理之下,成立于1801年,每星期日出版一次,约100万份。可以说是《每日邮报》的星期日报。同时也是英国最著名的星期日报。
《每日快报》 (Daily Express)	伦敦 出版者,伦敦快报馆有限公司(London Express Newspaper, Ltd.)。约有资本金两百万镑,是属于毕弗勃洛克集团管辖之下。创立于1900年,每日出版一次,印刷有两百万份,实销177.5万份。读者范围极广泛,特别是一般中产阶级。《每日快报》与《每日邮报》曾经过不断的互争,终于《每日快报》由于宣传方法的适当,颇有"后来居上"的形势。论调完全处于国家主义的立场,竭力鼓吹拥护大英帝国的利益。反对战争,不过有个范围,就是反对帝国主义者内部的战争而已。
《标准晚报》 (Evening Standard)	伦敦 出版者,标准晚报有限公司(Evening Standard Co., Ltd.)。在毕氏管理之下,是《每日快报》的晚刊。创立于1827年。每日出晚刊一次,销数40万左右。政治态度自然也与《每日快报》相仿。因为关于文学部分编制得特别出色,所以阅读者多半是知识份子。《标准晚报》为人家认为是伦敦最好的晚刊。

通信练习

第一章　通信事业概况

报纸上面所登载的新闻，其来源可分为两大类：一类是报馆自己的记者采访而来的，一类是通信社供给的。

我们每天看报，看见许多重要的电报，在电文的最后一行，有的注明"路透社"，有的注明"哈瓦斯社"，有的注明"中央社"，这是怎么一回事呢？

原来通信事业和报馆经营是相辅而行的。一家报馆的人力、财力不能不有一定的限制，对于国外、国内的消息势难完全采访到手。为求国内外的消息敏捷正确起见，除开报馆自己所雇的记者之外，必依赖通信社供给消息。自从通信事业发达之后，各报馆都要托通信社供给新闻材料。现在报上所载的"路透社""哈瓦斯社"等等电讯，就是那些通信社所供给的。在报馆方面，每月付出的经费有限，所得的消息的种类是无限的。而且有许多特别消息，为报馆中的记者所不能探访的。采访新闻虽然是报馆的职责，但却不能不求通信社的辅助。所以现在各大报馆的电讯，十分之六七非依赖通信社不行。

以本国的报纸来讲,因为经济人材缺乏,国外消息几乎完全依赖通信社供给。我们每天看报,只看见"路透社""哈瓦斯社"(还有其他国外通信社)这些通信社的电讯,成为我国报纸的主要资料。至于国人自己所办的通信社,规模较大的,只有附属于南京中央党部的中央通信社。

世界的通信事业,以下列各社为最著名:

1. 路透社(The Reuter Telegraph Company Ltd.)

2. 联合通信社(The Associated Press)

3. 合众通信社(The United Press Association)

4. 哈瓦斯社(L. Agence Havas)

5. 塔斯社(T.A.S.S)

6. 新闻联合社

7. 日本电通社

以下分述各通信社的概况。

一、路透社

英国伦敦的路透通信社创设于1851年,主人为德人路透氏(Paal Julius Reuter)。创设时本在欧洲大陆,因受政治的压迫,遂移至伦敦。当初的通信只限于商业,不为人注意。到了1857年,该社发表拿破仑第三世给予奥国大使的诏书,始震动伦敦的新闻界,渐得英人的信用。1859年,法奥之战起,该社发出的战地电报通信极受人注意。报告美国南北战争的通信也极敏捷,因此不仅英国各报欢迎它的通信,即大陆各报无不重视该社。1870年普法之战,塞丹一役,拿破仑第三世败于普鲁士,其第一报是由俾士麦的口中,泄漏于路透社的从军记者的,可知该社的从军记者的手腕不凡。又如1878年俄土战争的讲和条约,尚未经两国全权代表签字,该社已将它发表了,此事也震动一世。后来创立该社的路透氏,于1899年逝世,其子路透男爵(Baron Herbertde Reuter)继承父业,于是该社的股东、编辑部人员、通信员都为英国人占据,变成了纯粹的英国通信社。该社的通信网遍布世界各地,远东的分社设在上海。路透男爵于1915年悲悼其妻之死因而自杀,改由琼斯氏(Sir Rodesic Jones)继任社长,以至今日。

二、联合通信社

美国联合通信社,略称A.P,其前身为1848年设立于纽约的纽约联合通信社(Associated Press of New York)。该社的组织与前述路透社不同,路透社是股份组织的通信社,该社是会员的组织而非营利的通信社。纽约联合通信社是由纽约泰晤士(New York Times)、纽约报知新闻(New York Herald)、纽约论坛报(New York Tribune)等报馆为搜集交换新闻组织而成的。该社的通信网遍布海外,在1904年1月1日,与世界各国的主要通信社结了契约,交换消息,并遣特派员住于各重要都市,负通信之责。该社既为会员的组织(Membership Corporation),故美国四十八州加入该社的报馆有一千一百五十余家,合菲利宾、南美阿根廷、智利各地的报馆,共有一千二百余家。这些加入的报馆，互相交换消息，故通信事务极其繁重。该社为统一社务起见，特分为东部、南部、中央部、西部，各部在管辖区域内的都市设置分社，驻有特派员担任通信事务。此四大分社受纽约总社的管辖。总社更与各国通信员定约，交换消息，遣特派员分驻于海外各地。

该社会员于每年四月，在纽约开大会一次。由大会选举理事十五人。理事的任期用抽签的方法决定，任一年期者五人，二年期者五人，三年期者五人。理事中互选常务理事七人。再由七人中选举社长一人，副社长二人，主事一人，副主事一人，会计监督一人。各职员的任期为一年，但得连任。现任该社主事兼总经理者为柯贝氏（Kent Cooper）。

该社的社章（By-Laws），摘译如次：

1. 目的　以登载于会员所有或代表之报纸为目的，故搜集交换各种消息，但不得营利或以消息作为买卖。

2. 会员　每报限定一人。

3. 入会　新入会者须得开会员大会时五分之四以上的会员赞成。大会未开时，得理事会之许可亦得入会。但会员中有提出异议者理事会得取消其入会。

4. 会员大会　为选举理事及讨论其他事件，于每年四月开大会一次，在纽约市举行。

5. 理事会　为经营本会事业起见，于会员中选举理事十五名。任期由抽签决定，任一年期者五人，二年期者五人,三年期者五人。由理事十五人每年互选常任理事七人。常任理事之任期为一年。

6. 职员　社长一人,副社长二人,主事一人,副主事一人,会计监督一人,以上职员由理事会选举之。职员之任期为一年,但得连任。

7. 会员的权利与特典　会员有在各种大会投票之权,有承受供给消息之权利。凡消息之范围及性质于入会时由理事会决定之。入会费及常年会费亦由理事会决定之。凡受会中供给之消息,揭载时须在报纸上明记"A. P. 社"字样。

8. 会员的义务与负担　会员应依照理事会的决定,负担会费(Dues)股款(Assessment)。除此而外,由理事会决定。会员所在地的消息亦应供给于总社。但由会员所特自努力而得的特殊的材料不在此限。本会所供给于各会员的消息,会员不得泄漏(露)于非会员。本会对于会员所供给之会员所在地的消息亦不得以之供给于该地方其他会员。

9. 经费的分配　凡搜集交换与发送消息及其他一切费用,由理事会公平使会员负担之。

该社现任职员如下：

社长　佛兰克·罗伊耶斯(华盛顿星报)

副社长　E.H 班特拉(布法罗新闻)

第二副社长　G.P.J. 穆勒(明菲斯商报)

主事兼顾问

副主事兼总经理　　肯特·柯贝(A.P. 社有功社员)

会计监督　J.R. 岳特(同上)

常任理事　亚妥洛夫·S. 奥克斯(纽约泰晤士报)

同上　佛兰克·罗伊耶斯(华盛顿星报)

同上　E.L. 赖伊(圣路易 Globe Democrat)

同上　罗巴特·麦克仑(费城·布莱顿报)

同上　克赖克·霍耶耳(Atlanta Constitution)

同上　C.H. 克赖克(Hartford Geraint)

同上　E.B. 贝克(克里布兰特·Plain Dealer)

(注)括弧内为报馆名称。

　　以上为联合通信社组织的现状。该社在国内交换搜集消息,有"专用电话线"的设备。白昼用电话线长五万五千哩,夜间用长五万三千哩,合计共有十万八千哩的专用电话线。在纽约总社与东部分社(也在纽约)、中央分社(在支加哥)、南部分社(在阿特兰达)、西部分社(在旧金山)、华盛顿分社之间,该社的专用电话线,密布如蛛网。此外如各分社所管辖的"特派员事务所",以及加入该社的各报馆之间,均赖此种专用电话互相联络,用以传达消息。但有一种限制,就是凡架设该社"专用电话线"的各报馆,不得架设其他通信社的"专用电话线"。这种限制,无非防备该社的消息,未在加入该社的各报上揭载之前,被其他通信社或社员以外的报馆盗用。

该社又有一种规定,即哈斯特系(Hearst)的报馆(参看谢六逸著《茶话集》第一零七页至一二二页,上海新中国书局出版),不能引用该社的专用电话线。原因是哈斯特社的通信社"国际新闻社"(International News Service)曾经盗用该社的消息而以之供给于各报之故。A.P 社为了保护"新闻所有权"曾提出"防止盗用新闻"的诉讼。后来 A.P 社得了胜诉。由华盛顿大理院判决,承认 A.P 社的主张,就是"新闻事实的搜集,所费劳力经费甚大,当然有其财产权"。自此以后,在美国,新闻的所有权始完全规定。

A.P 的会员之中,有共和党党员,也有民主党党员;有拥护资本家的报纸,也有劳动者的机关报;有奉加特力教的,有信无神论的。其次,该社会员所经营的报馆,除开美国市民之外,有法兰西系、德意志系,或西班牙人、墨西哥人、日本人等。各报的利害关系或立场都各不相同。所以该社为避免"宣传"或"利用"的弊病起见,凡社员供给总社的消息,概不得发表意见,只限于搜集交换"公平正确"的消息。

该社之有今日,实由于梅贝尔·斯透氏(现已故,为该社的创办人)、维克多·劳孙氏(于 1925 年逝世,曾任支加哥每日新闻的社长)与佛兰克·罗伊耶斯氏(华盛顿星报的主人)三人的努力,故有 A.P 社三大功臣之称。

三、合众通信社

美国合众通信社（或译为合同通信社），略称 U.P，与联合通信社对峙。成立时为 1880 年，因为 A.P 竞争，结果不能战胜 A.P，遂行停顿。后来由纽约的 The Publishers Press，克利勿兰特的 The Scripps News Association 和旧金山的 The Scripps News Association 三通信社合并，组成"合众通信社"，时为 1907 年 6 月。

联合通信社（A.P）的消息，只供给加入该社的报馆，合同通信社（U.P）与之相反。它对于世界的任何新闻或同在一都市的几家报馆，都可以供给新闻。它的组织，是以营利为目的，即是所谓 Bussiness Policy。

联合通信社的管理，操于支加哥每日新闻、纽约泰晤士、华盛顿星报几家报馆的手中。合同通信社则不然，该社的干部，实操管理的全权。该社的特征，就是不和任何国家的"御用通信社"交换消息。其实世界各国的代表的通信社已为路透社或联合社所支配，所以该社不能不主张商业主义或自由主义。

该社因有施克利朴氏等人的努力，通信设备颇为完整，购买该社新闻的报馆也日愈增加。在世界各国的主要地方均有特派员。当 1914 年世界大战发生时，该社便用全力开拓国际通信网、增加分社，特派员的活动极其灵活。当时凡有宣传色彩的消息，该社都不采用，所采集供给的消息公正真实，对于和平的促进颇多贡献，故该社能博得世界的信任。

现在该社所有的"专用电话线"与"专用电报线",在美国内有十二万五千哩,在南美有五千哩,在欧洲有五千哩。在美国内的分社有五十一所,通信员有一千五百余名,电信员约有一千数百人。又散住各地的特派员与通信员的总数有二千人,分布各地的分社达二百余所。受该社供给的报馆在美国内,有各种晨报、晚报千余种。直接由该社供给新闻的报馆或由各地通信社经手供给于报馆,占世界四十余国,报纸所用的语言为十九国的国语,约有一千五百余种。

该社与海外各通信社结契约,以搜集或交换新闻,与该社结有契约者,在东方有一日本电报通信社,在美国有 Exchange Telegraph Company 与 British United Press,在法国有无线电通信社(L'Agence Radio)。

该社的总社在纽约。在波斯顿设新英格兰分社,在纽约设东部分社,在阿特兰达设东部分社,在支加哥设中部分社,在甘萨斯设西南部分社,在邓巴设洛基山脉分社,在旧金山设太平洋沿岸分社。分社将消息供给它的管辖范围以内的各报馆,同时又负有搜集、交换、传达新闻的责任。此外该社在伦敦设有欧洲分社,在日本东京设有远东分社,在布宜诺斯亚利斯设有南美分社,用以管辖各地的特派通信员。该社的总社即统辖一切。现任社长为卡耳·比克尔氏(Karl Bickel),副社长(即欧洲总经理)为爱德华·金氏,第二副社长(即拉丁美洲经理)为乾姆司·谬勒氏,第三副社长(即外国通信经理)为 J. H. 费雷氏,第四副社长(即营业部经理)为巴雷氏,第五副社长(即一般通信部经理)为洛巴特彭达氏。远东通信经理为 M. W. 朋氏,现住日本东京。

合同通信计除经营通信事业之外,因施克利朴氏的计划,又创设下列的各种机关。

1. The Newspaper Enterprise Association

2. Science Service

3. Acme News Picture

4. The United Feature Syndicate

5. The Scripps Howard Newspaper

第一种机关所经营的事业,将世界各国的漫画讽刺图、流行品等特别通信材料,供给与该社结有契约的各报馆。在美国有八百家报馆,世界各国约有二百家报馆受其供给。

第二种机关所经营的事业,系供给关于科学的一切通信材料。

第三种机关供给时事照片(即写真新闻)。

第四种机关供给著名人物的特别文稿或其他特别读物。

第五种机关即二十六种施克利朴何怀德系的报纸。此二十六家施何系的报纸实为合同通信社的根基,该社之能有今日,即由于施何系报纸为之树立基础。

上例五种合同通信社的机关,成为一个 Scripps Howard Organization。

该社复兴仅有二十五年,其发展极为迅速,成为世界的大通信社,殊足令人惊叹。

四、哈瓦斯通信社

哈瓦斯通信社为法人却尔·哈瓦斯(Charles Havas)所创立。哈氏本为商人,于1835年在巴黎的卢校街设立翻译社,将英、德、西班牙、意大利、俄罗斯诸国的报纸译为法文,供给各报馆和各大使馆,是即哈瓦斯社的前身。

法国新闻纸的产生较之他国为早,但在从前,通信事业颇不完全。试看拿破仑死于圣赫勒纳岛的消息,巴黎在两个月以后方才知道便可以证明。哈瓦斯氏独具眼光,独创通信事业,与困苦艰难奋斗,始有今日。他在1845年时,利用传书鸽在伦敦、布鲁塞尔与巴黎诸地作联络通信,幸告成功。路透氏在伦敦创立路透社,哈瓦斯社遂与之联络提携,扩张通信网,业务遂蒸蒸日上。

在19世纪前半期的法国报馆,其财源全赖报费,故陷于经营困难的境地。巴黎有几家报馆联合起来,努力搜集广告,希望得到广告费的收入,免除经营上的困难。哈瓦斯社看到这一点,他便与各报馆订立契约,由他供给新闻,不取酬金,只须报馆方面,在报纸上留出一定的广告,登载他所征求而来的广告,就是报馆方面用广告的地方和他交换消息。他向各广告主人征求广告,收入广告费,用收入的广告费作通信社的经费,而将各种消息供给报馆,不另取酬。这种办法,颇受各报馆的欢迎,一方面需要他的通信的报馆增多,同时托他在各报登广告的商家也增多了。广告费的收入既多,通信社的设备便逐渐扩张了。因此他的通信网和"广告代理"逐年增加,这个方法可谓巧妙至极。

该社的广告部有一个信条,就是"新闻广告应为商业新闻的报道供给"。广告和报纸上所登载的新闻,同样为一种有价值的读物,即等于"商业新闻"。广告指示物价,说明何种物品流行,它将市民的经济生活所不可缺少的消息供给大众。这就是广告的使命。广告之所以能收极大的效果,原因也在于此。能够做到这一点,广告就是活的,仿佛能够对人发言似的,对于广告主人和出版业者,双方的利益都可以增加。

哈瓦斯社的现任社长为里昂·雷利耶尔氏,通信部长兼任副社长为玛利塞·雷比雪尔氏。资本金有五千万法郎。专用电线有三千五百基罗米突(千米)。供给消息的设备颇为周密。凡与该社结有契约的报纸,均架设电线,直接通至该社,以期联络。又在巴黎全市,安置"股票行情报告机",报告于各报馆、银行、俱乐部、大旅馆、咖啡店等处。从各国的通信网搜集而来的消息,除本国外,经过十几种语言的翻译,受世界读者的欢迎。广告部的活动,也与通信部不相上下。广告部分为若干部门,分担各种事务。其重要者有"广告地位预定部""草案部""技术部""印刷部""刻版部""调查部""外交部""联络部"。"广告地位预约部"职司研究调查巴黎及法国国内各新闻杂志以及英美与其他各国的定期刊物,应外界的请求而预约各刊物的广告地位。部内又分若干工作,如专门研究海外新闻杂志者,便与出版家联络沟通,经营海外支部,与结有契约的同业往来。"草部案""技术部""印刷部",则计划广告的设计,应广告主人的需要制作广告文字等。"外交部"雇用多数的"广告劝诱员",司搜集广告,为一种困难而重要的工作。在英、美、德、比、意及其他重要都市共三十三处,设置分社与特别代理,工作一如总社。"调查部"则专门调查广告市场,定期刊物的发行部数,广告效力以及其他必要的调查工作。"联络部"司联络本部各机关,努力增进广告部的能力。

哈瓦斯社的"通信部"与"广告部"在法国内最有势力,为其他同业所不及。即在欧洲,也值得称为最优秀的"通信社"与"广告社"。

却尔·哈瓦斯氏殁后,由其子奥古斯特·哈瓦斯(Auguste Havas)继父业。1873年,龙伯特氏(Loubet)继奥古斯特之后,扩张社口。1879年为德尔南吉男爵(Baron D'Erlenger)买收,同年七月十七日始成为合资公司。

五、塔斯通信社

塔斯通信社,略称 T. A. S. S.,其原名为"苏维埃联邦共和国电报通信社"(Telegrasnoe Agentstvo Sovetskis Socialistik Respublik)。俄国在革命之前,本有一大通信社,名为 Westnik(通报者之意)。自1917年苏维埃政府成立后,就被封锁了。现在的"塔斯通信社",是苏俄政府所主办的,代表苏俄联邦全体,作对外宣传的总机关。苏俄的各共和国,也各有其通信社(例如欧俄的 Rosta 社),但为国内的宣传机关。所以对外的通信社,只有"塔斯"一家。该社的任务,在派遣通信员至海外各国,搜集世界的消息,以供给于国内各通信社。至于国内的消息,凡与苏俄联邦全体有关的,都得经过该社。各共和国的通信社，互相交换消息，也必须经过该社。自塔斯社起，以至各共和国的通信社全部都是官办的，此外别无通信社，现在该社的最高干部的主持人为托勒兹基（J. S. Doletzky）。

六、日本新闻联合社

"日本新闻联合社"创立于1926年5月1日。最初由"报知新闻""东京日日新闻""东京朝日新闻""中外商业新报""大阪每日新闻""大阪朝日新闻""国民新闻""时事新报"八家联合组织而成。到了1929年4月1日扩大组织，遂有"神户又新报""静冈民友报""山阳新报""高知新闻""九州日报""京都日日新闻""德岛每日新闻""上毛新闻""小樽新闻""横滨贸易新闻""信浓每日新闻""松阳新报""东奥日报""艺备日日新闻""大分新闻""军港新闻""关门日日新闻""马关每日新闻""福山新报""福岛民报"等二十家报馆（此二十家原为全国联盟会会员）加入。现在共为二十八家报馆经营，成为日本的 National News Agency。该社创立的动机因鉴于个人经营或政党经营的通信机关不能供给或搜集公平、正直的消息，故由报馆直接经营通信社。由一家报馆经营，不易搜集国内外的消息，故联合各报馆以搜集新闻。纯以报纸的立场选择新闻，不为他人宣传。经费由大家分担，所费较轻，且易采集有信用、有权威的消息。并且将日本国内的消息供给外国时，自以各报馆协力互助，较之一社，对于国家，更为有利。因此由有力的报馆联盟，组成这样一个名副其实的国民通信社。提倡此事的人为前"国际通信社主任"岩永祐吉氏，赞成他的计划而努力使之实现的则为前"东方通信社"主任伊达源一郎氏。由前"国际通信社"与前"东方通信社"合并,再加上前述的八家报馆以及后来的二十家报馆,遂成为今日的"日本新闻联合社"。

该社的特色为"经济商况电报"。此种经济通信,始于1917年,原为已故约翰·拉塞尔·克勒德氏所创始者。其后得东川嘉一氏指导经营,遂发达以至今日。经济通信分汇兑、棉花、羊毛、生丝、五金、橡皮、砂糖、小麦、油脂、肥料、船舶等。此等消息皆直接来自纽约、伦敦、利物浦、曼彻斯特、施拉巴亚、[中国]香港、[中国]上海、麦尔波龙、新加坡、里昂、芝加哥、加拿大诸地或各国市场,由各地分社供给银行、公司、商店,颇得信用。

七、日本电报通信社

日本电报通信社(略称"电通社"),创于1901年7月1日,最初称为"申报通信",社长为光永星郎氏。1906年与"日本广告株式会社"合并,改名为"日本电报通信社"。设分社于大阪、名古屋、门司、金泽、长野、京城各地,布置国内通信网。国外通信网则与伦敦的路透社、柏林的 Transocean Geselschaft 社、美国的 U.P 等社结有契约,业务隆盛。1910年,扩充大阪分社,成立"大阪电报通信社",以大阪为中心,在中国(按:此为日本地名)、九州、[中国]台湾、[中国]上海各地派有通信员,搜集新闻,供给各报馆。该社几经挫折,始有今日的局面。现在全国报馆的百分之九十均由该社供给新闻。除新闻之外,也供给"照相新闻",又为没有"照相制版"设备的地方报设立制版部,供给铜版凸版。利用飞机以期快递照相,此外更有"电送照相"和"电影队"的设置。该社又兼营广告代理,接受广告,介绍于中央与地方报纸刊载而取手续费。结果对于地方报的新闻供给,殊为便宜,就是在广告费中扣除通信费,也就是从广告主人取得通信费,这样一来,地方报也有益处,该社又可于双方取得手续费。现在每年由该社经手的广告总额已达一千万圆,占全国第一位。所以该社不单是通信社,也是广告社。

八、其他通信社

德意志最大的通信社为乌尔夫社(Wolffs Telegraphische Buro),其组织为合□公司,但与政府有密切的关系。此外尚有 Traus ocean Geselschaft,该社以对外宣传为目的,对于国内报馆并不供给新闻。

英国除前述的路透社而外,尚有下列四种通信社。

1. 新闻协会(The Press Association)

该社创立于1872年,用 A. P. 之名供给消息。当欧战时代,在大陆驻有多数特派员与从军记者,颇形活动。在国内,则以供给议会记事,裁判,竞马,高尔夫球、足球或其他运动消息,股票市场,一般商业经济记事为其特长。1925年买收路透社的过半数股票,故握路透社的实权。

2. 中央通信社(The Central News)

该社创立于1870年,以 C. N 之名供给消息,在欧战时代,曾供给新闻于远东。

3. 电报通信社(The Exchange Telegraph Co.)

该社成立于1872年。最初只供给伦敦的股票市场消息,后于1884年开始供给一般新闻,每日发出的新闻在二万语以上。对于运动新闻有特殊的设备。

4. 伦敦通信社(The London News Agency)

该社成立于1896年,创始者为脱尔布氏(Winton Thorpe),在伦敦的弗尼德街一一八号的陋屋中,安放桌椅二三只,便开始工作。今日已发达成为一大通信社,L. N. A 的通信,极受报界欢迎。1908年开办照相新闻,即现在的伦敦照相合资公司(London News Agency Photos, Ltd.)。

美国除 A. P 与 N. P 两大通信社外,还有国际通信社(The International News Service),以 I. N. S 之名供给通信,在美国为 A. P. 与 U. P. 的劲敌;惜过于注重兴趣,消息不免有不正确之处,但极受劳动阶级的读者欢迎。1923年8月,前大总统哈丁逝世的消息,传到纽约,该社较他社早到三十分钟。

此外,意大利有 Sefani 通信社,比利时有 Beiga 通信社,西班牙有 Fabra 通信社,规模均宏大,惟在远东方面,不易看到他们的通信。

我国最大的通信社当推南京中央党部的"中央通信社",社长为萧同兹氏。初办时规模甚小,其后经萧氏的努力经营,现在已成为我国设备最完全的通信社。在设备方面,建有无线电台可直接发信至各地。天津、上海,均设有分社。在南京地方的通信方法,系用印刷式,每日共发稿四次,各报均乐于采用,取值最廉。该社内部组织,共分四科,即"编辑""采访""电讯""总务"。社长之下设有秘书,各科设主任,主任下设"外勤""编辑"等记者若干员。该社最近与英国路透社结有契约,凡路透社在欧洲方面发表之我国消息,均用中央社名义。此举对于国际宣传,增进不少力量。又该社与法国的哈瓦斯社,亦结有同样的契约。惜为经费所限,未能尽量发展,苟能假以财力,则该社将来不难与世界各大通信社并驾齐驱。

问题:

1. 述通信社对于报纸的重要。
2. 世界著名的通信社,共有若干。
3. 路透社成立的经过。
4. 联合通信社与合众通信社之性质有何差异。
5. 哈瓦斯通信社成功之原因何在。
6. 日本新闻联合社与日本电报通信社的比较。
7. 搜集《申报》所载之"路透社""中央社"重要电信,作为参考之用。
8. 学生所在地有无通信社,如有,可举其名,并说明其内部组织及开办之目的等。

第二章 通信文字

报馆或通信社所用的通信方法不外二种：1.依赖物质，如利用长途电话、有线电报、无线电报、传书鸽等是；2.用长篇文字，如国外通信、都市通信、地方通信等是。此二种方法，有一共通点，必有赖于"文字"。"通信文"写成之后或利用电线传递，或由邮政、飞机传送，均无不可。故通信文字实为通信员的基本技能。此种"通信文"的写作，虽无成法可仿，但自有一定的形式与物质。非经过长时间的练习，恐未能收"通信"的效果。

通信文字的物质，列举如下。

（一）内容充实

通信文字以叙述事件为主，不取空泛的议论或不关紧要的材料，内容应包罗丰富。

（二）文笔灵活

通信文字的目的在以特殊的知识供给于阅报者，故文字必须有"吸引力"。"讲义式""记账式"或"公文式"的文章，只能使阅者沉闷,不能引起读者的兴趣,故不合用。

(三)意识正确

从前我国的报纸上常见一种通信文字,纯为"游戏文章",态度轻浮,其目的只在供给读者消遣,对于人生、社会并无正确的认识,这样的通信文字,决不能顺应新时代的要求。这一点实有纠正的必要。新时代的通信文字,除了正确的报告之外,还须有强烈的社会的感情,使读者看了以后,多少产生一点影响。

(四)材料特殊

通信文字的写作应在普遍的现象中择取特殊点。笼统的记载与冗长的叙述,虽然文字通顺,但只能作通常的"记叙文字",而不能视作"通信文体"。

欲写一篇良好的通信文字,必须注意下列各点。

(一)观察

世态万端,变化无穷,通信员对于过去、现在、未来的事实,均须明白了解。法国写实主义的小说家弗劳贝尔指导莫泊桑写小说时,首先叫他到十字街头去注意马车夫的相貌,然后用文字描写。通信文字的资料,大部分是从实际观察而来的,例如政治、经济、社会的实际状况,非下一番深刻视察的工夫,决难得其要点。

(二)判断

材料既由观察而来,第二步必须对于材料加以检讨的工夫。例如事件的主体,事件中主要人物的行为,某种社会的真实状况,某种团体生活的虚伪,非加以判断,则不能完成通信员的使命。其影响所及,将使读者以讹传讹,致社会的真相无从揭露。如为海外通信员,则正确地判断更为必要,因为他的通信能够影响到全国国民与国际关系。

此外,如"机警""敏捷""推理""联想"等能力,亦为通信员所不可忽略者。此种能力并非天才所特有的,只要于读书、思索、经验、写作各方面,时时努力,积之既久,自然有效。

问题:

1. 注意各报(如专电、地方通信等)所用的通信方法,各录一例。
2. 列举个人曾经读过的"记事文"一篇,解说其优点。
3. 报纸上的各种通信文字,以何种阅后最受感动。
4. 任取"记事文"一篇与报载"长篇通信文字"比较其差异之点。

第三章　通信的准备

通信员在写作通信文字之先,必有种种的准备工作。兹分述如下。

一、剪报

剪报的方法有两种。

(一)分类法

将报纸记事的内容分为若干种,逐日剪贴。分类有繁简之别,普遍可分为:

政治——中央行政、地方行政、都市行政等。

财政——预算、租税、公债、外债、地方财政、都市财政、军费等。

外交——国际的一般交涉、国际非常的事件、国际联盟、国际会议、同盟、条约等。

军事——一般军事、军备限制及整理、内战、军事教育等。

经济——金融、汇兑、一般贸易、关税、各种产业之统计调查、物价指数、商品、对外贸易等。

交通运输——铁路、路政、公路、水运、航空、通信机关等。

社会问题——社会思想及运动,社会政策及施设[问题]、妇女问题、劳动问题等。

人口粮食问题——人口、土地、食粮、殖民地、人种等。

社会记事——犯罪、诉讼等。

学艺——科学、文学、美术、音乐等。

运动——一般运动比赛等。

教育——学校教育、社会教育等。

宗教——仪式、讲经等。

事变——天灾等。

(二)集中法

以事件为纲,搜集同一题目的资料。例如"日本退出国际联盟"一题既经选定,即以此题为主,自此事发生之第一日始,至事件终止或告一段落之时为止,逐日剪贴,务期此一事件之前因后果,均能搜罗无余。

报纸剪裁以后,可保存于贴报簿(Scrap Book)上,或用单张厚纸贴上,或利用废弃之杂志、书籍亦可。保存既久,应编制索引或目录,以便检查。

二、剪报的应用

从报纸剪下的材料,为用甚广。报馆里的"参考部"或"调查部",都得做这种工作。通信社或通信员可将搜集的材料作成:1.时事日志;2.星期时事述评;3.中外大事述评等。通信员的训练,除开"采访新闻"而外,必须由这三种文字的写作入手。

(例一)时事日志(即大事日记,以一月为单位)

◎民国二十一年(1932年)

◎十一月二十六日

◎国联行政院休会,俟下星期一重行开会后,即可将李顿报告书及全案移交特别大会。

◎日外务省决定致松冈训电内容,务必坚持反对参加大会,但保留事项须明载记录。

◎吉林日军强制各县,限日伐除铁路两旁森林,防义军出没。

◎首都拥护国联盟约委[员]会发表宣言。

◎刘珍年师开抵温州,骑兵团奉军何(注:军政部长何应钦之简称)令直开浦口驻滁州。

◎内部(注:内政部之简称)分组派员调查各省政情,备作中央各部行政参考。

◎国府救济水灾会堤工落成,察勘团自沪乘轮出发。

◎豫难民专车在泰安被扣留。

◎立法院编制四年间工作总报告,备送三中全会察核。

◎内蒙视察委员王曼青抵北平,即将赴内蒙视察,并宣慰王公。

◎中比庚委会中国代表团在沪开会,决定举办全国各大学论文奖金。

◎法内阁核准对俄互不侵犯条约。

◎日北海道地震,铁桥多被拆断,人畜死亡甚众。

◎日新拟一海军计划,要求英美日主力舰实际均等。

◎明年一月一日起苏俄开始第二届五年计划。

上例为中外事件的提要,材料的来源是民国二十一年十一月二十六日的各种报纸。用这种方法将时事汇集起来,最便于调查翻检。

(例二)时事日志(以一星期为单位)

自民国二十一年十二月二十五日起,至三十一日止。

十二月二十五日　星期日

◎蒋在沪访宋庆龄未晤孙科。◎何成濬出发赴陕。◎韩复榘至平谒张。◎日本军部召开全国师团长会议。◎日军增兵岫严。◎蒙藏地震。

十二月二十六日　星期一

◎蒋乘逸仙舰赴甬。◎蒙旗宣化使章嘉在京就职。◎刘文辉乞和。◎顾代表致国联备忘录。◎犹国材代理黔省府主席。◎商震来平。◎战债难望速决。◎日第四十六届议会开幕。◎高凌百抵平谒张。

十二月二十七日　星期二

◎行政院会议通过颜惠庆驻俄大使。◎招商局案宣判,李国杰徒刑三年,七十万没收。◎日军云集热边。◎苏俄通令全国积极生产。

十二月二十八日　星期三

◎何成濬抵西安督剿徐向前。◎蒋游览妙高台千丈严。◎中政会通过西京设市案。◎宋子文发表水灾赈务报告。◎章嘉抵平。◎马鸿逵抵平。◎美法战债谈判停顿。◎法德商务协定公布。

十二月二十九日　星期四

◎日军计划三路攻热。◎于右任到沪接洽西北赈务。◎中常会讨论国民参政会案。◎张继来平。◎徐向前被围,贺龙回窜川鄂边界。◎川省内江会议开幕。◎爱尔兰发生政潮。

十二月三十日　星期五

◎孙夫人努力保障民权。◎韩复榘返济。◎日军部要求苏俄承认伪国。◎国联秘书处发表顾代表通牒。◎西安各界欢宴何成濬。

十二月三十一日　星期六

◎日本决定攻热策略。◎内江会议结果圆满。

此例与"例一"比较,不及"例一"之详叙,但简洁省便。凡国外通信员与大都市通信员,上二例可任择一种,逐日记载。

(例三)星期时事述评(以一星期为单位)

便衣队扰乱津市

前线敌军节节进逼,津便衣队开枪扰乱,平津重镇,倍受威胁,中日问题愈趋严重。质言之,华北大局,与夫整个中国前途,已濒于最危急的阶段。

就津便衣队扰乱治安言,当局警戒严密,沉着应付,自属最平允办法。但无耻汉奸既已发动,似难忘其及时觉悟,停止扰乱。愿向当局建议为治本之图,即至必要时不问其背景如何,以有效方法,迎头痛击,直捣巢穴。同时全市同胞更宜力持镇定,勿为奸人恐怖策略所乘。

就华北大局言,虽暂时停战动机,非可厚非,但以敌人过去之无信义及当前数日之严重局面而论,恐最后仍须在军事方面力图挽救。说到军事问题,以我目前国力,应付强寇,自非全国总动员,人人抵抗,处处抵抗不为功。乃就现状言,各方似仍无彻底觉悟,所谓整个计划,仅见之于宣言谈话;齐一步骤,去事实更远。尤可痛言者,川中战争近又爆发,时局愈严重,劣点愈暴露,试问前途实何堪设想。

中国民族不能屈服

负维持华北大局重责的北平政整会委员长黄郛日前到

平，对记者发表谈话，大意说，对日绝不妥协，不求和。但希望于互相谅解下，谋一和平解决办法，借以维持大局。同时日使署发言人亦对记者宣称，华军不越滦河，日军即撤至长城以外。将两人谈话互相对照，使我们不禁发生下列感想。

对日既不妥协，当然要收复失地。日阀不许我军越滦河一步，是无异迫我作城下盟，而事实上默认日阀武力侵略。在此种局面下何能互相谅解，怎能想出和平办法？

滦东我军已经退却，日伪军跟踪追到滦西。这很足以表明我军并未挑战，而战端所以再起，确由于日阀故意扩大战事行动，恫吓我当局。今我军既退，更可断定我前线军队将无再反攻的意思，当然不越过滦河。果尔，这正与日阀的希望相合。

我军的行动若如以上所述，似恰与不妥协背道而驰。然则所谓在谅解下的和平办法，纵使我能派相当的军队到滦东维持地方治安，但长城以外，日阀无论如何，定不容我派一兵一卒。当然更谈不到收复失地。试问年余来国人所奔走呼号的，为的是什么？仅仅为的是保住平津吗？果如此，又何异对日屈服呢？

奋斗至最后之一息

自唐山撤防，密云不守，虽云连日无甚激战，而华北实在敌人控制之中，若岌岌不可终日。或谓我军所以退守，犹冀敌人之能"适可而止",故有如外传所谓"于和平互谅下共谋停战"。实则观两日来敌机之联翩侦察平津,两夜来本市暴徒之乘机骚动。可见我虽不欲"挑衅",而敌则攻袭不已。日方之宣言,早无置信之价值。故吾人处今日被人扼咽捶腹之际,非挺奋挣扎,苦斗至最后之一息,不足图存。若再一味梦想和平,徒自馁士气,束手待毙而已。目前情势已成"战既不能,和亦不易",然亦不应因噎废食,因不能战而停止抵抗,不抵抗,而仰冀和平,一任敌人长期深入,自蒙其骗。况行军制敌,贵壮士气,士气已颓,虽战终败。尤望我方勿因谣传之和平,竟馁我军之士气。今日唯有固守平津,重振淞沪长城诸役之士气,背城借一,拼死抵抗,不待踌躇也。

西南诸公似应慎重一点

西南政委会不顾事实,虚构条件,竟发电国内外,攻讦中央,耸动听闻。此种行动,关系国家甚大,西南诸公似乎应该慎重一点。

中央的举措,也许有不能使人了然的地方,然而这尽可开诚布公地提出质询,何必借端攻讦,更何必向国外宣传,授人以隙。

西南诸公也应该想一想,现在是什么时候,岂容你们斗意气?请你们还是以大局为重。更请你们认清自己的立

场,须知诸公衮衮,同列枢要,决非居于在野的地位,岂能专以弹讦政府为高。(民国二十二年五月二十一日)

上例在议论中夹叙时事,即以"便衣队扰乱""黄郛与日使署发言人的谈话""停战""西南政委员通电"等时事为根据,发表言论。一周间的国内大事,已能提纲挈领,要言不烦,使读者得深厚的印象。通信员能多多练习此种文字,于事实的判断力、事件的叙列,必能获益。

(例四)中外大事述评(以一星期为单位)

1. 国内之部

元旦国府奖忠勇

岁序更始,国难依然,首都新年,中央党部、国府、元旦均举行民国成立纪念会,由居正、林森报告。大意谓国难仍极严重,自今日始,应加紧努力,以应付一切困难。国府纪念会毕,即举行授勋典礼,受勋者为蒋光鼐、蔡廷楷、张治中、戴戟、俞济时五人。行礼如仪,蒋、蔡在闽未能赶到,由林按次传张治中、俞济时、戴戟至前,授与青天白日勋章,主席与受勋者皆无演词,但礼节甚隆重,尤以授此勋章与抗日之淞沪将士,极引起一般人之注意。

二日晨中央党部纪念周,何应钦演讲题为"自力生存以救中国",大意谓我国内忧外患,原因虽多,而全体国民之自暴自弃,确为一基本原因。从今日起应立一最小原则,此原则即为"自力生存"。中国整个国家,固有国力,未曾尽量发扬使用,徒欲依赖他人,以图侥幸生存,此实不易,且不能容许。关于培养国力之要点:(1)国防上力求自卫,(2)经济上能自给,(3)政治上走入政治,(4)学术上奖励自创。今日中国只有全国上下集中意志,团结精神,一致在三民主义信仰之下打破其自私自利、为个人、为家族的心理,一变而为公忠、为国的心理,各发扬其固有知能。共谋在短期内肃清匪患,防救天灾,抵抗强权。

日军侵热已具体化

自东北义军先后被挫后,日方攻热,益形积极。南京十二月二十四日电,日方暗中由朝鲜增派一师团至东省,于热边调集大军,每日派飞机掷弹,形势紧张,随时有进寇之可能。二十五日,日军部召开全国师团长会议,确定今年对满、对华及国防上一切主要计划。同时参谋部亦召联队长会议,讨论应付非常时机之作战事项,及其一切对策。由是可知中日问题解决愈缓,日本侵热之心愈剧。日人且造出种种谣诼,谓我方将有军事行动,以掩饰其侵略阴谋,与前侵占锦州之故技,如出一辙。据确讯,日方拟于一个月内进占热河,使东三省问题,更加扩大,转变国际空气,俾明年一月十六日国联十九国委员会重行集会时,更陷于无法解决之困难。又闻日人企图先据热河北部数县组织蒙古政府以割裂我国领土造成满洲第二。二十九日东京电,日政府对满洲军事决再增兵一师团,限于阴历年内进占热河。驻热边之刘桂堂部军官某氏二十九日自鲁北赴平,向某方报告日军攻热及威胁与利诱蒙人之阴谋。据说日军攻热计划:第一路为朝阳,意在截断对于凌源以北我方之联络,且可直捣承德。唯此路因我方实力颇厚,故日军主力系集中此路,将为正面之冲突。第二路为开鲁。此路除热军骑兵第九旅崔旅外,余为冯占海部及各部之义军,并因距洮南、通辽一带之张海鹏部颇近,故除利用蒙匪扰乱,决以张海鹏部进攻,日军则在后方督战,连日在开鲁前方与我军之零星接触,概为此项日本混合军队(日对张部颇存戒心,故张军中多有日军混合,所以监视强军也)。第三路大本营似在洮安。由洮安再至突泉。其目的完全集注于热边极北各部之蒙人。其所采手段,先利诱而后威胁,收买蒙人,鼓动蒙古独立,并予以种种优厚条件之煽动,否则将采严厉之处置。蒙人无知,多受其愚弄起而抗我。刘部在鲁北前方,迭与此项被日军收买之蒙匪冲突,夺获蒙匪枪械中,时见日本最新式之步枪,由此可以证明日军对蒙匪之武器已有援助,其促成"蒙古国"之阴谋,亦为不可掩饰之事实。大通路、锦朝路沿线情况甚紧。每路日军兵力各为一联队,锦西县近开到新编之伪军六旅,每旅约六百人。日皇侍从武官町尻视察辽西,已毕。元旦,日军在榆关挑衅,血战二日,于三日占领该地。塞北屏藩尽撤,华北日愈危急矣。

我外部上月二十九日将日军最近在热边情况电日内瓦我代表团向国联报告,万一事故发生,应由日方完全负责。三十日,日政府答复我外部上次对山海关事件抗议,谓该案业经当地军事长官了结,抗议各节似系误会,语颇滑稽。

上月二十四日,日本陆军方面,就国民党所开三中全会之对日态度,非公式地作如下之声明:"军部方面所应注意者,为所谓彻底抗日案,其内容含有收复东北失地,由热河方面采取积极行动,充实一般军备及空军,援助义勇军,及彻底实行排货等项。因是遂即依传统的远交近攻政策,而图与俄、美两国成立提携。按国民党之主旨在挑拨对日恶感,使国民之一时的感情作用,集中于日本,而期在对外方面,掩饰其无政府状态,故此举可谓为足予东亚和平以重大威胁者也。当孙科提出抗日案时,曾言及第二次世界大战,而图诱致其对于日本之压迫,讵知此实无异于自进而使极东成为世界争夺之舞台,并导中国入于没落之境。故各国有识之士,因鉴于此次事变之性质,而渐知与其强事维持中国此种不安定的现状,无宁从事整理其属于和平祸根的问题之为益。盖视此种方针,为防止第二次世界大战,建设永久和平惟一之道也。要之,我国现宜对危及极东和平之国民党之存在及其外交政策,施以清算。"

鲁事已了　川局混沌

刘珍年部奉军政部令分批调赴浙江,上月二十二日午升安、淞浦、新丰三轮,先后离烟,所以刘部已完全离鲁。副师长何益三亦率领在烟师部各处人员及辎重营、稽查处等登轮南下。胶东一带由沈鸿烈与韩复榘负责驻防。

一场内战,至此结束。鲁韩及沈鸿烈于二十四日过津赴平,报告鲁省近况,及协商华北防务。

川省二刘争雄,掀起内战,至今两月有余,现仍酣战。按四川军阀混战,前后四百八十余次,民众痛苦,惨不忍言。惟压迫愈甚,其反抗力亦愈强,僻处西陲之四川民众,现已逐渐觉悟,自动团结,将以实力制止混战。重庆方面,废止内战大同盟会,已由工、商、农及学生等民众团体共同成立,分电军政各方,请求立即停止战争,择地议和。

四川仁寿,并研一带,两刘主力各二万余,连战四日夜,二十二日晨二刘亲自督战,迄二十三日晨刘文辉军阵线动摇,刘湘部用钢炮乘势猛攻。刘文辉军遂向嘉定、眉山、夹江等处总退却。二十三[日]晚,刘湘军遂向前进。处理川事,三中全会,已有议决。蒋介石约张群、石青阳等商谈川事。张群语记者,川事纠纷已极,急待解决,三全会已有决议,中央本定在二十三日中政会详细讨论办法,因该案未及列入议程,故未讨论。本人向中央建议,设川政整理会,大体已见采纳。该会组织,系由中央特派员、川省党部、实力派、公正绅耆,及民意机关选出之代表合组。人数约十七至十九人。川省府及善后督办署仍继续存在,有人主设军委分会,本人殊觉无此必要。外传中央将任余为委员长,无论事之有无,绝对不就。

上例记叙事实,层次极其清朗。内容丰富,材料皆自"采访"与"搜集"而来。

凡事件之重心在于国际,而与我国之外交有关系者,仍须列入国内之部。例如:

十九委会实行休会

国联决议草案

十二月十四日,五国起草委员会,经四小时之会议后,完成决议草案。日本代表佐藤被邀于会议厅隔壁一室内相候,随时由该起草委员会向佐藤有所咨询。各委员对决议案草案内容,严守秘密。外间皆传此项决议草案,系由英代表西门主稿,其实不然。可靠方面声称,法代表麦斯格尼系该案主要起草员。据路透电云,小组委员会之决议草案,因受英国袒日之影响,以致颇为空泛、含混,一若为日本预留狡辩地步也者。设英外相西门星期二不返伦敦,则所得结果决较此尤大。十九国委员会昨日下午开会,对起草委员会之草案，略加技术上之修正后，即加通过。当将草案送交中日两方，发表下列公报："十九国委员会今日下午开会，讨论起草委员会之决议，加以通过，并授权十九国委员会主席及国联秘书长向中日两方接洽。"

据路透电称，草案共分四段，大略如次。第一段对国联调查团之工作，表示欣慰，谓调解委员会将利用调查团之报告，进行和解工作。第二段重申大会三月十一日之决议。第三段提议以十九国委员会加入中日代表，改为调解委员会。第四段系关于邀请美、俄两国加入调解委员会。草案措辞，极为和缓。

据日内瓦十六日日本新联电（注：即日本新闻联合通信社电）云，决议草案及理由书草案正文，确闻如下。第一决议案，大会不能作制报告书，乃系负有努力解决纷争之义务。大会无论如何解决，确认皆系准据国联盟约，非战公约及九国条约之规定。大会之任务，系以李顿报告书第九章为基础，而入于考虑第十章之提案，以进行交涉。故乃以十九国委员会而创设调解委员会，并赋与招请美、俄参加协力之权限。调解委员会于三月一日以前提出报告书。倘协定未能成就，则调解委员会之会期，可不断地继续，并将其情形报告大会。第二次决议案，大会对于调查委员会，感谢其提出国联之贵重之援助。理由书草案如下。（1）十九国委员会之任务，相信于第十五条第三项之下，可以达到和解之事。兹为达到上述之目的,要求设置调解委员会,迅速考究和解之手续。(2)调解委员会以由十九国委员会招请美俄参加而构成之为适当,该项委员会即称为调解委员会。(3)调解委员会若认为必要时,可以招请一名或若干名之专门委员,设置分科委员会,而听取其意见。调解委员会根据三月十一日大会之决议,以李顿报告书第一章迄第八章为基础,进行审议。然后根据该报告书第五章记载之和解诸原则,进而考虑第十章,以考究解决案。(4)虽不仅期满洲之恢复原状,但亦不信维持满洲之现政权或予以承认为其解决之方针。

草案送交中日代表,期待双方政府之答复,作为进行调解之基础。十九国委员会十八日下午开会,国联秘书长及委员会主席报告与中日代表接洽情形。中日代表虽未接到本国政府之新训令,但能依照以前训令,发表初步意见。

日本要求修正

十六日,日政府接悉草案内容后,紧急训令日内瓦日本代表团,向国联指陈,将日军撤退至铁道线内之议,因日方承认"满洲国",已失去意义。日本政府急电日本代表团,内容如下:"大会于此次之决议案重行确认三月十一日大会之决议,尤其尊重盟约或不承认侵略政治的结果等,在现在平和之时,此种宣言不但不必要,且系有害。招请美俄□加和解委员会固应反对,即日本亦不能参加。将来日本有被拘束之事须断然避开,如设立非根据第十五条之其他委员会,并以承认'满洲国'为前提,且与日本之方针不能抵触者,乃可予以充分之考虑,若接受决议案之际,应对照上述方针,要求订立。倘被拒绝而直行提出大会讨议时,日本可依据从来放弃表决权之方针,断然反对投票。"日政府对于决议草案又有修正要求。十六日,经外务看及军部协议结果,十七日午前业经亚细亚局守岛课长之手脱稿,内田遂于午前十一时提出临时阁议,经详细说明后获得承认,已于午后发出回训,修正案之内容如下。(1)大会对于中日纷争重行确认三月十一日大会之决议,然若仅确认国际联盟之趣旨,虽不失为正当,乃此次复重新提出九国条约之事,实完全不能承认,应加九国条约之字句删除。(2)大会欲采用李顿报告书第九章第十章,以期纷争之解决,但该条项中有迫使取消承认"满洲国"之事,故应将其撤回。(3)大会欲以重新任命之调解委员会负解决中日纷争之责,断不能承认。此项调解委员会仅能视为以研究为目的之技术的机关。(4)招请非联盟国之美、俄参加,绝对不能承服。(5)最后,对于上述四项之修正虽经承认,但日本关于本件之全般,仍然坚持适用盟约第十五条。又日政府命日内瓦日本代表团强硬主张上述之修正案,倘不容忍而径行提出大会附议时,即予以断然之反对投票。又对于第二决议要求修正之点如下:

"本决议案中以李顿报告书为良心的而且公平的云云,实难承认。"对于两决议案附属书要求修正之点如下:"日本政府鉴于本附属文书乃系说明书之性质,而与国联盟约第十五条第四项以下及第十六条之制裁规定所使用之报告书性质完全不同,故应请大会主席明确地声明。"日本训令于十七日下午八时半达日内瓦。日代表决议后,于十八日上午将日政府答复呈交秘书处。五国起草委员会十八日午后五时三十五分举行秘密会议。开会仅三十分钟。席上仅由国联秘书长德留蒙报告日本代表所提对决议草案及理由书之意见书的内容。日代表团斯日总动员,分访起草委员会诸委员,竭力游说,以求贯彻日本之主张。国联中人认为日本对于起草案委员会所提出各点,颇有误解。努力谈判,希图解除误会。闻国联方面向日本代表团说明后,日代表团复电东京请训,日方反对李顿报告书第九、十两章,尤其反对第九章之七、八两段。国联中人谈,倘欲调解机关成立,目前之谈判必须限于广泛之原则问题,日方所反对各点,应于调解委员会中提出。十九日,日本各报发表共同宣言反对决议草案。

我国表示失望

十七日,日内瓦我国代表发言人宣称,十九国委员会之决议草案,令人大失所望。其言曰,此项决议草案,远在吾人希望之下,其最要之点,为最后报告书之提出,应按照中国请求,规定确切日期。按中国代表颜惠庆日前曾提出牒文,坚请国联按照盟约第十五条第四节,决定确实日期以使公布关于中日争端之报告书。乃决议草案对于此点,付之阙如,此点尤足使人失望。此外又未采任何方法,以应付满洲时局,或防止日人,使不致扩大时局之严重。内蒙人民及官吏,曾以下列电文,致中国代表团:"窃国联之设立,原以增进人类幸福、维持世界和平为职志。然日本纯恃武力,完全惹祸正义、公理,无端占据东三省,图谋蒙古,残杀无辜之平民,树立伪'满洲国'肆行无忌,其用心乃在欺骗人类、破坏世界和平,实违反国际法及人类之良知。因此各蒙古人民全体所反对者。兹幸国联业已开会,吾人希望法理得伸,日之侵略,不得再逞,而中国领土得保其完整。"我代表团已将此电,正式送达国联秘书长,请其分送各会员及十九国委员会委员。我国代表十七日访起草委员会主席,陈述中国对于决议草案之见解,并要求加以修正。同日并发表下列宣言,表明中国对于十九国委员会所拟定决议草案之意见。日方若无诚意接受谈判基础,则讨论细目徒属枉费时间。日本之放弃所谓"满洲国"者,乃调解之最必要条件云。

十七日,三中全会新设立之特种外交审委会下午在南京中央党部开会,审查外交各案,十九国委员会起草之决议案,外部已接到我代表团请训电文。外交当局对草案不甚满意,有数点须加修改,已训令我代表遵照,向该会力争。伍朝枢谈,国联政策,一言以蔽之,延宕两字而已。主持国联之列强,各有其立场,所谓正义、公道,在今日国际中久已不复存在,苟再不图自强,徒盼外力之助,直等梦呓。本人一贯主张为靠自己,不依赖外人。列强之合作,互有利害关系,谁愿扶弱抑强。最近西门言论,引起国人责难,以本人观之,并不为奇,因英方自有其立场,不能独责其袒日,愿国人做进一步认识,亟图振奋自强,勿存倚赖之心。特种外交委员会十九晚九时在外交官舍开会,各委协商甚久。据我外交界息,十九国会陷于最困难之原因,专在所谓满洲国之一点。日方对李顿报告第九章第七项之满洲政府应加以变更,俾适合中国主权及行政院完整范围内,获得自治权,及第八项满洲秩序由地方宪警维持,将宪警以外之军队,扫数撤退。因关系伪组织之存属问题,持反对最力。除非在决议案内完全不谈,对决议案无认为满意可能。而我国对此一点,亦最坚持,万难承认伪组织之存在。外部已训令我代表团,如果修改以后,决议案中不能如吾人之期望,则惟有拒绝接受。始终当以不屈不挠之精神,坚持到底。二十一日,日内瓦我国代表团情报处公布,说明中国政府对十九国委员会第一决议草案,认为使人失望,其原因如下。(1)决议案既未宣言反对"满洲国",又未声明日本违反国联盟约及其他国际条约。(2)决议案既无制裁办法,而对于李顿报告书之重要说明,亦未列入。(3)决议案虽记载李顿报告书之第十章,然完全不得当,势必遭中国人民激烈反抗。(4)抗议案对中国所要求之日期,亦未规定。

胡适赞同决议

胡适对于决议草案,二十日发表谈话,认为有五个重大意义。(1)此案正式根据国联盟约第十五条的第三项进行调解,这是进了一步。因为日本现在还反对第十条任何条项的引用,第一项失败时,自然进到第四与第六项了。(2)此案中申明三月十一日的国联大会议决案,确认一切解决必须不违反国联盟约、非战公约,及九国条约的旨趣。我们应注意此项议决案牵入九国条约,是三月十一日原案所没有的。我们看日本政府回训的极力反对此一点,就可明白此案的严重了。(3)此案中提议邀请美、俄两国加入调解,这也是日本极力反对的。(4)此议案提议组织一个调解委员会,由这委员会来办理中日间的交涉(路透电原文为Conduct negotiations),这是最可注意的一点。日本政府已极力反对此点,他们要求把调解委员会的任务限定于"促进两国间的交涉"而不许该会来"办理交涉"。我国政府对此点取何态度,我们还不知道,但这一点是值得全国人的注意的。(5)此议案明说交涉应根据李顿报告书的第九章,而参考第十章,这已含有否认"满洲国"的意义了。但本案附加理由书的末项,又特别申明"虽期待满洲原状的恢复,然确认满洲现政权的维持与承认,亦非解决"。这一点在文字上虽不能满足我们的期望,但在实质上等于不承认满洲伪国,所以日本政府极力反对,要求修正。十九日,日本全国报界拥护满洲伪国的表示,也是对此议案而发,那是无可疑的。所以我主张,此案若能依十五日草案通过,是于中国比较有利的,是中国代表团可以赞成的。

特会决议休会

十九国委员会二十日晨通过决议案如次:"十九国委员会依照国联大会十二月九日决议内所定之任务,业已拟就某项草案,规定和解之基础,以及进行和解之程序。该草案计分二项,并附带理由书一件,已由十九国委员会主席送交中日两国。两国亦各提出意见。此后谈判,颇需时日。在此情形之下,十九国委员会仍应继续努力,图获同意。并为使上述谈判能继续进行起见,此时应暂休会,但最迟不得过明年一月十六日,在谈判仍在进行之时,草案条文暂不发表"云云。

二十一日,十九国委员会主席比外长西姆斯缺席,由瑞士代表胥贝氏代理,颁发表宣言如下。中日问题,一方涉及内容上之困难,往来颇费时间,其谈判需要相当时日,此事不可避免,中日争端经时已久,且盟约规定之日期,将延长至何时一层,当事之一国,亦曾要求予以规定。委员会深知此事,有迅速解决之必要,然因此事关系重大,其所关之各种问题,涉及世界合作问题之全部。且国际关系上之新制定,现方在进展中,亦受此等问题之牵涉。故委员会必以坚忍之态度处之,而在竭尽调解力量以前,意见参差虽远,但以诚意处之,亦非不可调解。为避免失败及失败后之影响起见,调解及谈判,实为必要。以故十九国委员会决定必要时间,俾得与关系国进行谈话,并使一切政府,均得参加,以寻觅解决方法。下次开会,延迟至一月十六日,委员会相信,在此期间,双方均能表示退让,否则调解即无术行进矣。

二十一日,日代表团发表宣言,极力颂扬十九国委员会之决议,并谓日代表团将本其职务,诚恳努力,使国联任务得告成功,非特保障日本权益,且可维护远东和平,并巩固国际基础。

日内瓦各国代表皆分赴欧洲各地,度圣诞节矣。日内瓦空气,愈形暗淡。十二月二十二日,《日内瓦日报》著文,论中日事件。标题为"调解乎?破裂乎?"对于十九国委员会严加指摘,略谓日内瓦诸人,忽视另一方"情势可遗憾"之转变,而忙于圣诞及新年之庆祝。最近十九国委员会之唯一政治成绩,至少为促中俄两国之复交。国联进行之调解,得告成功者仅此一事而已。

上例将"十九国委员会休会"的前前后后,叙述无余。不特可以当作通信文字的模范,且可仔细观察材料的排比。文中所取资料,皆从中外各国与通信稿而来。

2. 国外之部

新年前后国际形势

战债谈判搁置

法阁揆彭考去腊二十三日晤美大使艾奇,法美政界与外交界极为注意。据暗示:彭氏曾建议请美方提出某种方案,俾战债谈判可以恢复,氏指陈彼受下院某种拘束,拒绝在战债会议召集前,偿付十二月十五日到期之战债。倘令美国表示愿意谈判此事,下院之决定或可改变。胡佛总统暗示:彼除照例办公外,不作任何新动作云。二十五日,未来美国务卿之挪门·台维斯氏近自欧返美,谓若相信国际战债问题之解决,将长行拖延。除非新总统罗斯福在就职后,立即召集特别国会议,一年之中,修改战债殊少可能。第二次欧洲应偿欠美战债六月中,各国或付,或不付,因届时不能解决也。预料罗斯福三月就职,将召集特别国会,但彼是否提出战债问题,仍有问题。罗斯福之意,召集第一次特别国会,处理救济农业及失业问题,多人认如特别国会考虑战债,亦将努力解决禁酒问题。华盛顿十二月二十八日公布,因法国未能偿付十二月十五日之战债,美法关系确陷僵局。国务部宣称：国务卿斯蒂生训令驻法美使艾奇照会法政府，除非法国偿还十二月十五日欠美战债二千万元，法美间各种谈判如修改战债缔结商约，皆行停止。现下巴黎消息，谓彭考政府认□新总统罗斯福就职前，国际战债问题，仍极重要。法国近受下院信任之彭考政府，显然拟在三个月后，再做进一步。至此战债问题无形搁置矣。

日美军备竞争

裁军会议因五强会议毫无进展，已陷停顿。今年美国预算百分之四十三用于军事。胡佛总统所作之预算，共计四二四八七六九七三一元，内有一六二三五一七三一九元为发展国家军力。国防费为五万万二千五百万元。军用飞机一千五百万元。海军建筑四千五百万元。下余之百分之三十三，用于偿还国家公债。

日本陆军方面，拟于六十四届议会中获得协赞后，即于六年度起，实施兵备改善案，内容已于上月二十七日发表，(1)充实在满兵力，遵照日满议定书，以维持满洲治安为目的，补充必需之兵力，现时派遣部队，因系以平编时制为基础，致有团体数虽多，而实力则不相伴，殊不便于发挥战略。故拟自今年度起，纵不另行增加团体数，亦当充实各团体之内容，而使其所有之飞机，汽、战车，重炮与铁道通信等技术部队，较前增多，借便于其散驻各地时，亦获遂行其较感困难之治安维持任务。至对内地预守部队,则行极度缩减或以废止,以资作该方面战略上之补助。(2)充实预备教育。此意在依所谓兵备改善,而食成另增之新式部队所需人员,故宜对平时军队人员或在乡受教育之将校及下士、官兵等,施以临机应变的教育。(3)改善各种紧急制度。大部分均属军制改革案所期望实现之紧急设施事项。例如为充实下级干部及中少尉,而采取短期志愿将校制度,增加特务曹长,并修改干部修补制度等是。(4)整备作史料。此系关于所谓充实并改善兵备本体之事项,如军服、粮秣、卫生材料、兽医材料等军需品之整理,而特置其重点于重轻机关枪、轻榴弹炮、重炮、高射炮等兵器,及子弹、飞机、战车、汽车与瓦斯防御机件等兵器之改良整备。因是特于八年度支出此项经费八千七百八十五万元,九年度以后,亦拟视财政状态何如,而要求增加此项经费。

元旦日,法国海军宣布,自元旦起开始建筑邓可克号之世界最新式之战舰矣。三日伦敦讯,英国亦计划着手建筑超过德国之袖珍巡洋舰矣。纵观大势,裁军愈难有进展矣。

上例的说明,与前例同。

问题:

1. 学生应即日剪报,粘贴保存,并报告开始剪报之日期,所剪之报纸名称与所采用之方法。

  2. 自作"时事日志"一篇寄来,以十日为限。

  3. 自作"星期时事述评"一篇,材料可取自所剪之报纸。

  4. 自作"中外大事述评"一篇,材料可取自所剪之报纸。

第四章　地方通信

　　国内报纸从前不知道注重地方通信,翻开几年以前的报纸,只看见各地方的零碎的通信记事,其内容仅限于社会上的琐事。但我国面积辽阔,社会情形复杂,各地方的通信员,照理应有优美的文字,将各种社会现象记载出来,可惜此种文字,至今报纸上仍不常得见。其原因有二:1.担任地方通信的记者大多数没有观察社会现象的能力,并且工具缺乏,写出来的文字粗浅无味;2.地方通信员不知道自己的使命,视通信文字为无足轻重,多出于游戏的态度。有此二因,我们在国内的报纸上就不易看到优良的通信文字。近几年来,《申报》对于"地方通信"特别注重,每日登载各地方的长篇通信文字,几占一版或两版之多,这不能不说是我国报纸的一大进步。

　　地方通信记者的第一步工作,仍为材料的搜集。社会上的琐事,在现在已不能视为良好的通信材料。我们必须扩大通信材料的范围,举凡一地方的行政、产业、交通、教育、农村、商业、风俗等,都可以写为一篇通信。以前《生活周刊》曾有一篇征集地方通信文字的短文,现引用于下。

"依照面积、人口来说,中国是一个'大国'。因为地面大,人口多,历史久,交通又十分不便利,所以了解中国很困难。有的时候,我们对于本国国情,比对于外国国情还隔膜。中国人不了解中国,如何能立国？这是我们的一件奇耻大辱。为了洗刷不明国情的耻辱,《生活周刊》许久以来,就计划征集各地方的通信。《生活周刊》的销路很大,读者遍于穷乡僻壤,边远各省,征求各地通信材料,本不是难事。可惜一大部分读者,不很明了本刊的内容,更不了解视察的方法,注意的目标,以及写作地方通信的技术,所以寄来的地方通信稿有一大部分是没有用的。这对于本刊和投稿者双方都是浪费。为了要打破这些困难,我们特拟定了以下的几个原则,使各地读者有所依据以从事写作。倘蒙各地读者诚意和我们合作,随时随地留意观察,写寄适合于一般需要的通信,使我们能多多知道一些国情,使我们能够打破这'中国的秘谜',我们已达到最大的目的了。一、什么是我们所不知道的？各地情形,我们所要知道的是什么呢？1.到目前为止,中国还是一个农业国,所以我们最需要知道的,是中国的实际农村生活。我们都知道中国农村是□落的途程中,但单是说某地农村破产、兵匪扰乱、捐税繁重,这样是不够的。因为这是一般人都已明了的事实。我们所需要知道的是：①某地方土地的分配情形：地主有多少？自耕农、佃农、雇农有多少？土地分配变更的现状。②农民的实际生活：农家每年有多少收入,支出要多少？支出的大宗是什么？负债和高利贷的情形是怎样？③农村□费的情形：农村商业和手工业的隆替。④农民文化水准,教育、迷信、特殊的风俗习惯。⑤农村社会关系:农民的地位和土豪劣绅压迫农民的实际情形。⑥农民武装组织和农民抗捐抗租风潮,尤当注意于红枪会、民团等组织。⑦灾区生活。2.自然,都市也是我们所要知道的。都市的生活,最值得注意的,却是帝国主义的实际势力,工人及贫民窟生活,青年学生运动及工商业的兴衰情形等。3.边疆以及僻远省份,如新疆、青海、[内]蒙等地,及在帝国主义直接武力占领下的东北四省与滦东的现状。4.中国境内的特殊民族,如回民、苗民等的生活形式及风俗习惯。二、怎样采取通信材料?上面所说的各项,并不都适合于作通信材料。可以用作通信材料的,第一,必须这事项是某地特殊的。譬如单是记载某地盗匪如何多,捐税如何重,这不算是什么特殊的情形,必须详记盗匪发生的实际原因、现有势力,及该地特有的捐税,或农民负担捐税的确切数目,方有价值。第二,必须是对于一般人有兴味的,完全干枯的公文式的报告,不能算作通信。反之,如一篇和农民的谈话,则可引起读者的兴味。第三,须是描写现状的,凡是叙述过去的事实,除非是为了说明现状的起源,都不是需要的。至于一切关于攻击个人的文字,请勿写寄。这些材料都不是闭户空想所能搜集的,必须于平日留意观察。对于本地各种事物,都加以留意,并用新闻记者的目的、社会科学的方法,加以分析研究。而最要的是深入社会的底层,和各种人物接触,实际体验生活,方能采取有价值的通信材料。三、通信的文体。文体必须力求简短,通常每篇以二三千字为适宜,过长的须分二三期刊出。须时时顾到读者的兴味。文字当力求轻松生动,一切紧冗的辞句,记账式的描写(按:描写二字应改为叙述方妥),干枯的统计数字均应避免。文字当然以语体文为宜,因为只有语体文能够描写现实的生活。于必要时夹入地方土白□属不妨,但须加以注释,更不可忘了加上新式标点。"

这实在是一篇很好的文章。自我国有人办杂志、开报馆以来,公开征求通信文字,而且对于此种文字的取材写作,详为指导的,恐怕要推这篇文章为首了。不过这篇文章所征集的地方通信文字,只是着重消极的地方情形,而对于积极的方面,却没有提及。比如各地方的建设情形,值得称道的文化状态,地方的善良风俗与民俗等均为最佳的通信材料。地方通信员也应当视同农村破灭的情形一样,报告于大众。

地方通信员的基本训练有二:一为工具的修养,例如记叙文体的历练;二为常识的蓄积,例如摄取文艺与社会科学的知识。工具不佳则无发表的能力,缺乏常识则无从观察社会现象。

凡通信文字与普通的记事文字应有区别。1. 通信文字须顾及新闻记者的立场,对于事实的记录,完全以"事实"为对象,不可掺杂空想或偏见。应以确切的事实告诉读者,而读者所急欲知道的也是那事实,而非作者的私见。普通的记事文字纯以文学家个人的见解为立场,虽掺加个人的偏见亦不妨,因为读者大多注意作者的文章,然后注意到他所记述的事实。2. 通信文字以简练、经济为主,不取空泛或堆砌的描写。因为现代新闻的篇幅甚为宝贵,不关紧要的叙述自应删除。记事文字则可随作者的意思抒写,如写一篇游记,尽可将某地的风景详加描绘,再加上作者的心境描写,亦无不可。但在通信文字便不适宜。3.通信文字宜写现状,不宜用回忆录或传记等文体,记事文字则无限制。归有光的《项脊轩记》、袁枚的《书麻城狱》为有名的记事文,但不能称为通信文字,因作者的目标、立场均与新闻记者不同之故。下面引用记事文一篇,以便和通信文互相参证。

(例一)

观车利尼马戏记

(记事文,清闵萃祥作)

意大利优人车利尼所演马戏,颇著闻于外,尝两至上海,观者艳称焉。

丙午夏四月,余偶客于沪,适马戏至,遂往观之。戏所在虹口,结竹为屋。市券入,见铁槛车二,畜狮虎各三头。虎犹可见之物,狮则不恒见——其首类犬,色黄微黑,毛蒙茸覆面,项以下毵毵披拂,后半全类牛,唯尾端稍大,盖与图画相传五色斑烂者殊不类,而矫捷神骏之概,足与虎埒。其右立大象二,不加维系,以鼻取稻草,卷而上,舒而下,意若以为玩然。象旁卧一牛,色黑白相间,背肉坟起,若负赘瘤,或曰产印度,彼方之人所奉以为神者也。稍进有一木匣,网以铁丝,豢大蛇三,围皆尺许,盘互交结于其中,余畏腥,掩鼻而过。忽鸣声嘤然,则数猿抱持戏于柙。柙旁有鸟二,长颈耸肩,两其足而不翮,盖鸵鸟也。马则或大或小,种类不一。

循览甫周,闻钟声自内出,客皆进。进为大圆庐,高约六丈,径可十丈余。中为圈,径四五丈,以木为阃,开其后,为人马出入。阃之外,设椅为容坐,分二等,阑之以布。又外累版,螺旋而上,迄乎庐之四周,客坐之下者也。

坐定乐作,八骑并出,男女各四人,循圈驰。复一女驰而出,众马皆视其马首之东而东,西而西,或左旋,或右旋,忽而分,忽而合,磐控纵送,盘折疾徐,莫不与乐声相应和。乐止复作,一少女立高骢疾驰,距跃曲踊,作种种舞:时而若轻燕之两翅掠,时而若商羊之三足跳,时而若丽娟之随风举,时而若绿珠之从高坠,飘乎若飞仙,矫乎若游龙,迷离恍惚,渺乎其不可状。则有曳广帛,当驰道,马出于帛之下,女腾于帛之上,辄为诵工部"穿花蛱蝶、点水蜻蜓"之句,犹未足喻其灵妙也。则又有持竹圈阑其前,马驰自若也;女腾圈而过,立马背,驰自若也。嘻!神技矣哉!车利尼者,自牵两马小而骏,持长鞭左右麾,使之作人立,使之作狙伏,使之相对驰,相背驰,一前一却驰,参互交错,无不中节。

演良久,乃驱象出,先舁大木桶,覆置于圈之中,曳象登其上。以鞭指挥,则昂其鼻,举左右前后,足舒而向上;复以鸾铃系两足,乐作,则左右腾蹈,琅琅声随乐声为抑扬顿挫。曳而下,一象前行,一象耸身伏其背,蹒跚而入。象故庞然大,而态若穉,殊可爱玩。

最后开其前阃,数十人挽槛车进,则狮也。一人开槛之门,入而抚狮,狮张其口,其人以首探狮吻,狮呼呼作声。抚弄已,取板作鸿沟之画。挥一狮居槛之上,为壁上观,而使其二相对超跃。又取烟火燃置板上,狮怒,冒火冲掷愈益奋。火息而跃止,忽若破钲掷地声,乃狮吼也。戏于是毕。

余以未见虎戏为不慊于心,有友语余,其演虎亦犹是云。

[注释] 磐控,骋马曰磐,止马曰控。商羊,鸟名。一足,文身赤口,昼伏夜飞,声如人啸,将雨则鸣。(见家语)。丽娟,汉武帝宫人。每歌,唱回风之曲,庭中花皆翻落。帝尝以衣带缚丽娟之袂,闭于重幕之中,恐随风而出也。(见郭宪《洞冥记》)绿珠,晋石崇爱妾。孙秀使人求之,不可得,矫诏收崇。绿珠自投于楼下而死。(见《晋书·石崇传》)穿花蛱蝶二句见杜甫曲江诗,原句为"穿花蛱蝶深深见,点水蜻蜓款款飞"。鸿沟,弃末楚汉分界处,即今河南贾鲁河。普通以"若画沟(鸿)沟"喻两地隔绝。本文作者闵萃祥,清华亭人,工古文,兼习医,光绪间,居上海十余年,此记即其时所作。

这篇记事文写马戏班的动作,可谓生动活跃,但是作者的态度并未将马戏视为一种社会里头的新闻现象,他只是随自己的意思描绘事实。原文对于读者所引起不过是没有时间性或重要性的情景,如将此文登在副刊或文艺栏,则很适宜。如将同样的材料改写为通信文字,必先视马戏为一种新闻现象,着重其时间性、重要性、积极性,方为适宜。

(例二)

日军积极侵犯察哈尔

切断察绥完成满蒙政策

傅作义到平商应付计划

北平通讯 日军作战计划,近对长城各口暂取守势,转趋察东,以谋完成其满蒙政策。侵察步骤有二。(1)分三路入察,第一路由经棚入多伦,取道宝昌、张北,直趋张家口。第二路沿张多大道,经沽源到张家口。第三路由热西沿长城入察,侵犯赤城、宣化、怀来,切断平绥路。三路并进,以夺取察哈尔全省。(2)避开铁道线,沿多伦、沽源西进,经宝昌、张北直入绥远,切断察绥与内蒙联络。自目下行动观测,日军侵察阴谋似侧重第二种方策,其准备侵犯之部队,计有茂木骑兵第四旅大部,第八师团骑兵联队,伪军张海鹏部一千余人,刘桂堂部七千余人,崔兴五部四千余人。茂木骑兵及刘崔各部,均由多伦前进,第八师团骑兵联队,则由热西前进。热河失陷以来,察东防务,日形吃紧,所有前在热河作战之孙殿英、汤玉麟等军及义勇军冯占海、刘振东各部,均退集察东。军事当局,同时调集晋军傅作义、李服膺、赵承绶各部入察驻守。惟察省地瘠民稀,主客军队,骤添如许,给养补充,殊感困难,遂致物价腾贵,秩序稍混。当局于此种复杂情形,乃派员整顿、划分防地。多伦为察东重镇,由赵承绶部骑兵驻守。冯占海、刘振东、汤玉麟部,分防沽源一带,孙殿英部调至赤城等处,刘翼飞部挺进军,及傅作义部晋军,则沿张多大道布防,于是防线遂较齐整。上月二十八日,日军茂木骑兵,会同逆军刘崔各部,三路犯多,人数在二万左右。赵部只有骑兵,应战困难,加以多伦地势平坦,无险可守,虻牛泡子一役,赵部某团,损失过半,二十九日乃不支后退,现与刘傅各部取得联络,在大梁底一带待命,徐图战守。日逆各军侵占多伦以后,一面集结部队,继续西犯,一面由承德运输大批军用品到多。日逆各军分子复杂,居民备受蹂躏。我军伤兵一百余人,退却不及,亦全数被难。三十日午,刘崔两部逆军,因领饷械不均,在多发生冲突,崔逆一部,当被解决。日军日来又由热西抽调第三九师团一部及野重炮兵四九联队,赶赴多伦,镇压逆军。至日逆各军继续西犯,顷据冯占海来电报告,略谓"顷据确报,伪军及日敌刻正积极集结,拟分数路侵犯察省,并闻将由多伦直向张北,并绕攻沽源之后路,一路由多伦直向沽源进攻,一路由大阁黄旗二处向沟门等处,分道围攻"。又据赵旅长报称,"沽源东北沟门子附近,已发现敌军,有分路向沽源进犯之势"。据此,沽源形势,已趋极端紧张,日内当发生激战也。

此次日军进犯察东,当局异常注意。傅作义昨日到平谒何,请示机宜。昨夜傅何在居仁堂密商四五小时,今晨(三日)三时许始出。今日上午十时,军分会举行常会,何应钦、王树常、万福麟、庞炳勋等在平各将领,均行出席,傅作义、刘翼飞、于学忠等亦列席。对于察省防守,有长时间讨论,咸以察省如有差池,非特平津失去屏障,华北亦感震动,决竭全力守土御侮。对于军队之配备,另拟计划,务求万全。至十二时许始散。傅氏以察防重要,即日返防,对于防务,依照预定计划,从事布置。闻何应钦因察省地势平坦,无险可守,除拟集中兵力与敌抗战外,必要时,即缩短战线。对于张多线及平绥线,极为重视,已调重兵驻守矣。

据张家口来人谈称,冯玉祥闻多伦失守后,极为愤激,除召集所部卫队二千余人训话外,每日亲自阅操,声言愿与前线抗日士卒同牺牲,敌如进犯,决率所部与敌血拼。张垣各界,在一月以前,已作防空准备,重要机关各商号住户,均掘有坚固地窖,以防万一。日来地方治安,由李服膺部负责维持,颇为平静。

上例为通信员采访得来的材料。写作此类通信时,须注意确实性,不可虚构或捏造事实。如以不实在的事实供给读者,便犯欺瞒读者的罪恶。其次,此种通信文字易犯的弊病为误报。误报的原因在于通信员的能力不足,例如缺乏某方面的知识、记忆力、观察力、想象力等。上例的内容,并非通信员所目睹的事实,既未和此种事件直接接触,所以此项消息的来源,必依靠某种"媒介",如发言人的记忆或观察有误差,则通信员所获的材料便缺乏真实性。还有必须注意的,就是避免夸张,例如记载火灾,烧毁数十户,报告数百户;到会者数百人,报告二千余人之类,均为通信员易犯的弊病。将误报的消息刊登出来,对于阅者,将发生不良的影响,所以地方通信员对于以上所说的,应该特别留意。如其是写一篇记事文,虽用笔墨渲染夸大,作者所负的责任有限,但在通信员则绝对不宜。

(例三)

汉奸谋刺于学忠经过

巫宪庭傅建堂为金钱卖主
唐排长黉夜告密奸人伏法

天津通讯 冀省府主席于学忠,坐镇天津,支撑危局,捍卫地方,厥功至伟。讵意最近忽有人谋刺之事发生,幸而奸人计不得逞,此案亦告段落。爰纪其经过如次。热河失陷,湾东沦亡,平津局势,危如累卵,伪国即派伪长春警备副司令杨殿云,偕白某、洪某、李某、郑某等二三十人来津,携有现款二百万元,分住日租界太和旅馆及某别墅,收买失意军人、运动军队。虽无成效,然已花去五十余万元,津市发现之反动传单,均系若辈所为。有一赵某,在距今十余年前,曾充于学忠部下之排长,因犯军规开革,潦倒迄今,毫无起色。近被伪国收作汉奸,潜伏日租界。杨殿云即派赵某谋刺于氏。赵因系于旧部,与于旧僚属,多数认识,即运动于之副官巫宪庭、卫队排长唐德胜、司号官傅建堂等四人,说妥四万元,每人先给五百元,得手之后,每人各酬一万元,并有曾任旅长王都庆之弟王恒庆者参与阴谋,居间定计,约定本月一日晚间,乘于氏返寓就寝时下手,因于在省府办公,异常忙碌,每晚须十时或十二时始能返寓休息。是晚九时,唐排长忽入省府告密,谓司号官傅建堂适到公馆,交与巫副官勃郎林手枪一支,钞票一卷,将有不利于主席之举动,请主席注意。于颔首令勿声张,唐排长退出,于仍照常批阅公事。至十一时,公毕,由巫副官随侍乘汽车返寓,于偶对巫注视,巫面色立现惨白,眼露凶光。返寓后,巫副官即挥令随从兵就寝。此时于已纳弹入枪,呼巫入室,突以枪抵巫胸际,高声斥曰:"不许动,动即立毙尔命。"巫即战栗无人色。于捺电铃,随从涌至,于令搜巫身上,果得三号勃郎林手枪一支(系比国造)内装子弹七粒,停机钮已开,并纸币五百元。于即令绑起来,当即乘汽车至第一军团司令部,时傅建堂正在院中徘徊,静候消息,遂亦被捕。当即审讯,尽吐实情,有如上述。二日黎明,即将巫、傅二名枪决,唐排长因告密有功,即提升排长。按巫、傅二人,随于多年,巫由随从兵提升至中尉副官,傅由司号兵提升至司号官,今竟为金钱所诱,卖主求荣,人心崄巇,诚难测矣。

上例的材料,亦由采访而来。原文对于事件发生的经过,叙述甚为详尽。层次清晰,文笔生动,亦为其特色。

（例四）

川人反对日舰莅渝

日舰系压迫抵货运动
渝市民决定应付办法

重庆通信 川省向为日货之倾销场，举凡穷乡僻壤，莫不有日本货物。但自九·一八事变发生以来，川省民气颇为激昂，乃相率对日实行经济绝交，纷纷成立救国会，对日经济绝交委员会，检查入口货物，凡属仇货，咸被扣留焚毁，即涉有仇货嫌疑者，亦被严重惩罚。虽仇货利用邮包投递，亦被查出没收。重庆之四川各界民众救国大会，曾与东川邮政总局，因此发生重大纠纷，结果，邮政包裹被渝市民众放火焚毁者，不下五百余袋。日货既不能倾销川省，日商乃请日总领事设法制止，日总领事以重庆为川省咽喉，各货恒由该地转口，能过渝关，内地便无问题，于是乃电汉口日领事，转令泊汉之兵舰乘势、坚田两号开驶重庆，镇压反日空气。汉日领得电后，当即转知两舰舰长于四月三十日，由汉上驶。但到宜昌后，以川江滩多水险，非川河领江及瓜达马等，不能行驶，宜昌日领，遂派汉奸来重庆，用重金雇川河领江，以便日舰到渝。当雇得汉奸数名赴宜，为之领江。五月二日，停宜日舰，又升火上驶，五日可到万县，七日可抵重庆。刘湘深恐该舰来渝，引起各界民众误会，发生事变，特电汉口日领事，请立即制止日舰上驶。同时各界民众，又致电宜昌日领事,迅即制止该两舰入川。电文略谓自九·一八事变后,重庆日领事,既奉召归国,而侨渝日人,亦全数离开,商务亦已断绝,日舰无到渝之必要。否则即系借端挑衅,引起争端,重庆全体民众,愿以热血相溅,而责任则应由日本担负。两电拍发后,日本仍不顾一切,继续上驶,谋以炮舰压迫我抵货决心。渝市民众,数度开会,讨论日舰来渝之态度及应付办法,当决定两项:(1)积极对付,于距重庆十五里之唐家沱以下河中,遍布水雷及各种轮船行驶之障碍物,通告中外各商轮,暂时停止行驶,阻止日舰上驶;(2)消极抵制,日舰抵渝后,不供食料、燃料,并对舰上中国人劝告脱离关系,否则以强制手段对付。以上各项,重庆民众,正从事准备中。

上例可以窥见通信员的意识正确,他的主要观点是说明抵货运动为国人应有的义务

(例五)

皖省建厅筑路成绩

—— 南北各线均将完成 ——

安庆通信 建设厅近将本省各公路修长状况,折呈蒋总司令鉴核,其成绩如次。(甲)皖南各路:(1)京芜路,皖段计长五十四公里,全路桥涵工程均已完竣,路面已完成十公里,余正赶铺,约五月内完成;(2)宣长路,皖段长八十六

公里,桥梁五十座,除誓节渡大桥暂用筏渡外,余均完成,广泗段十三公里,已铺有路面,全路已于四月一日通车;(3)芜屯路,计长一百二十八公里,现分两段施工,已完成土方四十五公里,桥梁涵洞正在设计中;(4)杭徽路,歙昱段计长六十一公里,浙省代修三十公里(昱霞段)已开工,皖省自修三十一公里(歙霞段),已完成十公里,十月内可完成;(5)京建路,皖段计长三十七公里,三月十二日开工,已完成土方三公里;(6)歙淳路,皖段计长五十公里,现正派员勘估,预计至少需款四十万元,十一月内可完成;(乙)皖北公路:(1)安合路,计长八十五公里,改建全路正式桥梁,已完成一部分;(2)叶立路,计长七十公里,叶家集至大马店一段,可土路通车,大马店经立煌县至长岭关一段,工程浩大,现正派员勘估;(3)太宿路,计长五十公里,已派员前往测勘;(4)六叶路,计长五十六公里,土方已完成二十五公里,余因驻军调防,工程暂停;(5)正六路,计长八十五公里,自六安至马头集已可通车,马头集至正阳关一段,正在兴修;(6)和鸣路,计长二十二公里,路基已成。以上各路,共需工款二百七十二万元,除可向全国经济委员会拨借基金外,尚不敷一百八十万元,刻正等挹注。

上例注重数字,容易减少一般阅者的兴趣,但对于专门家或许有用,故亦不失其通信文字的价值。

（例六）

张学良检还
颐和园古画

北平通讯　颐和园古画，前军委分会代委员长张学良，在该园养病，曾借阅钱维城画西湖胜景二函、乾隆题永瑢画兰图二件、富贵寿考花卉一件、李公麟九歌图一件、陈廷敬七言律诗一件、赵孟𬱖松下听琴图一件、袁瑛画转撙向字图一件、钱维城画花卉一册、蒋廷锡画花卉一册、焦秉贞耕织图一册、蒋廷锡花卉一册，计十三号共十五件。后因仓猝离平，未能检还。寄存天津某银行。朱光沐上九日曾代张氏致电平市长周大文，请会同胡若愚负责检还。周氏业于三日由津携返北平，当即检交管理颐和园事务所，并经颐和园鉴定委员会委员及故宫博物院会同审核无误。遂由该事务所筹备装箱，并将随同故宫博物院第五批古物，一同运京。

行政院前曾电令平市将颐和园古物扫数运京后，经派柳民均到平，审视结果，因多数无须启运，遂将较为重要古物装箱南运，第一批二百余箱，业已随同故宫博物院第四批古物南运，现仍继续装箱，业已装竣三百余箱，将随故宫第五批古物，一同南运。

（例七）

潮汕经济崩溃

各行商业纷纷倒闭
商会议决救济方法

汕头通信 潮汕素称富庶之区，只因连年税捐摊派繁重，四民失业，工商交困，更因世界经济恶潮侵袭南洋，旅居南洋之潮梅人士企业，纷纷崩败，失业归来，为数极众，从前生利者，一变为分利之人。兼之本年春旱，早稻插莳失时，据潮安县长廖桐史电省报告，谓潮属旱象之惨，为近数十年来所仅见云。又潮安商会，因政府要再抽收商业牌照资本额作警费，曾召开四十三行代表大会，据主席报告，潮安城及庵埠，由去冬至今春，关闭商店达二百余家，政府既抽全县田亩捐作警费，全县有四十六万亩田地，抽捐所得可达二十余万，不应再抽商照捐，致重商民负担云。至于抽收铺佣捐，凡铺屋租捐每年附加二成，此案闻已确定。潮汕大小商店，连日倒闭极多，兹将潮安倒闭之大商号录下：公隆鼎行倒欠揭款十三万元，益隆绸庄倒欠二万余元，三益柴行倒欠一万余元，荣华京果店倒店一万余元，又其他各行号约二十家，平均每日有二三家倒闭或收盘。汕头方面更甚，计暹郊炳利丰号倒闭市面三十余万元，怡茂铁行倒欠二十七万元，祥泰咸鱼行倒欠七万元，和茂铁行倒欠二十余万元，南郊陶成行倒欠六万余元，南郊温州庄口裕发昌记倒欠八万余元，汇安收找店倒欠一万余元,和庆银庄与和春南北行倒欠三十七万余元。以上皆为殷实商店,倒闭街前及银庄揭款约一百余万元。其他各小字号倒闭或收盘者,不可胜计,汇兑公所各银庄损失颇巨,就以陈炳春庄一家,受累至数十万之巨。商会主席陈道南、陈少文等,出任调停债务,极为忙碌。市面银根奇紧,各庄取紧守政策,不肯放出息条,各大商号发生动摇,风声愈传愈紧。二十六日下午四时,市商会召集汇兑公所、银业公所、各行号代表及债权人开紧急会议,议决维持市面金融临时办法。(一)汇兑公所同行各庄号,准以联保方法,行使白票,每家三万元,每张票额定二百元,票面加印汇兑公所及商会印信,以昭慎重,五日互相比对换纸一次,不兑现,不贴息,行使期间限二个月,如某一家发生倒闭时,由联保各庄号负责,某一家之债务,应抵还白票金额后,乃摊还其他借款,如某一家发生伪票时,仅由该发生伪票之家,另行换票,其联保各家所发之白票,由四月二十七日行使之。(二)杂行方面,对各银庄及其他字号,如发生息条到期兑现者,二十七日以后,准其转单三十天,以资维持现状。此案议决之后,已在夜深九时。至各倒闭商店,清理货物,欠款打折,分期摊还旧欠等事,在商会磅礴议许久,有已解决者,有未决定者。潮汕经济崩溃之情状,前途至为可危。

例六与例七比较,前者的重要性不及后者。潮汕经济崩溃,影响国民生计,所述与民众生活有切肤的关系,故此种通信文字的价值甚高。例六所叙为个人的事实,而"检还颐和园古画"一事实,有无其他原委,不能由通信文字看出,阅者至多不过知道张学良曾借阅古画若干幅,如视作普通个人之行动,则其新闻价值甚为低微。

(例八)

闽海关监督

江屏藩被暗杀

死者系国府主席林森之外甥

因墓地涉讼胜诉后遭仇暗杀

凶手黄三俤行刺后当场就逮

福州通讯 闽垣于本月三日下午发生一震动全市之重大暗杀案,被刺毙命者为国府主席林森之外甥江屏藩。江历任广东潮梅海关监督、福建印花税局长、闽省府委员兼建设厅长,现任闽海关监督。凶手为台湾华侨会馆常务委员黄三俤。行凶原因为墓地争讼挟伊而起。凶手已当场就逮。兹将经过详情,分述于下。

江屏藩历任要职,宦囊颇富,尤以前年在建设厅长任内改造福州万寿江南两大桥工程舞弊一案,为人指摘。民国二十年,卸去建设厅长职,即在台江南岸仓前山畔,购买花园洋楼一座,名为陶园,迁入居住。二十一年,又在东门外竹屿乡金狮山圈购进茔地,为其父母及妻营造坟墓,范围颇广,凡附近之民间坟墓均给资令其迁葬。行凶者黄三俤之祖墓亦在迁移之列,黄不允迁让,诉江于法院,结果败诉,押令迁葬。不意黄于迁墓之后,一年间子侄相继病卒,又因诉讼费去数千元,在台湾所开之洋衣店亦告倒闭,家破人亡,孑然一身,遂恨江刺骨,日谋报复。近探悉江因造墓,常往金狮山视察工程,乃化装割草农民,手挟镰刀,身怀利刃,在竹屿乡一带侦伺。三日下午一时,江果乘包车前往,至竹屿乡口,以道路崎岖,乃下车步行上山,仅至半途,黄三俤即迎面而来,拔出尖刀向江面部猛刺,江见势不佳,急跃入路旁田中,黄亦跟踪跳下,抱住江身,在额角、咽喉、脑顶、胸前各要部连刺十余刀,血花四溅,立时伤重气绝。黄见目的已达,即狂奔而逸,时乡人已闻讯麇集,从后追赶。适县公安局巡长关锡钦,带警下乡办案,迎面而来,将黄拦获。黄见不能走脱,即从容就缚,由关巡长解入城内县公安局。凶手沿途态度如常,毫不变色。到局后由局长罗亚提讯,直供行凶不讳。并在身上搜出布囊一个,询之,则云,将以江头割下贮之囊中,悬于方寿桥上,并谓本人大仇已报,死无所怨。罗局长乃将黄暂押所内,一面以电话通知江之家属,其妾与子闻耗即驰往竹屿看视,痛哭不已。一面呈报地方法院派员检验。至晚间十时,始派检察官徐观澜莅验,由家属将尸体舁回家中,定四日下午大殓。凶手则于四日上午,由县公安局解送地方法院,归案讯办。

上例所记，其性质与例六相同。但此稿的趣味性甚浓，为现社会的阅者所欢迎。本文字的材料，由采访、观察而来。其叙述之周详，足以证明通信员的能力不弱。

（例九）

京沪路
拟办江北水路联运
——派员到镇与轮公司商洽办法——

镇江通讯 京沪铁路镇江一站，向为转输江北沿运河流域客货之总枢纽，营业极旺。但镇江江面，自被泄滩封锁后，船只上下不便，客货大减，而江北江都境界霍家桥地方，自有直达上海江轮后，江北客货皆由彼处出入，既可免渡江危险，而票价亦较车价便宜，且货物不到镇江，可免一道关税，故霍家桥乃成江北无税之自由港。始则大达公司独家行驶长江班，近则又加大通公司开班，俨然夺镇江地位而代之，因此镇江小轮公司无一家不破产，而京沪之客货运输亦大受影响，向来客运每日可卖三千余元，近则不足两千余元，不谋整顿，行见江河日下。兹闻京沪路局前日特派镇江站长曾志洪、西段货运稽查陆伯华、驻京车务段长许秉丞往各小轮公司及镇扬汽车公司，洽商联运办法，将来凡扬州、清江、泰州等县及江北各县，或由小轮，或由汽车渡江，往京沪各埠者，不问客货，皆可在各出发点购票装运，到目的地领取行李物件，运价较低，且甚便利，以谋轮运、车运发达云。

(例十)

闽省民食堪虞

赖苏米接济全省损失不赀
民厅提倡食糙米以资节省

福州通讯 闽北之建宁、邵武、延平三属,本为产米之区,农民除自给外,尚有剩余运售福州。乃自民国二十年夏间,赣东亦匪窜入闽北后,崇安、浦城、光泽、邵武、建宁、泰宁、建阳、将乐各县,迭遭匪祸,农民逃亡,田亩荒芜,产米锐减,粮价飞涨,社会生计大受影响。至今年春初,民间积谷完全告罄,相率来福州采办,运往接济。犹幸长江各省,去年丰收,米商群往上海购办苏米,来闽发售。自废历正月以来,福州及闽北民食,均赖苏米接济,始免饥荒。惟闽北农民,向借出售剩米,以资周转,今则非特无米可粜,反须籴米为食,出入之间,损失不赀,农村经济,遂告破产。现闽县除殷实之家尚能勉强维持现状外,普通民户多外出另谋生路,南平、建瓯、邵武各大县,难民麇集,曾迭电省方请求救济。至省会方面,往年春夏之交,因青黄不接,米价向上,每石价格皆在十二元以上,今岁因苏米源源进口,供过于求,价格低落,每石仅售八元余,致省会西、南、北三乡,及近省之连江、罗源、长乐三县,农民所存米谷,待此时善价而沽者,受此影响,价格大跌,农村经济日深凋敝。又官厅方面,则以强邻压境,国难日深,亟应广储粮食,增加米产,以备急需,现在民间所食米过于精白,非特不能耐饥,且米量为之大减,特倡食糙米,借以减少消耗,节省经济。据民政厅统计,每石之谷,碾为白米,与舂为糙米相较相差五斤左右,以福建全省计,每年可少耗米量二三百万石。除令公安局,传谕米商多办糙米售卖,劝告民间吃食糙米,说明于卫生上、经济上、军事上之重要利害外,并由省令各机关每星期实行吃食糙米三天,以示提倡。

例九写地方的建设,文字不多,但极经济扼要。例十写闽省农村经济破产,纯出于客观的态度。通信记者并不表示个人的意见。此类通信稿极适合现在的报纸采用。

(例十一)

豫鄂皖边

剿匪新形势

匪主力集鄂东黄麻
边区剿匪部设潢川

汉口通信 豫鄂皖边匪,近渐集主力于鄂东黄麻各县,形势日趋严重。当匪势复起之初,不过二三千人,掘出藏枪,到处骚扰,其后吸收各处散匪,裹胁民众,实力乃益扩张,顷已达一万余人。驻军卫立煌、万耀煌两部,相继进剿,以匪势飘忽,未易歼灭,匪则就□袭击,竟将麻城所属三河口攻陷。旋国军将三河口收复,匪又分东西南两面窜走,东路由立煌县境窜至黄安县境松子关长岗岭一带,西路由经扶县境,窜至麻城县境歧亭宋埠一带,狼奔豕突,黄麻两县,风鹤之惊,几无虚日。蒋委员长以匪势披猖至此,特任刘镇华为豫鄂皖边区剿匪总司令,负责督剿,刘部亦令陆续开鄂。刘奉令后,即派员赴潢川组织总司令部,本人则于四日由南阳赴许昌转乘专车来汉,与何成濬面商一切。刘于五日抵许,适梁冠英由汉到许,相偕南下,六日下午六时抵汉,当晚与何成濬商剿匪计划,约留汉三日,即返南阳,俟边区总部成立,再移节潢川督剿。豫鄂皖边区所驻部队,均已奉到电令,归刘调遣,以一事权。

鄂西剿匪军队,以种种困难,未能顺利发展,奉令督匪之范熙绩,经蒋委员长给假半月,日内返汉,向何报告匪情。鄂西剿匪总指挥徐源泉,已定七日赴防,接替范氏,负指挥之责。据徐电呈绥署,谓赤匪伪襄北独立团,自京钟边界窜抵潜沔交界地区,经派三十四师及独立三十八旅兜剿,将其击溃,另有一股,由洪湖回窜监利大堤头,希图窜入洞庭,亦经十九师及该处团队,包围尽歼。现贺匪被困五鹤,势难再越雷池一步,惟依山筑垒,意图固守,想徐氏到达前方,尚有一场血战也。

上例所述为"剿匪新形势",但内容似嫌简略,不能满足阅者的欲望。或以军事所关,未能详写,亦未可知。

(例十二)

多伦失守的前后

这次本馆派我观察的目的地,就是无论如何到多伦为终点,所以我就在四百余里的沙原上兜了一个半圆形的圈子,在四月二十五日到达多伦。不用说在那阔大的蒙城里,作了一次很迅速的巡礼,卒于又离开这朝不保夕的多伦。那知道我们所认为敌人攻击目标的多伦,就在伪军、蒙匪猛攻之下,而于四月二十九日夜失陷,那么在这里,我只得把沿路的视察的程序,颠倒一下,先报告一些多伦的情形吧。

多伦原名叫多伦诺尔,蒙古话多伦是"七",诺尔是"水池",不用说我们知道多伦附近有七个不大不小的水池子。但它在察哈尔省境内,是北边一个重要的蒙古城,不但是佛教的中心,也是蒙古人商业的中心。我到了多伦城,所看到的是两个黄墙绿瓦的大寺院,一个是前清康熙敕建的汇宗寺,那一个是雍正敕建的善因寺,建筑的宏伟壮观,在内地是看不见的。我问那懂汉话的喇嘛说,里面住有活佛,不但能知前身的身世,而且对于目前的战事,也没有在意。

我所看到的商店,在这时多半是门前冷落,关门大吉,据说城里制造大小铜佛都是多伦的出产,城里我看见的蒙古人和喇嘛除外,是着军服的骑步兵,赵承绥旅布置在多伦城内附近,但用军事眼光来看,多伦东百余里处,有山岭起伏，(蟒牛泡子)足为防守者的天险，军队里的人说，那里老早就筑日阵地，甚为坚固，假设那个地方失守，叫多伦只好拱手让人，我本打算到蟒牛泡子去看一趟，因为行路难而汽车不便，只好放弃这段心思。

蒙古人日常所用的必需品，布匹、鞋帽、米面等，都得到多伦来购买，在这里国家收入的机关，有塞北关、蒙盐局、统捐局、烟酒税局、电报局，所以一向就有小库伦的称号，实在是察东的重镇。按照地理上来讲，多伦西北约七十里，有座照苏乃木城，城分内外三道，就是元朝时的上都城，是元朝未入北京以前的都城，位置在闪电河右岸，闪电河也就是元时的上都河，两岸平原千里，草肥美而适于屯驻大量的骑炮兵，在历史上看，这是应当注意的。此外还有骆驼山的军马牧场，关系军马补充，尤为重要。

再谈交通方面，除长途电话和电报外，作输送的有两种工具，一种是大车和牛车，由张家口经汗诺尔坝、什八尔台、沽源等处到多伦；一种是汽车，由张家口经万全坝、张北县、马拉格庙到多伦，夏秋间一日可到，不过汗诺尔坝和万全坝，真要作军事上用，路面须扩大，倾斜甚急的斜坡，都须修理，在这军事倥偬不得已时，骆驼队也可以补助运输。

多伦为国内的同胞所最注意的地方，我虽然在多伦耽搁的时间少，但关于多伦的防守一切上，都要尽量地采取，报告给读者，在这里我并不是因为多伦陷落，我在远处说风凉话。可是据我见到的,多伦的驻军以及防御的准备根本就没有把握,蟒牛泡子的守军,第一样缺乏运输汽车,何况大多数是骑兵,就有义勇军冯占海部改编的步兵,据我知道的,在多伦东面的并不多,按着战斗原则来讲,骑兵根本就不能作顽强的抵抗防御的能力,那么我由多伦回来时,老早心里就想到敌如来攻,在他们的战略的布置上就得……

在冯占海军部的时候,就听到蒙匪千余名,内里混合着伪军千余,由多伦的西北的方向,有南下模样,冯军长接到密探报告,蒙匪已抵石大房子北三十华里之某村(距满德堂约五六十里),当时冯军长他说假设这一点蒙匪真要来是敢担保送死,因为在这左右百里内,都是我们六十三军和新改编骑兵二十四、二十五两旅,那时我点点头,只好相信这两千蒙匪不要紧,那知道过了两天,多伦被刘桂堂逆部和蒙匪鲜军攻下。

在那官样的电报里,我看到是伪逆杂军,由围场、锥子山,前进攻蟒牛泡子,敌步兵千余名,并附机关枪山炮坦克车、装甲车、编队飞机,我官兵奋力抵抗,最终继之以肉搏,结果不支纷退。同时在多伦城内还发生了一次最壮烈的市街战,这才退出多伦而守新阵地。

总之我没有在多伦的市街上,听到守军的这样电报,只好依样葫芦报告给读者,但我相信最可靠的句话,我们战略上并没有失败,同时我所希望等多伦的伤兵到张家口,再去

访问真相,那时读者们就彻底地明□了。(五月二日于张坦,选自《申报》)

(例十三)

石匣镇视察所得

敌机到处轰炸城镇化为焦土
八道楼子阵地战事最为激烈

古北口为北平直通承德所必经之唯一天险,高山削壁,天然险峻,且有长城蜿蜒其上,舍此一口,绝无其他鸟道。口上建有炮楼,巍然雄峙于要隘中,楼下孔道仅容一汽车可行,此诚一夫当关,万夫难过之天险也。然以□军放弃职责,逡巡退避,铸成大错,该口遂与冷口、喜峰口,相继辞别数千年来之祖国,沦于暴日铁蹄之下。当记者在南天门左后方某道防线高地上,以镜遥瞩,天险形势,历历在望,缅怀秦皇雄图,历代长城在国防上之价值,不胜今昔之感。记者之突然记此者,时在由平出发后车掠孙河镇、牛栏山、王家庄、密云城、九松岭、朝竹庄等而直达石匣之第三日,亦即此行印象最深之一日。盖第一日则仆仆风尘,第二日则几乎全过暗无天日之地窖生活,第三始承飞机(当然是皇家军的)之作美,予以相当机会,俾得做些视察访问之工作,诚不幸中之幸事也。前日由平出发,风尘仆仆中突有奇香扑鼻,举目则见道旁梨花,满园满谷,中杂桃李,如云如锦,驭车者云,地名梨花坑,离平市可五六十里,平市仕女,厌弃城市风光,来此领路野花清香者亦颇不少。语未毕,瞥见首尾相衔之大车八九辆,满载伤兵,血渍斑斑,一一陈列于道右,以致欣赏梨花之逸兴,顿受莫可言喻之隐痛。国难严重至此,尚有沉醉于玫瑰花香中之仕女,傥一见及此辈忠勇将士所开放斑斑点点之殷□血花,不知其亦有此同感否。刹那间,满园满谷之梨花,回首已不复见,前途渺茫,风驰云卷般之前进车轮,不知尚须旋转多少次,始克□达目的地。此路较近喜峰口路稍觉平坦,盖因彼多沙路,此多土路,且无乱石之故,惟灰尘之眯眼遮道,以此例彼,有过之无不及。中途多有不耐步行之士兵,三三五五,强欲搭车,驭车者均严予拒绝,后竟有牵手阻拦车头者,只有鸣喇叭一声,冲开一条血路,扬长而去。记者耳际,忽觉有一块鹅卵石飞擦而过,适中于紧贴车头后壁鼾声正浓之一排长下腿骨上,砰然作声,该排长受巨痛,为之警呼失色,大声问:"谁?"某兵答云:"欲强搭车之老乡(北人对兵之普称)。"某长袍马褂者亦奏趣云:"对了,这是你们的武装同志呢。"于是哄然大笑,某兵尤吃吃笑不止。不料该排长痛羞交并,骤挥其巨灵之掌,大批该兵两颊,该兵更出死力反攻,饱以老拳,二人扭做一团,几乎跌出车外,后经劝止,一则口中血沫四溢,一则衣破有如班禅之斜披袈裟,犹怒目相向,悻悻然欲泄其余忿。大战暂告结束后,全车空气沉默良久,车行辘辘,格外显其粗暴,国人"勇于私斗"之劣根性,随时随地,都可发现,诚可痛心。抵九松山,车沿斜坡而下,两旁山坡,均筑有坚固之防御工事,迎头一河岸,亦密布铁丝网,且深掘有外壕、内壕足以倾覆敌之坦克车、装甲车,并掩护我抗战士兵之安全。一兵站某士兵云,此乃第三道防线,虽距最前线甚远,但飞机时来侦察,深恐由间道为其所乘,即在此后方之密云城,敌机尚常往侦察轰炸。十八日上午,飞机至该城者十五架,翱翔上空,掷弹纷纷如雨,约计百枚,全城几乎一片焦土,纵高悬外国旗之教会福音堂亦被炸毁,犹幸所居兵民,多趋避于地洞,而伤亡犹多至三四十人,牲畜洞腹流肠者,为数尤伙,压状极惨。话未已,忽闻村中锣声,驭车者知铁鸟将至,即令下车散避,并覆油绿布于车身,以作护符。说时迟,那时快,飞机已倏至正上空,幸未投弹,彼此心照一番,旋即分道扬镳而去。开车时,误被石击之跛足排长,迟迟后至,上车且用人扶,但于飞机猝至各自捷足趋避时,显若两人,事虽滑稽,卒无人敢作明笑,盖惧其再肆咆哮也。此去所遇行军或车运,逐渐稀少,且作散形,而非密集。晚达石匣,下车访后援会办事处车庆和先生,见其正拟夜战,默计果尔今夜失利,其将何堋。比入城中,途少人行,商店什九皆反扃其户,上书"门内无人"字样。抵第〇〇师部,忽闻话匣正唱《四郎探母》,某副官言,此亦慰劳品。乐止,师长黄杰出见,寒暄数语,即发表下列之谈话:略云,二十一日以前,仅有小接触,自该日起,连日敌均向我作剧烈正式攻击,我南天门防线左翼高地之八道楼子,首被敌人拂晓围攻,兵力约在千数,我驻军奋勇抵抗,全被牺牲于敌人猛烈炮火下,八道楼子阵地遂陷,晚以一营兵努力反攻,杀至山顶,克复炮楼五个。二十二日拂晓,敌又以五六百名之机关枪队前来增援,并在飞机、大炮猛烈轰炸掩护之下,仍向我八道楼子阵地集中攻击,营长聂新奋战阵亡,团副负伤,继以营副连长排长相继阵亡,无人指挥,而士兵仍各作战,誓不后退,终因伤亡过重,得而复失。今日我又反攻,进退数次,双方伤亡极大,我竟以炮火之不如人,阵线几全被摇动,犹幸士气极壮,沉着应战,且得我两日无音信之别动队一排,今日由关外绕回,亦往参战,加以其他援军同时赶至,始将阵线压住,稳固如初。军人捍卫国家,原属天职,有时竭尽死力,终为情势所限,力与愿违,想国人必能予以原谅。舆论要公平,是非要真实,若遇敌人之挑拨离间,恶意谰言,务勿轻信。目前国人,尤其我执有枪杆之军人,除死力抗战外绝无出路。我士兵幸由于环境之压迫,了然于此。现我军弹药给养,均尚接济得上,精神亦颇壮烈,惟经此次连接四昼夜大战牺牲,若环境许可,俾有整顿补充之机会,凭此深刻经验,此后必能更奏杀敌之效果云云。谈至此时,已九时许,遂兴辞而别。全城暗无灯光,手电筒用法亦有限制,摸索缓行,守城步兵一闻足音,高喊口令,森严之象,到处皆是也。按八道楼子之山，高出南天门一倍，建有长城角楼八座，已被敌毁去其二，形势极险要，为敌必争之地，尤为我必守之地。该地原只驻有黄师口口某团之连，致受轻敌失守之累，后虽迭次反攻，付以最高之牺牲代价，究亦无补于事，殊为可惜。现我军所受失地之影响，容后另述。（四月二十八日于石匣镇，选自《申报》）

例十二与例十三为"视察记"，其内容与前引各例不同。观察犀利，解说明晰，为这两篇通信的特点。地方通信员对于"视察记""参观记""调查录""访问记"等，必须时时练习写作，因为这些文字，均为现代新闻所需要的材料。

（以上十三种例，足供地方通信员观察，故特引用，深望有志于此者，细加玩味，尤应注意其文字及结构。）

随着社会的进化，晚近有一种新的通信文体产生，名曰"报告文学"。日本川口浩氏对于此种新的文体，解释如下。

"报告文学或通信文学的名称，乃从 Reportage 翻译而来。Reportage 是从 Report 一字新造出来的术语，大概在外国字典上还没有这个生字。此种文学形式，自然不是旧有的，它是近代工业社会的产物。在印刷发达之后，一切文书都用活泼印刷的形态而传播，因此产生近代的散文，即一般称为 Feuilleton（法语）的便是。Reportage，就是此种散文形式的弟兄。因为机械工业的发达，在文的领域也和在政治的领域一样地驱逐了浪漫的成分。在溶口喷着火焰，兵工厂生产着最精巧的杀人机器的现在,什么星呐、紫罗兰呐一类的故事,已经变成了时代落伍的作品,要靠文字吃饭的人们,无论如何也非应顺新闻杂志的势力不可。……近代的散文,最初以'旅行记'及'风土记'的形式而出现,以后几经变迁以至今日。我们应该注意,散文这种文学形式,在它产生的当初,已经带了强烈的社会批判的色彩,譬如在德国,被认为德国近代散文的滥觞的海涅,他的旅行记,曾以辛辣的笔锋,批判了旅行所及的地方的人物和制度等等。可是这种散文后来失却了它原有的特征,即批判社会的特质。……报告文学的最大的力点,是在事实的报告。但是,这决不是和照相机摄取物象一样地,机械地将现实用文字表现。它必须是有一定的目的和一定的倾向。这种目的和倾向是什么呢?不是别的,就是社会主义的目的。现代最伟大的通信员基休在《地方通信员的实践》一文里说,要做生活现实的报告者,非有下述的三个条件不可,就是毫不歪曲报告的意志,强烈的社会的感情,以及企图和被压迫者紧密地连结的努力。"川口浩氏又举出近代最初的报告文学的作家为美国的贾克·伦敦与亚朴顿·辛克莱,德国的仆尔加与西姆仁以及基休等人。

此种报告文学,尚无适当的例,可以引证,故从略。

问题:

试作地方通信三篇寄来,文体与内容不拘。材料略分:1.地方政治、经济状况;2.各地民生疾苦状况;3.各地风俗、古迹、人物、风景珍闻等;4.各地农村社会、交通、产业、教育状况;5.个人或团体访问记;6.工厂、社会事业、慈善团体、学校以及地方政府经济机关等类的调查记。

第五章　地方通信员之采访工作

地方通信的训练与报馆记者相同,其初步的工作为练习采访。本章所讲的,就是地方通信员的采访工作。

地方通信员在远距离的城市里搜集新闻,虽可利用现成的资料,但欲求工作的完善,则"采访"(Interview)不可不特别注重。采访工作分为两类:1. 人物访问;2. 采访事实。采访的实际,只能于经验得之,空谈理论,无异纸上谈兵。但采访之原则及要点,不可不知,特述如下。

美国施威特兰氏(Horace M. Swetland)曾列举人物访问时应该避免的事项(见 Williams and Martin *The Practice of fournalism* p. 169)如下。

1. 访问人物时,必须先和对方约好正确的会晤日期,并严守约期。

2. 预先调查研究对方的人格、经历、学识、思想、趣味、地位等,准备充分的知□。

3. 凡会晤的目的、要件、质问项目,均应明确预备。

4. 不可希望得到对方用画面发表的谈话或对方所供给的消息。只有向对方当面提出质问或和他谈话以获得材料,始可谓尽记者的天职。

5. 先预备好适宜的质问,凡质问须能贯穿某一问题的骨髓,并得要领。

6. 凡发问时务出于迂回式的谈话,以努力达到目的。

7. 有时可发伶俐乖巧的质问(即使与直接访问的事件毫无关系亦不妨),以图会话能顺利发展。如对方有意躲闪,可杂以笑言等,以回转话头,使所谈之事仍能回到本题,达到目的。

8. 注意礼貌服装。凡发问时,谈到某一问题,不可与对方争论可否,如否定对方的意见,亦为不当,总须勿伤害对方的感情。对方所说之要点,为明了其意味起见,可以反复质问。在访问之时,不可打断对方的谈话或作无聊之举动。

9. 如会晤之时,对方所发表的意见甚为重要,或有统计的与数字的材料,以及数学上的算式,或琐细的陈述等,必须注意,在原稿发排之前,如能将稿送与对方阅看,最为安全。

10. 会晤时不可久坐,质□事项将终,即可辞去。

我国新闻学家徐宝璜氏,亦列举采访新闻时应守之事项,共有十六条。(见《新闻学纲要》六二至六三页)

1. 采访新闻,切勿视谣言为事实。

2. 如为探访重要之新闻,顺每一引线而追究到底。

3. 新闻之有价值与否,当自为裁夺,不当信谈者之褒贬。

4. 敏速办事，但勿忙乱。

5. 不可因求速而致粗心或不正确。

6. 切不可空手归来，应设法访得所被派探访之事。

7. 有请勿登载某事者，宜答以最后之决定，权在编辑，不可轻许之。尤不可受贿，为他人隐藏。

8. 应设法使自己熟悉城中各处，尤应熟悉本区内之各地方。

9. 本区内之各新闻来源，切不可一日不去。

10. 应与因职务而相接洽之人为友，使其对于己之事业发生兴味，而愿助己采集新闻。

11. 勿爽约，勿为不能守之约。

12. 访问时，不可当面笔记。

13. 在访问之前，应确知己所欲得者为何。

14. 备一袖珍簿，记载各种新闻之略示。

15. 除非某报所登之新闻，素来确实，切不可转录之。

16. 广告性质之新闻，不可登于新闻栏内。

徐氏之言，以1、2、8、9、10诸条，最为重要，其余则为报馆记者应守的戒律。

"访问人物"以后，写稿时应明确决定立脚点。凡"访问记"一类的新闻记事，多将被访问的人物与记者本人同时写出，是为主观的。旧时的通信员，多喜用问答体（即对话体）的形式。例如黄远生氏的《记者眼光中之孙中山》一稿〔民国元年（1912年）九月初十日〕，全文皆用问答体，此种体裁，已属陈旧，故不适用。其次为纯粹客观的方法,通信员在采访时,纯取客观的态度。例如下面的《冯玉祥过平南下》一稿,即通信员调查各方面的事实,用客观的态度写成。其中《冯玉祥谈》一节,虽为记者与冯氏的一问一答,但就全文的体裁看去,仍不失为客观的记载。

由访问人物写成通信稿之例

(例一)

冯玉祥离察过平南下

离张垣前公祭抗日烈士

宋哲元等送至丰台始别

到鲁后生活费宋韩分担

北平特讯 此次冯玉祥离开张垣,所以具此决心者,固因环境困难,不得不然,一方亦以考虑结果,如仍留张垣或张垣以北,则某种不幸情形,必然发现,宋哲元调停方法,届时必亦穷尽,而冯自料此种不幸情形发生以后,无论就何方面言,于国家、朋友、本身,均绝对有害,当冯表示决心南行时,部下之激烈分子,曾痛哭失声,坚切挽留,谓冯不应将此基本的革命武力,轻轻放弃,及见冯无可挽回,彼等乃不复力争。现在原隶冯之部队,已完全开离张垣,彼等现住地点,(甲)方振武驻万全、张北,(乙)孙良诚驻商都,(丙)吉鸿昌驻多伦、沽源,(丁)檀自新、李忠义、张砺生支应遴均驻张北,(戊)刘桂堂驻赤城、龙关。就中方振武之军张人杰部,已由军分会收编,计共一师。(三团制)业无问题。方氏本人,现居万全。北平军事当局,十四日晨特派代表赴万全促方来平,任军分会委员,问方与某当局平日私交尚称不恶,虽未必即能应召,但或可相当就范。其余如孙良诚部,亦可容易商量。所最困难者,唯吉鸿昌等部。中央现虽责成宋哲元负责收拾,但其中难题甚多,一时恐尚不易解决,故察事纠纷,冯去虽可告一段落,然尚不能遽认即可从此完全无事也。冯此次毅然南下,对于一年来在张垣所经营之武力,将完全消灭,但中央方面,当然可增进若干好感,其不使调人如宋哲元、韩复榘等从中为难,尤使宋、韩今后对冯出处,不得不从旁设法。故冯到泰山后,中央将有相当名义,使冯不致完全投闲置散□至冯是否愿就,则又另一题题耳。兹纪冯氏离察经过如次。

离张经过 冯氏麻电发表后,鲁主席、韩复榘曾电冯欢迎赴泰山居住,冯因候晤宋哲元,且个人原拟暂居张北,不欲离察,故一时无所表示。嗣因中央及北平方面,一再电冯请即离察南下,俾宋哲元得以返察,自由处理察省军政,宋亦恐冯居张北,易为人挟持利用,故于十二日抵张家口,冯亲赴车站欢迎,晤见之下,老泪夺眶。适以多人在旁,冯谓宋云:"请你招呼他们罢。"遂回新村,宋赶至新村,冯在寝室延见。追溯过去,言念来兹,相互黯然者久之。冯之表示,毫不留恋,唯对居处略有考虑。迨十三日,韩复榘来电,汇款两万五千元,冯赴泰山之心遂决。至韩之所以来电欢迎,因北平与上海之某名流等,有电致韩,谓冯仍在察,解决大难,意在促韩解此症结。韩于是迎冯赴鲁。冯十三日晚尚拟发表宣言,某君谓先生心所欲言者,已于世麻两电推阐无遗,不必再多说话,遂尔中止。其实某君以冯五月二十六日所发出宥电,(就同盟军职电)为本人起草,兹冯拟发最后之一电,乃不忍着笔。冯于十二日在张垣烈士纪念塔与宋等公祭抗日烈士,冯之演说,有"以热血洗河山,以头颅换国土,黑水白山,永留壮绩,壮怀奇节,实滋怆恻"数语,言下继之以泣。冯又指塔尖之倾斜处(按:塔尖向东北倾斜),向众泣诉曰,东北未复,有如此塔尖,君等切勿忘之。十三日早冯召总务人员到新村内自省堂训话,并分给遣散费,总参谋长邱山宁暂留张垣,办理善后,其余人员一律离开张垣。是日,冯乃电韩,通知起程日期,韩复电称准于十四日晨派铁甲车北上,至丰台迎接。冯接电后遂决定十四日起程。冯起程前之一日,冯部将领吉鸿昌、孙良诚等,均到新村谒冯话别。溯冯于五月二十六日就抗日同盟军职起,迄八月十四日止,适为九九之数。此一幕剧,于以告终。

过平情形 十三日,张家口车站备妥专车两列,首列共十四辆,为冯、宋及随员等乘坐,第二列为载冯、宋之手枪队及卫队,战车二十三辆,于十四日晨二时余先开行,冯亦于二时余登车,仅率卫兵十数人。张吉墉、过之瀚、刘治洲、邓哲熙、李炘等随行。三时余宋哲元、秦德纯始登车。专车四时始开，因时在深夜，欢迎者甚少。拂晓时，车经宣化，略停后，乃向前开行。八时余抵青龙桥，因须倒换车辆，停留甚久。九时余，专车抵南口，冯、宋用早餐后，同赴国民军南口阵亡将士纪念塔看视，冯时作微笑，其心中当有无限感慨也。专车于十四日午十二时四十五分抵北平西直门车站，到站欢迎者，有何应钦代表刘健群、黄郛代表何其巩、军分会总参议熊斌、中央委员傅汝霖、韩复榘代表程希贤、二十九军师长冯治安、张自忠、张之旧属门致中沈克等多人。冯专车停留约五分钟，各欢迎人员相继登车，与冯握手致候。冯精神甚健，衣蓝布衣裤，青布鞋，面目苍老，须胡已剃，魁伟如昔，惟胸间佩有大号枣红派克自来水笔，点缀布衣，亦别有风味也。冯与欢迎者一一寒暄致谢，少顷，车复开行。何其巩、傅汝霖、刘健群、程希贤、冯治安、张自忠、沈克等，亦登车随行。至下午一时四十五分抵丰台，韩复榘派炮兵第二队长刘春恩及孟副官，带泰山号铁甲车在站等候。冯当令铁甲车先开，旋与欢迎者一一握手作别，二时三十分，仍乘原车东开。至黄村时，冯携随员换乘铁甲车，宋哲元偕冯治安、张自忠两师长别冯，搭随行之专车返平。

冯玉祥谈　记者于冯宋到达西直门时，当登车随至丰台，下午一时四十分到达，即投刺请谒。时冯适与傅汝霖、何其巩、刘健群等晤谈，少停，冯即邀记者至三等客车内晤谈。冯与记者握手毕，即相继落座。冯首谓，本人于去年十月十日过平北去,今日为八月十四日,时隔十阅月,又南来矣。冯氏言毕,与记者作以下之谈话。记者(问:)冯先生交还察省军政情形若何?冯(答:)本人向来主张枪口对外不对内,此次所以交还者,即为贯彻初衷,最初余之本意,即先收复失地,保全察省,失地收复,即以之交还政府及国民,我当怎样说,那就怎样办。(问:)冯先生收复失地如何?(答:)一般有钱阶级的人,皆谓多伦并未打仗,实际上我们克复多伦时,死伤官兵兄弟们,有一千六百多人,本人离开张垣时,特为建一纪念塔,同时并将张之江先生在张垣旧宅,建一烈士祠,将所有阵亡烈士姓名,都一一地刻在一块很高的纪念碑上,在余离开张垣前一日,并举行追悼大会,各地绅商,除亲往致祭外,并收到许多匾额。(问:)多伦现在情形如何?(答:)多伦现时尚在我们手里,外边很早就有人说已经丢了,实则我们候到现时,尚未丢掉,仅见日本飞机到来,尚未见日军,驻守多伦附近之伪军李守信,曾派代表来找我冯玉祥,询我方是否向热进攻,如若进攻,彼欲打前敌,直冲承德,否则彼亦决即离开多伦一线,决不帮同日本人来打自己,日方曾压迫李部非将多伦攻下不可,李部迄今尚无动作。(按据官方公布消息,伪军已于十三日将多伦攻陷。)(问:)冯先生对于国家前途感想如何?(答:)这个问题,我也不便说,彼此多原谅一点。(问:)孙良诚是与冯先生同来?(答:)我是十亩地,一颗高粱独苗儿。(问:)方振武现在何处,是否能即来平?(答:)方尚在张北、万全一带,能否来平本人不敢断定。谈至此,冯起立笑谓,我不便再往下说了,我由南口带来的莎果很好,请吃几个,以快口福。言毕,即令副官将莎果送给记者五枚,旋即含笑退出。

过津情形 冯之专车于十四日下午三时达黄村,冯氏换车后,于三时半开车,四时许抵廊坊,因俟随行之卫队专车到万庄,在廊坊停留约三小时。该地为民初冯氏任第十六旅旅长之防地,故冯氏下车浏览,追溯旧迹。晚饭后,已七时,专车继续前进,过杨村北仓,天已昏黑,抵天津总站时,早已万家灯火。在车站迎候者,有河北省民政厅长魏鉴、教育厅长陈宝泉、公安局长宁向南、冯属部李鸣钟、刘郁芬、林叔言等并有乐队在站吹奏欢迎。车站内外戒备森严,韩复榘所派之铁甲车先于半小时到站,冯专车随到,挂有三等及铁闷车五六节及二等车一节,冯即宿于二等车中。车中以烛代电灯,冯未下车接见欢迎人员,特派邓哲熙下车,略谓冯因一路劳顿,食瓜受凉微有不适,敬代表冯致谢,旋即登车。专车在津站停留二十分钟,仅李鸣钟、刘郁芬及冯之兄道基等上车晤谈,专车复于九时零五分转津浦车南下。

察省善后 冯玉祥南下后,察事至此,告一段落。此后急待进行者,即察省善后问题。察省旧有驻军自冯氏去后,尚有四五万人,均分驻察境东北一带。察主席宋哲元伴冯离察时,已嘱各军仍驻所在地,听候命令。二十九军副总指挥秦德纯,十四日随专车南下,由西直门下车后,即邀熊斌晤谈,并请熊氏将察省现状转达何部长。当时何因牙疾,未能与秦晤面,并嘱熊秦与宋主席对察事善后方策,拟一方案,以便采择施行。宋哲元十四日晚送冯至黄村返平后,因天已黄昏,当即休息,十五日上午十时许,宋即赴居仁堂谒何,对赴察经过及察省现状,报告极详,并以善后一层,盼当局征集多方意见处理。至冯离察时,所负同盟军之服装费等欠款,约近十万元,宋已允代为清偿。冯赴鲁后日用生活等费,韩复榘、宋哲元等,均愿分担。宋氏俟在平对察省善后商有确定办法后,留三四即日行返察。记者今日(十五日)赴宋之私寓请谒,当承接见,兹记其谈话如后。察哈尔事件,因冯先生枪口不对内,当局之一再主张和平,乃得圆满结果。中央对察,因地处边远,真相难明,何部长(应钦)对此,则始终主张于和平中寻求方式,此种任劳任怨之精神,殊足令人钦佩。当余(宋自称)赴察时,本无一定若何办法,只希望二点:(1)求和平解决察事,(2)请冯先生离开察省。现冯先生已过平南下,察事和平亦有头绪,目的均已达到,此外即善后问题。余今晨谒何部长,因察省善后问题,颇为复杂,必须征集多方意见,共同商洽一相当办法,交余办理,或可得一好的结果。何部长对比,亦颇赞成。余在平耽搁三四日,俟办法决定后,即行返察。至于察省驻军,现时尚有四五万人,余已令暂守原防待命。张人杰刻在万全,李守忠及邓文旧部檀自新等在张北、商都一带,刘桂堂在赤城,彼此均以国家利益为前提,如能开诚相见,无不可解决者。义勇军有多数颇可令人敬佩处,故亦当善为处理,不能与收编之土匪并论。如义军中有一年近八十者,余已忘其姓名,该人原系辽宁北镇县一富户,家有护卫四百余人,九·一八事变后,日军到北镇,欲占其房屋,该人遂愤而将一排日军全数解决,该人因此不能停留家乡,遂率其护卫投效义勇军,似此情形,决定当有以善其后。察省改组问题,现时所有各厅长,不过系暂时维持过渡者,将来仍须听从中央明令。察省各军长或可均任原职。冯先生南下后,李协和(烈钧)将赴鲁与冯一晤。多伦近日电报已不通,闻系日军压迫伪军李守信,已将多伦攻陷,详情如何,尚不得而知云。

张垣一瞥 随冯专车返平者谈,张家口街市,见士兵穿梭如织,红彩标语,密布墙壁,如"迎宋主席""肃清共匪""严拿游勇"等均系崭新,想为最近所贴。各商店照常营业,恬静如恒,似未历故变者然。各项税款,除原有者外,并未增征何种税粮。唯在交通隔绝时,各项货物缺乏,市面滞呆,而为商民所深虑者。现火车已通,则不受任何影响矣。据该地人称,前后政变,张垣无形增加人口甚多,盖谋事者纷纷而至,新旧机关人员,猬集未散,加之火车始通,旅客云集,故较昔增多,旅店皆有人满之患,生意之盛,可见一斑矣。张家口街市虽宽,如遇雨天,则泥泞特盛,集水如沟,寸步维艰。商店大者,如北平之普通洋货店,物价较北平却未见昂贵也。文化程度则甚低落,学校有省立师范、第一职业学校及农业学校等。省政府在上堡,各厅不在同一地点,门前禁卫森严,非常时期气象,毕露无遗。因各厅长尚未完全发表,故冷落状态,即能见及。冯所居之新村及农村学校校址,风景幽雅,为该处少有之佳境。冯于新村西,建有多伦战役阵亡将士碑及纪念祠,碑已完工,祠尚未建成,竣工日期,将有待也。(十五日)

(例二)

冯玉祥莅济南

途中谈话颇多感慨
在济小住始赴泰山

济南通信 冯玉祥既于十三晚离张南来,鲁主席韩复榘乃特派专车一列,压道钢甲车一列,北上迎接今早(十五日)九时四十分,冯之专车抵桑园,已进鲁境,专车旋越压道车前行。驻德州七十四师师长李汉章亦冯之旧属,率全部少校以上官佐在站迎候,并派兵士两营,分布站台两端警戒,另有军乐队及手枪一排列队站台欢迎。十时二十分专车于军乐中进站,车停,冯即下车,与欢迎人员握手寒暄,并注意每人之精神体格,盖多系其旧部也。并沿车于手枪队前巡视,对士兵之体格、服装、枪械、精神,均为注意。驻站宪兵,因着黄色军服,冯并检视其符号,行抵大刀队前,由兵士手中取刀一把,视久之,谓"太瘦点"。巡视毕,谓李汉章曰:"很好,很好,你精神也很好,都是当年的好基础,不是一天的工夫。"又前平梁镇守使安树德,现居德州,亦到站欢迎,即与冯晤见。冯询其与何人居此,安以父母等在此,冯即托代向其父母问好。旋与李汉章等登车谈话,并令买西瓜多个,犒其部下。是时专车复由德州南开,记者昨由济到德迎候,因亦登车返济。车开后,记者即请邓哲熙转向冯氏请见,当蒙允许,记者即入冯室,冯三等车房内,桌上有名片数张,眼镜一副,《东周列国志》一册,茶壶一把,粗泥大碗一个。冯还端坐合眼养神,记者入,冯起迎让座,寒暄毕,记者首询冯先生近来身体如何,冯答好还好。(问:)现察事已告结束,冯先生对此有何感想?(答:)察省军政,现已完全交与宋主席,本人于通电就抗日同盟军总司令时,即以二事自约,一,枪口绝不对内;二,武装保护察省,现在察省完整,察东四县失地,均经克复,军政大权已交与中央,对内一枪未放。现在察省随我抗日之军队,至少十一万人,全是吉林、辽宁、黑龙江、热河退来的义勇军,都是很好的抗日军人,有的从七八万人里,打剩几千人,所以都是些精锐部队。他们与日军作战,死了,伤了,都没人管,有抬到张垣的伤兵,创口都臭了,因为没药医治。现在夏天,抗日军还是每人带一顶皮帽,一件大衣,到张家口我给每人换身单衣,吃两顿肉,洗洗澡,讲讲话,讲话时莫不放声大哭,因为他的祖宗坟墓家小,都已沦亡,所以一提到东北三省与热河,就放声大哭,稍一鼓励,都愤慨激昂,甘心拼命杀敌,而人人忠勇有进无退。即由吉鸿昌率领,前往收复察东四县失地,未战即克,多伦一役,极为激烈,适逢大雨,一连七八日,军中绝粮,我军极受辛苦,忍饥作战,结果阵亡一千五百余,多伦终于克复。而内地宣传,或谓多伦未复,或谓未战即复,或谓仅与伪军有小冲突即克复,真不知是何意见。现在我说的一枪口不对内,二武装保护察省,都已做到,把军政大权,交于中央,交还国人,并在察哈尔建筑一民众抗日同盟军收复察东失地阵亡将士纪念碑,又将张之江先生在张垣之别墅,改筑为力争抗日烈士祠,并筑抗日烈士墓,十三日下午二时,率全军将官及宋主席等,前往祭祀,十四日早即登车离察,一桩公案,就此草草告一结束。回顾年来,以不抗日而失东北三省,假抵抗而失热河,虽战讯频传,但唯有宋哲元、孙殿英二部真打过几仗。譬如我们养一狗能看家,养一猫能捕鼠,养一牛能耕田,养一鸡能下蛋,而国家拿若干钱培养军人何用,敌人来了,不但不能保守国土,这样军人,不看家也不会下蛋,到底作甚么用!或者以军力不敌,器械不精,为托词,如此力量不够,就不要带兵,不要当军官,这样下去,黄河长江以北,眼看着就危险。俗话说:"好吃的菜不放筷。"世界上哪有像我们这样好欺的国家,谁还当中国人当人,中国的百姓,谁还拿兵士当人!(问:)冯先生将来住处如何解决?(答:)不一定,或到泰安略事休养。(问:)返济时准备下车否?(答:)未确定。宣统二年,我因曾检阅队伍来济,大明湖、趵突泉,都逛过,至今未得再见,或乘机在济下车看看近来的建设。(问:)冯先生准备到南京去否?(答:)因蒋、汪有电来约,预备去的,但时间不定。(问:)冯先生将来抗日的工作,有无计划?(答:)有的,到时候再说。

专车渐近济南,过洛口桥,冯凭窗俯视黄河,百感丛生,慨然叹曰:"如此不抵抗,敌人侵略无已,今日渡黄河,看黄河,不知明年今日是否尚在我国版图,由黄河想到泰山,不知明年今日,是否尚能供我国民棲养。"言间,频摇其首,状极悲观。专车徐徐前进,过鲁丰纱厂,再前行,过中兴煤矿公司济南煤厂,冯闻鲁丰纱厂系前国务总理潘复及前长江巡阅使王占元合资办理,中兴公司为前大总统黎元洪之资本,又慨然叹曰:"官商,官商,大买卖只有他们作得起,钱只有他们能赚,老百姓只能卖油炸脍。"旋记者又向冯问:"韩主席主鲁三年,冯先生对之批评如何?"冯答,我从未调查过,也没来看过,但据听见都说很好。我前次住泰山时,有位老友给我说,韩在山东很不错,好处就在以前的政府要钱多,他(指韩)比较要钱少,大概这是真的吧。据今天到山东来以后所见的,大致很好云云。

省市当局,因冯今日到济,特令全市一律悬旗欢迎,由省府至津浦站,并由保安队加派双岗,每巷口有一二人面向内警备,荷枪实弹,极为森严。车站附近,断绝交通,站上有军乐队及手枪旅、大刀队两连,维持秩序。无符号之闲人,概不准到站台。午后二点半,军政机关重要人员,均到车站欢迎,省府主席韩复榘亦全副戎装到站等候。午后二点一刻,冯之专车到济,欢迎者均立站前,军乐大作,在站军队,举枪敬礼。车停后,韩首先登车晤冯,邀同下车,冯乃率邓哲熙、李炘等下车,与欢迎者一一握手,并屡言:"大热天,劳动大家。"当与郑继成握手时,冯微笑云:"你这样胖了。"并以手抚郑背,翘其拇指赞云:"好样的。"又握手至孙桐岗时,不胜欣喜,频言:"你长得这样高了。"状极杂昵。韩在旁搀言曰:"天太热,请到城内休息,吃点饭。"冯略有沉吟,应曰:"好,好。"遂与众拥簇出站。冯、韩共乘车用汽车在前,余人亦同乘汽车相随入城,三点半到省府,冯、韩同在主席办公室内谈话,进餐后,旋即休息。闻冯在济将有二三日之勾留。邓哲熙、李炘、张吉墉等则于五点一刻由济乘车赴泰安,为冯预备住所,闻已拟定仍住普照寺。(十五日)

上二例之被访问人物,均为冯玉祥氏。在第一例中,通信员注重事实的叙述,故搜集材料较为丰富。第二例中的事件不及第一例详细,但叙述方法较之第一例精巧。此稿能将冯玉祥氏当时的心境,与冯氏平时的态度、性格、生活等完全描出,实为通信文字中的佳作。

学者试依照原文所叙述之事实,追寻通信员采访工作的步骤,必能体会通信员在采访消息时所应努力者为何事。

地方通信员采访事实,有注意者数事:1.何处能得到事实;2.辨明事实的性质;3.报馆所需要之事实;4.申报采用通信稿之标准。

(一)何处能得到事实

国内主要城市、乡村的行政机关、公益团体等,均为通信员采访事实的处所。美国布立耶教授曾将新闻来源之处所及其所能供给新闻之种类,列为一表(见《新闻制稿与编辑》三九页),兹引用如下,以供参证。

1.警察所与其各区——犯法、逮捕、遇险、自杀、火警、遗失、暴死及关于警厅组织方面之新闻。

2.消防队总处——火警、损失及关于消防队组织方面之新闻。

3.验尸事务所——惨死、暴死、自杀与暗杀。

4.卫生局——死亡、传染病、卫生报告、自来水情形。

5.登录局——财产之买卖、移转与抵押。

6.市政厅——结婚执照。

7.地方监狱——犯法、逮捕与执行死刑。

8.县知事公署——任命、免职与市政政策。

9.刑庭——控诉、预审与审理。

10.民庭——起诉、答复、审理与判决。

11.遗产管理处——财产与遗嘱。

12.破产判断处——让卖、失败、接收人之任命、债权者之集会与倒庄之清算。

13. **房屋检阅吏**——修屋执照、改建执照、危险建筑物之责罚、防火规则与避火方法。

14. **公益委员会**——价格案件之审理与判决及管理规则。

15. **建筑公所**——市政之改良。

16. **航业公所**——船之到岸与离岸、货物、价格及航业新闻。

17. **慈善总会**——穷困、贫乏与救济。

18. **商会与□易所**——股票、产物、五金、牲口之时价、买卖及新闻。

19. **旅馆**——要人之来去、私人宴会及公宴。

布立耶所举的,只能适用于美国,我国的国情与美国不同,故新闻的来源亦异。下举一例,因通信社在南京,通信员采取新闻,自以中央党部、国民政府、各机关各团体为主。

(例一)通信材料取自行政机关之例

"中央""国府"分别举行
革命政府成立纪念

孙科报告总理艰难奋斗经过

林主席讲追想总理革命精神

南京 五日为革命政府成立第十二周年纪念日,首都各机关、各团体、各学校均放假一日,报纸亦停刊一日,全市一律悬旗志庆,"中央党部""国民政府"暨首都各界均于上午分别举行纪念会。

南京 中央五日晨八时举行革命政府成立纪念大会,到中委叶楚伧、孙科、戴传贤、石瑛、陈立夫、黄慕松、马超俊、郑占南、戴愧生、谢作民、谷正纲、苗培成、邓家彦等及全体职员、各机关代表,共约六百余人。奏乐开会,由孙科主席,领导行礼如仪。并由孙科即席报告,原词如下:各位同志,今天是革命政府成立第十二年纪念日,纪念总理在广州就任非常大总统职。我们今天纪念革命政府成立,不能不回想过去从民国十年至十三年四月中间革命政府在广州奋斗经过的历史。民国十年,北洋军阀曹吴当国,把持中国政权,摧残革命势力,总理为贯彻革命的目的起见,从上海回到广州,当时一部分国会议员跟着总理也回到广州。总理回到广州以后,因为要树立革命中心力量以对内、对外的正式最高机关来维持革命运动,所以主张从速建立革命政府。当时主持广东一省者,就是陈炯明。殊不知陈炯明彼时已与曹、吴勾结,暗中反对在广州成立革命政府,陈逆虽然这样反对,而总理为贯彻革命主张起见,乃于十年五月五日举行就任非常大总统职典礼。我们还记得革命政府成立的那一天,广州几十万民众参加大游行,很热烈表示赞同。革命政府成立以后,总理积极筹备出师北伐,当时因为陈炯明在广东暗中破坏革命运动,所以到了是年秋季,总理率领一部分军队,及其他各省同志到广西之桂林,作为大本营,预备出师湖南。后来总理知道广东内部不稳,深恐陈炯明要投降北洋军阀,所以决定由桂林回师广州镇压。民国十一年总理回广州,预备由广东出兵江西。当时陈炯明表面上虽表示服从,而实际上已积极反抗,所以不等到总理回来,而陈炯明自己表示下野,免去本兼各职,且离开广州,表示不预闻北伐运动。陈炯明离开总理以后,暗中仍不断地积极反抗,到了是年六月十六日,在广州竟叛变了而致总理蒙难。十一年八月,总理回到上海,同时命令广西各军移师东下驱逐陈逆。十一年冬天,大军从西江发动时,果把逆军击溃。民国十二年至十三年,革命政府在广东所处的地位,是最困难,因为当时革命的势力只及广东一市,东江有陈逆盘据,其他北江、西江亦不受革命政府命令的,当时革命力量只有靠广州一隅的地方来维持,同时革命政府因为要抵抗北洋军阀,截留广东关税,便引起帝国主义者反抗,英国助北洋军阀,向革命政府交涉,并派军舰来威吓,同时勾结广州商团做成一种反动的力量,想把革命政府倾覆。当时革命政府在广州经过很困难的奋斗,才能够把种种反动势力消灭。总理北上以后,广东反动力量也就次第消灭。我们回想革命政府成立之后,几年来这一种困难奋斗的历史,比之我们今天党国所处的地位,更为危难,我们不能不继承总理大无畏精神,向前奋斗。我们一般同志自从九·一八以来因为受日本帝国主义这一种侵略压迫,同时因为国内不能团结一致,对外常常发生悲观,以为党国没有出路,前途似乎是很黑暗的,兄弟以为现在我们所处的环境,固然困难,但在此时的困难,还比不上总理在广州时的困难,现在国内的政权,还操之于本党掌握中,我们已有政治、军事等种种力量,不能说困难太多而不能打开局面,我们只要能够恢复总理在广州成立革命政府组织革命运动这一种大无畏精神而发扬光大之,什么一切困难都可以打破。所以我们今天纪念革命政府成立,就要恢复总理的革命精神,要巩固革命势力,集中全国民众革命的力量,对外抵抗帝国主义者的侵略,对内肃清破坏战线一切的恶势力,使国家民族能够继续生存,使革命使命能够依据总理遗教完成,这是我们大家同志今天纪念总理在广州成立革命政府,应该有决心来担当今后重大责任。(五日中央通信社)

南京 国府五日晨举行革命政府成立纪念会,到林主席及各院部会长官文官、参军两长,由林主席领导行礼,并作报告,题为"追想总理革命精神挽救当前国难",原词如下:诸位,今天是革命政府成立纪念日,这个纪念日,就是总理在广州就非常大总统的日子。原来总理对革命事业是完全负了最大的责任,数十年来,奔走不遑,艰苦备尝,对于民国只是鞠躬尽瘁地负责任,决无丝毫权利的思想。我们记得总理第一次就临时大总统,是在民国元年一月一日,时当辛亥起义告成之后,总理从海外回来,到了上海,首先与同志们商讨的问题,就是要建设民国,第一先要统一中国,要统一中国,先要从组织总统府始,当时就有许多人不明白这个意思,记得在讨论总统问题的时候,有人提出大元帅、副元帅制度,他们以为武昌起义虽言成功,但还没有得到北方,还是以大元帅、副元帅的名义来统率这个局面,他们这种主张,完全不了解总理的意思。不知总理当时实具一番苦心,后来经陈英士先生向一些同志解释之后,始决定放弃大元帅、副元帅的提议,才用临时大总统的名义。这样看起来,我们知道总理一生对革命勇往直前的精神了,即使有错节发生,也都由同志的不明白,而且这是总理第一次做临时大总统时候的波折。在民国十年的五月五日在广州就非常大总统时候,事前经过很郑重的商讨,但是亦有一些人不明白总理的意思,从中阻挠。现在我们记得总理遗教中有几句话说,"为人立志要做大事,不要做大官"。这个大事,是什么大事呢?简单地说,就是国民革命,就是要求中国之独立自由平等。而不明白总理意思的人,以为总理已经担任过临时大总统,并且已经让与袁世凯,那么在护法旗帜之下,还是用大元帅名义组织大元帅府及大本营得好,以为这样就可以干下去,就可以支持偏安之局,他们只知道广州是革命的策源地,而不知道必须由策源地发展扩充起来,才可以统一中国。总理的北伐工作,就是要统一中国,中国如果不统一,无论如何,总是一个偏安的局面。同时也有人主张联省自治之说,但总不是办法。所以在民国十年五月五日以前,广州方面对总统问题,差不多讨论了一个多月,依然有许多人出来阻挠,主张偏安一方,不向外发展。总理在这样艰难环境之中,乃不得不奋其大无畏精神,挺身而出,就非常大总统之职。这种精神的表现,就是要负责北伐完成统一,使中国能走上独立自由平等的路。但是终因一部分人对总理信仰不专,奉行不力把许多工作阻碍下来,没有一条鞭跟着总理往前赶,这实在很可遗憾的。总理毕生致力革命,十年如一日,但是很少得到大多数民众的协助,以致到今还不能实现三民主义,因为大家不留心不细心研究,以有一种怀疑发生。即如护法之役,原在北平的一般参众议员大家都到了广州开会,后又组织一宪法起草会议,经数个月的讨论,宪法将次完成了,突然有人出来破坏,以为宪法一成,广州即将成为正式局面,所以不惜以残酷手段从事破坏,这种破坏的人,也是有知识、有能力的人,只因他们没有远大眼光,看见自己的利益,不看见国家的利益,苟且偷安,侥幸图存,贻误国事,以至于今。今天我们开这个会,回想当初总理对国家这样负责,对革命这样奋斗,对同志及民众不了解的这样苦心解释到今天,我们一部分武装同志,在前线与敌人拼命,一部分在剿匪做重大牺牲,我们在后方的同志,应当以总理大无畏精神勇往直前冲破难关,与前线武装同志,站在一条战线上,奋斗到底,国难才有解决希望。(五

日中央通信社)

[注]1.为提要;2.记中央党部举行纪念仪式;3.记国民政府举行纪念仪式。此例之特色,为记叙政治要人之演辞。

(例二)通信材料取自特殊机关(文化事业)之例

安上发现商代占卜龟版
曹王墓得汉画石画

滕县通讯 中央研究院及山东古迹研究会,会同发掘滕县安上村及曹王墓古迹,现在曹王墓工事,已开至第五圹,行将开挖其他已毁墓圹,并开掘坑道,寻觅地下遗址,工作渐形繁忙。董作宾昨特调王湘前往助理,王乃于二日赶抵曹王墓,担任监视开坑工作,安上村则由董作宾、祁延霈、李芳兰三人担任,现已由第十七坑开至第二十二坑,两处工作,均渐入紧张时期,而继续发现之物,亦极名贵,兹纪各情如次。

曹王墓之发现 董作宾于十月三十一日上午十日许,由安上抵曹王墓,与牟祥农计划另避他墓方法,当经商定再开两圹,一在东,一在南,地势均较低,在以上三圹之下,假定在东者为第四圹,在南者为第五圹,其第三圹未完工事,当晚亦行结束,至本月一日起至今日(三日)午后,第四、五两圹,亦大致将其中泥土提取完竣,明日(四日)再发掘其他墓圹,并拟开坑寻觅地下有无墓圹遗址,以便彻底考查。至于四、五两圹开掘情形,及所获物品。(1)第四圹深一米七三,亦系曾经被人拆毁发掘者,至二日下午,始将其中泥土、乱石取净,其他各墓之顶门,为垒石建筑法,此则盖石版,建筑法稍异耳。墓门亦向南,其内部之前方亦为石室,东两面石壁,各刻有一星状花纹,形似现在党旗上之白日,唯芒角较少,仅有四个。后部为石洞,洞深邃,可一米,其洞底之基高于墓底一尺,凡此皆为与他墓不同之点,尚有石柱二根,俨然将石洞隔之为两,想此圹亦为合葬者,立此以撑上方之压力,并用以隔两棺也。唯其中尸骨已经凌乱,不能知当时原来状态,洞前有方石,附于西偏之石壁,谅为石桌。(2)第五墓,深可二米,构造与第四墓大致相同,唯上面之石盖,已被"墓庄"人民移去,架为桥梁。至所获物品,在二日上午,于第四墓中东南角上,掘出碎骨二十七块,同时同地发现五铢钱十一个,其中有两枚形体略小,似梁代无缘之五铢,又发现汉文帝时所用之"半两钱"一个,边缘完好,字迹清晰,由此推测,皆为汉墓无疑。第五墓中因已经被人发掘,所获物品除碎陶片及凌乱骨骼外,别无所获,尚有瓦瓿破块一片,又在第五墓之东偏开一石匣,一无所见。据董作宾谈,依个人观察曹王墓或为一丛葬之所,亦未可知,俟将全部工作完成,遗地遗物,一一具现眼底揭发千古之秘,其趣味之深长,有非可形容者。又据车祥农连日所得尚有画石两方,一在开掘一圹时所得,为瓦陇形之房脊一块,想系第一墓上,在先原有食堂(即祭堂)之脊角,大约为四个,现仅得其一,其余恐已为土人所毁。一为在山下庙中所得,为孔子见老子之画石像,余前见嘉祥县之"武梁祠"及肥城之"孝堂山,汉书石刻",与此种(孔子见老子画石像)作风,大致相同,凡古代之祭堂中多有之想为当日一时之习尚。在武梁祠者,较为完整,上刻隶书,拱手立者之上有长方块,刻"老子也"三字,后方为车,刻有"老子车"三字,孔子作伛偻鞠躬状,其上亦刻"孔子也"三字,其后方所停之车,亦有"孔子车"三字,共十二字。镌刻之衣纹,皆平面,唯今次所得者仅余一角,亦有隶书,如(孔子见老子像)之字体,衣上均刻有花纹,其上较为精细,亦有不同之点。侯王(献堂馆长)来,余或赴肥城参观孝堂山石刻,如能实现,与此处比较研究,其结果当极圆满。余前所研究者,不过据一地一物之推求,故其收获甚少,今得此处整个汉墓来供研究,诚为毕生之幸,亦考古史上之幸也云云。

安上村之发现 安上村之工作,已由第十七坑展至二十一坑,今日(三日)下午,第二十二坑亦着手开掘,最初在南端所谓之第一坑,业已用土填平第三坑之东端,向北开展约一公尺处,发现井口一处,作圆形,直径可一公尺,深可七米有余,周围均土质,由井口迄井底无砖瓦,其最下层为白黄色之砂,取出视之,金光闪烁。据董作宾云,此云母石粉化者,其第十七坑即今春周代铜器出土之处,王献唐氏曾疑系储藏,刻经发掘之证明,该处为墓葬,铜器为殡葬之物,今墓葬痕迹宛然,疑团尽释。刻以席掩盖,其上并覆以大门两扇,盖防人踏毁,尚留待王氏之视察。其他各坑,内部圆形之穴孔甚多,大小深浅不等,中有满储灰炭,类似二突,亦有类似曾经埋过缸瓮者,唯缸瓮已无处寻觅,仅有遗留底印,显然可见,盖推想之词也。尚有立柱之遗址,唯柱木已烂成木屑,今仅存其窠臼云云。今日(三日)上午,复在第二十一坑中发现稍为完整之陶器二,董称为豆尊之破片,据此间老人言,则指为"阴阳罐",即人死后,其家煮谷米饭一盂,未入殓时,供于死者之头前,安葬时,则注罐中(阴阳罐)与棺木同瘗于棺前之吉,惟较今日之罐,其形体又似稍大云。至于连日工作情形,据董作宾谈,连日发掘及采获物品,仍多为陶片、骨骼,并发现井、灶、柱基等遗址甚多。唯其中有一事物,极足引起吾人之注意与浓厚之兴趣,且出乎吾人最初发掘此处之期望以外,盖此物为一龟版,系龟之腹甲,初杂于所采获之碎陶片中,缘现正一方发掘,一方洗刷,另雇有书写编号者两人,昨日余在旁监视洗刷,始得获见,经洗刷后,真相毕露,察其内面,有钻灼之痕,外面有卜兆之迹,知为商朝卜用之龟甲。盖当商朝时代,占卜吉凶之术有二,一为龟卜,一为骨卜,骨卜系用牛之肩胛骨,在城子崖发掘时,曾得骨卜之牛胛骨多块,今次又得龟卜之龟版一块,均系稀有之珍品。按龟卜骨卜之术,盛行于商朝,即后世卜术之起源,至周时即已渐行废没,我国当商代时,版图幅员甚小,其时对齐鲁等处之人,尚以蛮荒视之,文化亦传至东方(即今之山东),其后始渐贯通,骨卜之法,传至邾地,今在此处获得龟版,可证明此地在春秋战国以前,西方(商都亳故京称西)文化,已经至此,是则此处(谷堆顶)在殷周之际,已有人将龟卜之法输入,其后始沦为废墟。吾人最初发掘此处之目的,前已言之矣,而期望之(小邾)遗址遗物,概无所见,今日呈于吾人之眼前者,如井、灶等遗址,虽似疑云四布,但俟全部工事完成后,当可逐一解决云云。

报告集会亦为地方通信员之重要工作。集会的采访较为便利,但须力求详细周到。对于集会之重要演说,更宜慎重笔记,否则甚易发生误会,致令演说者对于访员发生不良之印象。集会采访,应注意之事项如下:

1. 开会前之准备

在开会前调查集会之原因,调查演说人与会中重要人物之人名,会场之布置。搜集会场中散布之宣言、印刷品、重要文件。或访问演说之人,叩其演辞之大要,或得其演稿,摘取要点等。

2. 记演辞宜加选择

报纸篇幅极为宝贵,故冗漫辞句,或非特别重要者均可勿记,以免编辑、记者删削。一篇演说,宜取其精义。笔记以后,即迅速写成报告。如同时有访员二人笔记,可轮流分担笔记工作,例如各人笔记半小时之类是也。

(例三)集会采访之例

警备部昨日举行"一·二八"纪念堂落成典礼

到各界代表共六百余人

吴市长等均有沉痛演说

全场空气异常悲壮热烈

上海通信 龙华淞沪警备司令部"一·二八"纪念堂,于昨日上午十时,举行落成典礼。到各机关、各团体来宾共六百余人,由警备司令戴戟主席,报告筹建"一·二八"纪念堂之意义及经过情形,吴市长等有恳切之演说。堂内布置警惕,会场空气悲壮,至十二时许始散。兹分志各情如下。

场外一瞥 昨晨八时起,即由保安处在龙华路上,布岗戒备,警备司令部内,由警备部军队,特加戒备。大门前东西两旁,悬"一·二八"纪念堂落成典礼横额,门首扎"一·二八纪念"大彩牌楼,两旁用硕大之党国旗交叉,沿龙华路及警备司令部内,均遍贴各种警惕标语,在警备部办公处,设招待室四处,由该部职员,招待各来宾休息茶点,甚为周到。

礼堂布置 "一·二八"纪念堂,布置甚为精致。正中悬挂党、国旗及总理遗像遗嘱,堂中四面,悬小党国旗,正面两旁悬国府林主席、汪院长、蒋委员长、何部长等相片,四壁挂抗日将领陈铭枢、蒋光鼐、蔡廷锴、戴戟、张治中,十九路军、第五军之各高级军官相片,及各阵亡将士之遗像,参加抗日作战油画大小七幅,挂在堂之两边柱上,触目惊心。尚有各种参加抗日之统计图表及各界所送镜框、对联等,亦均挂于壁间。最令人注意者,来宾坐位,排成"一·二八"式,名家油画如十九路军召开军事会议,日军海空军会攻吴淞。而其中最使人触目惊心之一幅,为闸北宝山路商务印书馆前市街战,一望而即知去年"一·二八"战役之旧景,萦绕脑际,而至今不能泯灭。

参加来宾 参加典礼者,除淞沪警备司令戴戟、参谋长张襄暨全体官佐外,计到市长吴铁城、中央银行总裁孔祥熙代表吴光新、市政府秘书长俞鸿钧、市参事会参事虞洽卿、杜月笙、保安处长杨虎、公安局长文鸿恩、公用局长徐佩璜、工务局长沈怡、卫生局长李廷安、公安局督察长龚玺揆、市党部委员姜怀素、监察院委员高一涵、账务委员会主席许世英、十九路军代表黄和春、八十八师代表叶飞、海军第一舰队司令陈季良、江海关监督唐海安、外交部驻沪办事处科长赵铁章、两路管理局长黄伯樵、市商会骆清华、银行公会秘书长林康候、第一特区地方法院张天福、第二特区地方法院应时、江苏高等法院第二分院梁仁杰、上海县政府何以图、宝川县政府姚文钧、电报局长荣玉澧、电话局长徐学禹、东北义勇军后援会褚辅成、朱庆澜等各界代表暨各报社记者，约六百余人。

行礼情形 警备司令戴戟自任主席，指定副官张余三为司仪。开会后，依照原定秩序，依次行礼：(1)警备部军乐队吹奏军乐时，各人均一致肃立致敬；(2)在炮竹声中鼓号高升国旗；(3)唱党歌；(4)向党国旗及总理遗像行最敬礼；(5)主席戴戟薛读总理遗嘱；(6)向一·二八殉难市民、军警行最敬礼；(7)静默三分钟。当时会场空气沉寂，极尽悲壮之至。

主席报告 行礼如仪后由主席戴戟司令报告：各位先生/各界代表，今天是敝部"一·二八"纪念堂落成的日子。承各位不避炎暑，远来参加，我们真觉得异常荣幸。只是筹备得太仓促，不完备的地方太多，还希各位指正。执行也太不周到，更希各位原谅。现在向各位报告筹备本堂的经过。"一·二八"纪念是值得我们纪念的日子，各位大概都是同情的，尤其是创巨痛深的上海民众，更应该永远不会忘记。兄弟在"一·二八"战后，就想做一个以志永远纪念物，一方面使上海民众不忘这个创痛，一方面刺激着上海民众，不要冷了报仇雪耻的热心，但因限于经费，事未果行。后来看见闸北在筹建无名英雄墓，更觉得南市方面，亦应有此同一用意的建筑物。恰好这个时期，本部大礼堂多年失修，看看就要倒场，中央派人查勘以后，拨了几千元款项重修，我就趁此机会,将这点款项,把大礼堂改造一下,命名为"一·二八"纪念堂来作一个纪念"一·二八"沪战的永久纪念物。虽然是因陋就简,但战前兄弟曾与蒋、蔡两先生在龙华决策,纪念堂设在龙华,确也有相当意义。于是更把堂西的一片荒地开辟出来,筑亭种树,并在小丘上立碑以为之记。亭与园均以"一·二八"名之,以志永久纪念。全部工程,先后不及两月,又限于经费,只好在因陋就简上从事了。最初计划,本拟在堂中作大小壁画十一幅,并遍搜集"一·二八"各种纪刊、各种相片、各种战利品,以志观摩,还是因经费问题,勉强作大画一幅、小画六副,又因兄弟奉调赴闽,不能不赶速在短时间,作一结束,征集东西尚未完备,就连十九路方面的东西,都未送到,与初时所计,相差尚远,此时不过略具规模,以后如何充实,如何藻饰,只有期诸后任同人与各位先生各界人士之协助而已。现在本堂所征物品,多半出于各机关各书店各报馆及各影片公司之赠,我们不过略加整理,分绘图表及分贴成册,以为陈列,这是应向各赠品人道谢的。新闻报时事新报时报三处,都把沪战自火烧三友社起至撤兵止,全份报纸见赠,这更是很难搜集,而又有价值的纪念品,兄弟是极端感谢的。还有替我们画壁画的张云乔先生,不辞辛苦,为我们尽义务,在两星期中,把各画全部赶成,这种精神,令人佩服,这也是使我们特别感谢的。今天又承各界人士,送了许多珍品充实本堂,更使我们感谢不忘。这几件事,今天在此,一齐表示谢意。末了,兄弟还有几句话说。兄弟在上海尸位,忽忽就是二十个月过去了,在这二十个月中,没有做一点事,但各位先生、各界人士,无时无地不是在予兄弟以协助,这种盛情,兄弟很是感激,也很觉得惭愧。侥幸在二十个月中,没有出什么乱子,使兄弟尽了一点消极的责任,也都还是各位先生与各界人士,有形无形予以指导,及协助之赐。兄弟很少与各位相聚的机会,现在去闽与否,虽尚未定,但不久兄弟就要离开上海,今天就借这个机会,来与各位话别。同时对各位有个要求,就是兄弟虽然离开此地,离开各位,但仍然希望各位随时予以指导,予以协助,一如兄弟仍在各位左右一样。兄弟觉得,人生可以离别的是形,精神是永远不会离别的,各位以为如何。我想各位一定会答应兄弟这种要求,使兄弟达到这个希望的。

市长演说 主席报告毕,由市长吴铁城演说云:先总理有言,凡人不必做大官,必须做大事,余按做大事必先立定志愿,下一决心,方能成功千秋万世不朽之业。考"一·二八"战事之前四日,时为一月二十四日,戴司令与蒋总指挥、蔡军长举行会议,痛下决心,死守上海,因此而有"一·二八"抗日之结果,使中华民族于历史增一页自尊自营之光辉。今戴司令所以建"一·二八"纪念堂的意义,第一,系纪念"一·二八"抗日战士之事先决心;第二,明耻教战,使市民发生观感;第三,我全国同胞,见此"一·二八"纪念堂永久不忘牺牲于此之官兵。上海一隅,为首都门户,为发号施令之中枢之屏障,并为全国经济中心,全国事业之发动机。上海安危,关系全国命脉。以十九路军与第五军单薄兵力、不良器械,抗日本海陆空军之威力,保持安危,以三数人之决心,完成此伟大事业,是真可谓千秋万世之业,我人应承认不忘。今日来参加"一·二八"纪念堂落成典礼,谨向全国同胞贡献并勉励本人。凡上海市民,尤应不忘戴司令之伟业。今戴司令与我人分手在即,沪市民应对此历二十余月万分困难中安定上海"一·二八"抗日战事之主要角色,表示去思。

其他演词　来宾演说,除吴市长外,尚有市党部代表姜怀素、八十八师代表叶飞、十九路军驻京办事处主任黄和春、保安处处长杨虎及朱庆澜、林康侯、孙维藩诸氏。姜怀素氏希望"一·二八"纪念堂有拆毁之一日,是日即为我国报仇雪耻之日也。叶飞氏希望全国同胞一致动员,打倒帝国主义。黄和春氏希望国人继"一·二八"死难军民之精神,继续努力。朱庆澜氏陈述"一·二八"纪念堂为纪念(1)中华民族伟大精神;(2)军人捍卫国家之决心;(3)军民合作之力量。林康侯氏略谓执政者须以民之所好而好之,民之所恶而恶之,则始得合作之效,而一致对外,"一·二八"之役,即其例也云云。

行揭幕礼 纪念堂之后,即为纪念园,园中有土丘,有士敏土之阶,按步可上。略植花木。丘之顶,即"一·二八"殉难将士纪念碑,以党国旗闭盖。当落成典礼后,戴司令在音乐齐奏声中,将党国旗揭开,即向碑行敬礼。礼成即告散会。

标语一斑 会内外并龙华道上分贴各种标语如下:(1)纪念"一·二八",是复仇雪耻的准备;(2)踏着"一·二八"殉国将士的血前进;(3)"一·二八"是唤醒民众御侮救国的精神;(4)"一·二八"是上海民众力量的表现;(5)纪念"一·二八"要发扬救国精神,肃清汉奸;(6)纪念"一·二八"要一致共御外侮;(7)纪念"一·二八"要奉行总理遗教刷新内政;(8)纪念"一·二八"要不忘五七、五三、九·一八;(9)为"一·二八"死难市民军警复仇等语。

各种统计 纪念堂内所悬之各种统计图表,极为醒目,兹照录如下。(1)"一·二八"血战,上海市各界损失统计图表(以元为单位)。寺庵一五四七二〇〇〇,公园一四四五四四〇三二,学校三〇九四六三〇五〇,铁道一六九〇三一七六四,机关二二六二八七八五,商店四九九六五〇八三二,住户五〇九八九二九六一〇,工厂五九八一四七二〇三二,合计二一一四九九六八〇四五。(2)"一·二八"战役阵伤之官兵,所受子弹统计表(以百分为单位)。中达姆弹死者百分之六十三,中普通弹死者百分之九,中炸弹死者百分之十二,中炮弹者百分之十七。(3)"一·二八"淞沪抗日各军阵亡士兵比较表(以人为单位)。七十八师一一二八人,八十八师一另(〇)一九人,六十一师八四六人,八十七师四九九人,六十师三九四人,税警团二一〇人,宪兵团二六人。(4)"一·二八"我军阵亡官佐比较表(以人为单位)。八十八师五八人,六十一师四六人,七十八师四五人,六十师二八人,八十七师二四人,税警团一五人。(5)"一·二八"血战淞沪抗日阵伤官佐比较表(以人为单位)。宪兵团二人,警察四人,税警团三三人,八十八师一四二人,六十一师一九五人。

开放参观 "一·二八"纪念堂,昨日行落成典礼后,为使各界人士认识淞沪战役真相起见,特定八月十一十二日开放,任人参观,并由警备司令部派员招待,嗣后每逢国耻纪念日一律开放,以示纪念。

(二) 辨明事实的性质

报馆对于地方通信员之最大要求,就是确切的事实。新闻事实,包罗万有,通信员如能明确辨认,在采访时便利不少。新闻事实的性质,据日本新闻学家杉树广太郎氏之说可以区分为七种(见《新闻之话》第一四三页以下)。

1. 硬性与软性

政治、外交、财政、经济、教育、宗教属于硬性,火灾、盗贼、情死、逃亡、自杀、伤害一类的市井杂事与文字、演剧、科学等属于软性。

2. 露出的事实与心理的事实

露出的事实又称"有形事实",即表现于外,耳濡目染的事实。例如大水、地震、火山爆发等是。心理的事实又称"无形事实",即事实并不显露于外,采访时须用特殊手腕者。例如内阁更迭以前各派政治家的活动,大战发生以前各国的形势,其小焉者,如犯人在犯罪以前心理的经过等是。新闻在幼稚时代,只采用露出的事实,进步的新闻,必须采访"无形事实"。

3. 突发的事实与预定的事实

通信员能否称职,即看他能否采访"突发的事实"。所谓突发的事实,如战争、飞行机堕落、地震等是。国会开会、劳动会议、纪念仪式、学校举行卒业式等,则为预定的事实。预定的事实容易采访,突发的事实则否。

4. 定期性与非定期性

在一定时间发生的事实,称为定期性,例如国家每年应该举行的大事。此种记载,因为每年都有,如采访方法不佳,则写成之稿件,每年相同,不免煞风景。故通信员须特别加以注意,不可雷同。"非定期性"的事实如发起"文化学会"、大风灾、水灾、旱灾、兵灾等类是。

5. 记录的事实、推测的事实与预想的事实

记录的事实指记录过去的事实,即每一事件实现之后,始采访记录之谓,推测的事实指由通信员的推理判断而来的推测事实,预想的事实指事实尚未实现,预报其发生的次序之谓。

6. 孤立的事实与继续的事实

孤立的事实指某事件在某时间完全成立者,例如葬仪、裁判、演说、开会等是。继续的事实指某种事件,必须发展至数日、数月、数年者,例如欧洲大战、杀人事件等是。

7. 目击的事实与传闻的事实

通信员采访所得的材料,多为传闻而来的事实。目击的事实范围甚狭,如议会旁听、参加集会等为"目击";通信员多方搜求或间接得之第三者的事实,即为"传闻"。

(三) 报馆所需要之事实

各报馆对于通信员常发一种通信规则,或限定某范围内之消息必须寄稿。故通信员能明了何种新闻应当寄稿,何种新闻不必寄稿。

1. 勿须报告之新闻(以美国《芝加哥论坛报》告其通信员者为例)

(1) 火车司机人等极毫不重要之人之死伤,除非在三人以上,或含有巨额之财产损失,不必报告。

(2) 琐屑之变故,如因运用机械而指伤足断之类,不必报告。

(3) 不关重要盗窃拐骗之事,不必报告。

(4) 常人病故,不必报告。但遇声闻一省或一国之人物逝世时,宜先通电社中一询,然后决定。

(5) 通奸、堕胎、诱逃等事之与著名人物有关者,宜就法庭所已证实之事实而小心报告之。关于此等事之谣言,不必报告。乱伦、溺孩之事,亦不必报告。

(6) 寻常典礼及始业式或休业式,不必报告。如有名人演说,宜先期函告社中,然后决定应报告与否。

(7)法庭中每日审问谋杀事件之证据,非经本社预嘱,不必报告。

(8)关于游戏事件之详情,非先经本社许可,不必报告。

(9)牧师之演说节略,非经本社预嘱,不必报告。

(10)乡立市场之记事,不必报告。但省立市场开场之情形,可简单报告。

(11)旅馆开张及其他有广告性质之消息,不必报告。

(12)演剧或其他游艺,不必报告。然若在大城市举行,而演者又为著名人物,或新剧第一次开幕,则可以报告,唯须先得报馆之许可。

(13)学校开学之情形,非得馆中之命令,不必报告。

(14)秘密社会之进行,非经馆中嘱托,不必报告。

(15)农家收成之情形,除非得馆中之命令,不必报告。若猝遭雨水霜雹,有害田事可先函询报馆。

(16)结婚事,非经馆中预先吩咐,不必报告。若嫁娶二家为著名者,宜先期函告报馆,以待后命。

(17)寻常赔偿损失之诉讼,不必报告。

(18)怪胎不必报告。

(19)刑事罪,除非与名人有关,且得社中之命令,不必报告。

2. 可以报告之新闻(以美国联合通信社告其通信员者为例)

(1)政治新闻之无私见而其重要足以引起超过省界之一般的注意者,可以报告。

(2)仅关一地之选举报告,得馆中命令后,可以报告。

(3)公民大会、演说、宴会等事,经馆中命令,可以报告。

(4)铁路上要员之黜陟,与社会有关者。

(5)铁路新公司之组织,或旧公司之合并,与托拉斯或其他联合商行之设立,与巨额之产业及资本并公众之福利有关者,则报之,但须摒去广告性质之语。

(6)营业失败至三万元以上者。

(7)监守自盗至万元以上;如激起众愤,为数虽小,亦可报告。

(8)同盟罢工,因而失业有二百人以上者,可以报告。

(9)剧烈之大风雨,因而发生生命财产之损失者,报告之。

(10)伤亡至二人以上,或损失巨额之财产,皆可报。

(11)铁路遇险,致财产损失在五万元以上,或有人因而受创致死,则报之。至货车常遭之变故,不必报。

(12)船舶之沉没、触礁、搁浅因而财产损失在万元以上,或因而有死亡者,则报之。

(13)致财产损失在五万元以上,或发生人命损失或他种变故之火灾,可以报。保险之总值,亦可报。

(14)法庭如有要案,宜先询问本社,由本社指示要节而后详报之。有关铁路公司或大商号或公众福利之判决,均宜简洁报告,寻常案件,不必报。

(15)谋杀事件,可简约报告。如因谋杀而发生非常情形,或与有关系之人,其声望不限于本地,则可详报之。

(16)盗窃至五千元以上者,可以报。

（17）罪犯绞决，可先期将罪案报告。

（18）诱逃、堕胎等事，不必报。如堕胎者系有名妇人且因此而物故，则可报。诱逃者如为人所捕获，而受群众之处置，亦可报。

（19）游戏事情之为全省或全国所注意者，应预行报告社中，以便社中得开示范略以为其遵照报告之用。角力、竞技等事之仅为一地所注意者，不必报。然若参与之人有伤亡，或其成绩极佳又可以报。

《申报》所需要之通信稿件，略举如下。

1. 文字方面

（1）文笔简洁；

（2）叙述扼要；

（3）不偏不党；

（4）重事实，不取空泛；

（5）适合报纸之用。

2. 内容方面

（1）边省状况；

（2）侨胞情形；

（3）各地教育界情形；

（4）劳动、工厂生活情形；

（5）农村状况与农民生活；

（6）文化上之发现；

（7）各地自治成绩与建设情形；

（8）各地有朝气之团体活动情形；

(9)剿匪情形；

(10)灾区人民情形；

(11)劫后人民生活状况；

(12)值得表彰之个人行为；

(13)有社会意义之个人受苦受难情形；

(14)各地人民性情与风俗习惯；

(15)各地民生与社会现象；

(16)各地政治、经济、产业、交通情况；

(17)各地慈善团体情形；

(18)各地要人行动；

(19)遭难的实况；

(20)秘密社会之活动实况。

(四)《申报》采用通信稿之标准

在文字及内容方面，最低限度，应与下列各例相等。

(例一)

天津纱厂风潮

由市政府调处

暂定八成发薪

天津通讯 津市纱厂,计有恒源、裕元、北洋、华新、裕大、宝成六家,约计工人二万余人。近因纱价回跌,外货倾销,各厂赔累甚巨。月前各厂因接上海纱厂来电,同时每月减工八天，各纱厂会商，以津市情形特异，因东北热河四省失陷后，销路已绝，非唯减工、减资可以济事，拟一致先行停工，徐图整理，并将困难情形，呈请省政府暨市党部鉴核办理。迨党政机关接到各纱厂来呈后，以为若一旦停工，非独二万余工人失业，间接受影响者达十余万人，问题重大，□在此时局严重之候，日租界潜伏汉奸及反动分子甚多，无日不欲乘机图扰治安，乃即□集各纱厂经理各工会代表，分别开会，讨论维持办法。市长周龙光、社会局长邓庆澜，一再劝导劳资双方，主张一律以八成发资，并谓目前问题，并非劳资争执，乃系劳资生死问题，双方应本共合作诚意，渡此难关。厂方因此应允每月以八成发薪，唯革命纪念日休息，拟不给资，借以减少支出。但工人以八成发薪，于生活上颇受影响，希望八成五发薪，纪念日仍要给资。周龙光乃于前日又召集各纱厂经理在市府谈话，再事疏通，最后由市府决定，除裕大纱厂暂不变动，宝成纱厂情形特殊，另案办理外，所有华新、恒源、裕元、北洋四厂劳资两方，均须一律遵守，自五月一日起，最低不得少于百分之八十发薪，以三个月为限，一俟将来情形转佳，即仍恢复原状，至各纪念日给资，按照工厂法规定，本应照发，但就沪汉各厂事实而论，尚未实行，决定目前应由各厂就本厂情形，自行向工人酌商办理，于四月三十日由社会局通令劳资双方遵照。微闻工方对市府决定办法，表示不满，然就事实论，即每月资方以八成发薪,而每厂尚要数万元之赔累,如将来营业情形仍复不振,则仍堪忧虑也。

(例二)

汉口日商活动
收买汉奸
倾销劣货

汉口通信 侨汉日商,前以我国抵制劣货,百物滞销,商业停顿,曾于上月中旬,举行全体侨商大会,要求日当局设法救济。日海军舰队司令坂野、领事清水八亘亦两度召开秘密会议,有所决定。于是日商叫嚣之声,遂日趋沉寂,至其决定如何,历久无从探听,最近始渐有线索可寻。缘日商与奸商向有勾结,民元以来,抵制劣货凡五次,卒之销额反超过未抵制以前,皆奸商为之过手。本年□□团颇形活跃,著名奸商首要,先后芟除,日商失此依赖,商业前途,顿生影响,乃不得不乞救于日当局。日当局密议之后,以奸商不易直接勾结,遂变更方式,收买汉奸,被其收买者,闻颇不乏人。并由全体日商,合组货品行销会,暗司其事,以日人青次秀吉主持,另设接洽总处于日租界内,设接洽分处于华街后花楼居巷附近,由汉奸朱有炳负责接洽。闻每日销售劣货,不下十余万元。现商界当局,对此已着手调查,以便设法取缔。

日人借口保商保侨之兵舰，前有十三艘集中汉江，除六舰他调外，尚泊有对马、坚田、小鹰、桃号、柳号、樫号、桧号七艘，安宅、二见两舰，为坂野、屈光二人乘往长沙宜昌各处巡视。屈光曾在长沙检阅鸟羽、热海两舰，在宜昌检阅宇治、热多两舰，并对各舰队官兵加以慰问。五日，屈光由宜乘二见返汉，六日改乘天龙赴沪转赴青岛，坂野则由宜来汉，仍负最高指挥之责。

(例三)

三兴轮在汕厦途中被劫

买办黄达琴被绑去

银物损失约二万余

汕头通信 常川行驶上海、厦门、汕头、广州之二兴轮，日前由上海起程来汕，在厦门起落货后，二十四日启碇，预定二十五晨可抵汕。讵有劫匪多人，装扮搭客，预伏舱中，二十四晚二时半忽起暴动。其时船员搭客正在酣梦中，该匪从大舱起与二等舱匪会合，头蒙手巾，口操粤语，各出二号曲尺手枪，冲上更楼，将无线电机毁坏，并开枪一响示威。船员搭客约一百余人，被驱禁于一处，一面派匪监视办事房、机房，索要高丽参。船员答以未装载该货，匪乃遍搜各舱及搭客行李，历二十小时之久。匪搜劫时，胁令大车开轮缓行，并不许入汕头港，转向海陆丰方面驶去。匪扬言决不劫船员衣物，令各搭客不得发声。至二十五晚入夜十时左右，匪令船员放下舢舨，匪仅七人，挟船主及买办偕行，水手六人乃鼓桨载匪到遮浪岛登岸而去。匪释放船主及水手，仅掳去买办黄达琴一名。黄粤省四会人，现年五十七岁。船主与水手返轮时，已是二十六晨五时左右，该轮乃近返来汕。计该轮载有米、面、杂货等一百六十件，搭客八十六人，有黄觐臣等三人，为十九路军职员，船主及大伙船员等七十人。此次损失，计买办被劫去大洋六千元，军官损失文件及金器现洋等约三千元，和其他船员搭客，一共有二万元之巨。该轮抵汕后，由代理公司维记向公安局报告，该局派出侦缉队及水上警察下轮搜查，旋捕去嫌疑搭客郭顺等十五人，现扣押于公安局内。三兴轮二十七日由汕启程开往广州矣。

（例四）

李宗仁返桂

系出席桂省行政会议
广西实业调查团同行

广州通信 桂省第四集团军总司令李宗仁，近因桂省要务，须返桂一行，特于四月二十六日由粤首途。事前由广三路局备花车一辆，为李乘坐。是日下午二时，李偕同卫弁多人及第四集团参谋李天和等抵站，旋与欢送者握别。二时十五分，专车即动轮。据李氏临别时对人称："本人此次回桂，系赶于五月一日出席桂省行政会议，因行期匆迫，本人抵三水即转乘轮船赴梧，在梧不作勾留，先返南宁，俟桂省行政会议毕，即检阅桂省出发抗日部队。本人在粤已与蔡廷锴总指挥商妥，抗日军出发计划，桂省部队，一俟整顿完妥，即可候令动员。本人返桂诸事办竣，即行返粤，因本人系向西南政务会请假一个月云云。"查随同李氏赴桂者，有此间中外人士所组织之广西实业调查团，其任务专为考察桂省各地实业及经济情况，实业调查团领队为黄骚，团员美国驻粤总领事巴伦丹，德国驻粤总领事华根纳及林逸民、刘体志、卢衡若、黄弘志、莫干生、卢荫民暨美、德两领事夫人等共二十余人。至五省外交视察员甘介侯，亦事前赴三水，会同李宗仁赴桂，视察桂省外交近况。各人于二十七日抵梧。李氏既赶往南宁，实业调查团则在梧考察，顺道游览风景，盘桓一二天，即乘轮沿大河至桂平，转车赴南宁，继由南宁转往柳州、桂林、阳朔、荔浦、修仁，然后返梧，预计需三星期考察完竣。

（例五）

五三的济南

民众举行追悼大会

共勉誓雪新旧国耻

济南通信 民国十七年(1928年)五月三日,日兵在济南之屠杀,瞬届五年稔,今者不但旧耻未雪反而东北四省沦亡,新耻更重。鲁省各界特于是日上午九日,在省党部大礼堂举行五三惨案纪念大会,事先由省党部规定办法,分函各团体及各机关派代表参加,并通令各县市一致举行纪念大会,借以扩大宣传,并定是日一律下半旗,停止娱乐,以志痛悼。

是日济市尘沙蔽空,阴云掩日,景象凄惨,若与民众同表其沉痛之意。各机关、各团体按照省党部之规定,各派代表五人齐集省党部大礼堂,到者共约千人,由省党部委员张苇村主席。开会后,首由张苇村报告五三惨案经过及开会纪念意义,略云,回忆五年前之今日,正是野蛮日军无理由阻挠我革命军北伐的路线,惨杀济南市民,而今旧耻未雪,新耻更重。长城一带的炮声,正震荡着我们的心灵。凡我同胞,均应痛定思痛,抱定坚忍不拔的意志,以不懈的努力奋斗到底。失地一日不能收复,我们奋斗抵抗的工作一日不休,总期挽回我民族固有的伟大光荣,洗涤我们往日的耻痕。因为日本的侵我是有计划、有组织的行动,决不是一部分与一时间的动作,所以我们必须举国一致,团结起来,联成坚固的阵线,与日本一拼,收复我们的失地,洗净我们的新旧耻痕,方不枉开会纪念的意义云。继由秦启荣演讲,慷慨激昂,听者均为动容。至十一时全体起立呼口号散会。

口号如下:"毋忘五三奇耻大辱","厉行对日经济绝交","废除一切不平等条约,打倒日本帝国主义","纪念五三要收复四省失地,纪念五三要肃清赤匪","中国国民党万岁,中华民国万万岁"。是日并被难家属联合会印就传单沿街散发。(三日)

(例六)

鲁省丝商请求救济

——周村丝商请发救济券——

济南通信 鲁省丝业,年来衰颓不堪,日商乘机侵略,咄咄相逼,不特丝厂家十九倒闭,乡村育蚕者亦年有减少。长此以往,鲁省丝业,将有完全破产之危。临朐县丝商去年得省府扶助,发行救济券,赖以活动。周村丝商,因亦有援例请求发行周村二十万元。顷据周村商会主席李华峰君谈丝业状况,略谓周村一带,在民国十八年以前,每年产鲜茧一百余万斤,日商铃木购买十分之三四,吾国丝厂,如同丰公司、恒兴德、新记、元丰四家,购买十分之七八。经十八年工潮及丝销停滞、日丝竞买种种影响,周村丝厂咸不能支持,于二十年一律停业。去年产茧仅三十余万斤,不足往年三分之一,完全被日商以廉价购去。以致乡间育蚕者,大受打击,乡民有因愤懑,将多年桑树砍伐以去者。本年春雨应时,桑叶茂盛,产茧必丰,周付各丝商乃请求商会具呈长山县政府及实业厅,援临朐发行丝业救济券(临朐去年发九十万,收回后今年又发四十万元)成案,发行周村券二十万元以四个月为期,月息六厘,即以丝厂厂址为保证,联合成立一个购茧处,并租用丝厂,缫丝售出之后,即收兑救济券,以维持丝业之一线生命,免为日商独吞。如本年维持过去,来年育蚕户必增加,本省丝业尚有复兴之希望。各项呈文,日内即可呈递,所有发行救济券详细办法及购茧与缫丝之组合,正在商会及丝厂研究中。预计本年产茧六十万斤,必被日商购半数,吾国丝厂,若以救济券购半数仅三十万斤,按三角上下计有救济券十万元即可足用,但亦看产茧多寡而定。

(例七)

汉奸秘运枪弹入鲁

灵柩中之发现

系由伪国运来

公安局已防范

青岛通信 日军侵我东北后,青市日侨屡思滋生事端,冀引起重大交涉。幸市当局遇事容忍,得此相安至今。最近日侨因计不得逞,竟又雇大批汉奸暗赴各方活动,或在内地侦探军事消息,或担任联络各地土匪,令其扰乱后防。日前公安局已查获汉奸王某等数名。据闻上月中,由大连运来灵柩一只,经海关查验卸地后,复由胶路运至博山,讵抵博山站时,因工人装卸不慎,将灵柩跌破,竟发现柩内装满大批枪弹,该运柩人见事情破露,当即远飏,路局得报,即函山东省政府及青市府知照,市政府当即转令公安局,嗣后对于由伪国运来之灵柩,严加注意。安局奉令后,已饬令所属加意防范,昨并训令各分局云:"查本局向来关于人民运灵柩经过本市者,均按以下手续办理。由火车载运来青经过本市,或竟在本市埋葬者,其所持护照上盖有路局警务某段或某车站验讫戳,本局即根据该戳,加盖本局检验讫戳,准其通行本市或抬埋;其由轮船载运来青经过本市或竟本市埋葬者,灵柩经胶海关检查无疑后,即由该关在护照上盖印签字,本局即根据该关盖印签字,加盖检验讫戳,准其通行本市或抬埋。准此办理,历有年所。唯近来有自东三省运来灵柩呈验伪满洲国官署发给之护照,查是项护照,在本市自应禁止通行,但我国人民既在伪国压迫之下,亦不得不领取该项护照,以利灵运,其情不无可原。然就该项护照上加盖戳记,似有承认该项护照发生通行效力之嫌,尤恐有汉奸假运柩名义,夹带违禁物品,本局为防微杜渐起见,曾拟定嗣后对于运柩过境,或在本市埋葬,或持有伪国护照者,经海关查验后,本局即将该护照扣留,由该运柩人另在本市觅具妥保由本局换发护照或通行证,既无碍于运灵,尤与我国不承认伪国之主旨,亦复相符。如在本市无妥保可觅者,酌取人保,并于换发护照同时函知辖县复验,以期慎重,业经呈奉市政府指令准如所拟办理在案。除饬科遵照办理并分令外，合行令仰该分局即便遵照转饬所属，嗣后如查有伪国官署所发护照，运载灵柩入境者，告其径来本局换领护照，是为切要。"

本章所举各例，均极实用，学者应细心观摩。

第六章　国外通信

报馆特派专员,常川驻于世界各大都市,搜集海外新闻。凡负担此种任务的新闻记者,名为特派员(Special Co respondent)或称海外通信员。

特派员驻于国外,其势力几乎与一国的公使相等。《纽约通问报》(*New York Herald*)的创办人彭勒特(James Gordon Penntt)曾论特派员说:"大报馆的特派员,在某种意味上,其势力等于某国派至他国的大使。大使在公私两方面,造成良好的机会,以努力获得各种情报,将所获情报,报告本国。特派员的工作,在供给驻在国的一切新闻,使本国的读者构成公正的判断。特派员须报告实在情形,观察如有偏见或加自己个人的私见,均为不当。对于新闻发表意见,可由报馆主笔在社论栏中发表之,特派员不可主张任何意见。"彭勒特氏的意思是极正确的,特派员将各种消息供给本国的读者,在"通信"里面,将驻在国的国民意志、生活、感情等传达于本国。所以他的通信报告,能使国际关系融和亲善,或者互相敌视。欧洲大战时,英国希望美国参加联合军,对于德国进行恶意的宣传;同时德国对于美国也力求亲善,可是德国的通信机关终不及英国之完备精巧,其后美国于1917年4月6日遂向德宣战。此事的关键实握于特派员的手中,所以特派员有左右国际关系的力量。

特派员的任务既如此重要,凡充任此战的记者,应具备下述的资格。

1. 须有担当重任的健康,有优良新闻记者的德行,有灵活的手腕。

2. 须有优美的外国语言的素养。

3. 熟悉驻在国的政治、经济、社会情形。

4. 须有绅士的态度,在公平的判断之下,保持国际的和平,努力解除国际间的误会,增进国际的友谊。

5. 通信时应有冷静的头脑,站于爱国的立场,凡与祖国的利害兴废有关的问题,应正确地报告于国民,构成国民的公正的舆论。

6. 特派员对于本国国民的思想感情,必须确切理解。非万不得已,报馆不可用外人为特派员。

国外通信的方法分为两种:1.函稿通信;2.电报通信。

(一)函稿通信

(例一)苏俄通信

世界最大水力之特聂泊大电厂开幕

莫斯科对李顿报告书之论调及观察

苏俄与罗马尼亚缔不侵犯条约问题

苏俄五年计划中之中心事业，举世所瞩目之特聂泊大电厂已于本月十日正式开幕。特聂泊堤堰及其所属全部工程，始于1927年11月，迄今恰为五年，计用工人一万五千以上，需款八万万卢布。大电厂每年可供给八十一万匹马力，三十万万启罗华德小时之电力，全仰给于是，实为世界最大水力电工程之一。本月十日举行盛大之开幕礼，苏俄劳农政府主席加里宁氏，先于九日晚偕同工业委员会委员长奥孝尼纪方氏，由总工程师文脱及米歇洛夫二氏，引导视察。堤上于高出特聂泊河六十公尺处，放映列宁遗言"苏维埃政权加上电气化即是社会主义"，河之右岸并放映史达林之"多数派无坚不摧"一语。是日参加盛会之群众来宾、政府代表、外交代表、新闻记者等，前后到数万人。莫斯科、察尔可夫等地，均开专车前往。开幕时首由总工程师文脱致辞，报告工程经过；继有劳农政府主席加里宁代表政府致谢建筑工人、工程师及外国专家之协力，使苏俄建设计划得如期完成。加氏当即宣布劳农之议决，将大电厂命名为"列宁水力电厂"，群众欢呼接受。加氏演说后，由朱巴代表联邦及乌克兰政府演说大电厂与发展新工业及巩固新政权之关系，继由美国工程总顾问柯柏上校致辞，盛称俄政府之坚毅有为，新俄前途之无量，柯氏并谓此次建筑，无异为新俄训练数万工程人员，其对于前途关系之巨，盖不仅完成一大电厂而已。来宾中演说者，则有世界文坛名人享利巴蒲斯氏，末由加里宁代表政府对于此次工程有特殊勋劳者授其勋章,计共六十七人,中有外国专家六人(即总顾问柯柏氏、工程师法佛氏、工程师麦菲氏、总工程师文脱氏、工程师汤姆生氏以及工程师平得氏)均得红色大勋章,柯柏氏以特殊勋劳,并由劳农政府给以奖状。此六十七人中并有女子二人。厂内并立有纪功碑,上刊十六人之姓名,以柯柏为首,文脱等均在内。是日厂内收到国内外各方贺电数千通,其中并有牛堡工程师协会之电,参与工程者之欢忭,群众之热烈,外交代表及新闻记者之赞叹,一场盛会,洵为历史上可记之事。忆当1920年时,英国著名作家威尔思氏于克来姆林访晤列宁后,曾发表其印象,谓新俄领袖空想多而成功难,对于电业事业之计划,尤多讥评,谓决难有成,初不料竟能按期成功也。闻美国尼加拉瀑布发电厂,仅能供给四十三万匹马力,北美最大之台尼西河水电厂,亦仅能供给六十二万匹马力,而此特聂泊厂,则可供给八十一万匹马力之电力,故为世界最大之水力电厂。

李顿报告书公布后,《莫斯科周报》曾有长篇社论抨击之,目之为"反华,反俄,反日"之绝妙文章,将帝国主义本身间冲突,帝国主义与苏俄间敌对,熔为一炉,以美妙之措词表现之。周报社论认此文件之作用,非特说不上解决世界纠纷,保障和平,且适使纠纷陷于水深火热,益不可为,和平前途更将狼狈。社论中指出此报告书,实于国际纠纷中开一先例,使有侵略心之国家,以后得放胆从事,而弱小民族,则陷入益无告之地位,此不啻国际联盟公然承认侵略之合法,国联之保障和平,制裁侵略之假面具,已净尽揭露。李顿报告书中对于满洲为中国领土之态度,似承认而又踌躇满腔之概,社论中尤讥诮之不遗余力。报告书内反俄之处,殊为明显,但作者则以为此报告书,不仅反华、反俄,亦充分含有反日意味。盖国联对于华人之利益,自不须顾及,对于苏俄,自必敌视,但亦深不愿日人之独吞此肥肉,故其所建议之国际委员会,其用意无他,不欲让日本独吞,而欲使各帝国主义,均分利益而已。故作者认为此项文件,固不失国联本来面目,其意义除表现帝国主义本身间冲突,对俄敌对,以及压迫弱小民族外,无其他意义可言。其作用则在火上加油,行见和平前途,益陷入危机也。十月十三日,伊斯夫也斯蒂耶报上,揭载东方问题专家拉狄克氏论李顿报告书一文,谓日本之以强力占领满洲,实亦有其"苦衷",彼盖自知以和平方法侵略中国,断难与欧美各帝国主义相竞争,故不得不以迅速手段为之,李顿调查团,对此自不满意,故报告书中承认满洲国之建立,纯出于日人之手,即明显地指斥其行动也。拉氏谓满洲事件发生后,美、日间之冲突已达于张脉偾兴之状,英、法则竭力与日本周旋,欲用之为前锋,以与美抗。美既欲逞其志于日,自不能不与英、法言好,故最近英、法对美间之战债问题,又复开始协议,将以此为拉扰之交换条件,而向之扶植德国之政策,乃不得不改变,以安法人之心。唯据拉观察,则英、法与美间之协调,是否终能实现,亦尚不可知,盖其间暗礁正多,虽最近台维斯之赴伦敦,以及英国海军上将海暴氏之赴美,可证明其继续进行不懈,要难谓已有显著之结果也。

与苏俄邻近诸国中,其对苏俄取敌视态度,且时受他国利用,对俄跃跃欲动者,向以波兰、罗马尼亚为最。波兰近已与苏俄缔结不侵犯条约,但苏俄与罗马尼亚间之开始谈判,则虽已有十个月之经过,但屡断屡续,迄无结果可言。七月间苏俄外交委员会委员长李维诺夫在瑞士时,曾拟续与罗代表谈判,但未成功,其后复经波兰之调停,始继续进行,但彼此间不同意之点,仍无法协调。盖苏俄对于两国间所争论之问题,悬而未决者,欲保留原有之态度,罗马尼亚则坚决反对此点,绝不愿于条约内涉及此点,故在苏俄之立场上观之,罗马尼亚此种态度,无异以不侵犯条约为名,而欲苏俄承认其占领培塞拉比亚也。当日俄罗在黎加谈判时,即因此问题而决裂。最近九月间李维诺夫在日内瓦时,道出波京华沙,因复与罗马尼亚驻波大使卡台氏磋商,对于意见不同之点,复经波兰之调停,已渐赴接近,后复于瑞士反复谈判,彼此间意见,已极相接近,几可签订矣,越日罗代表忽又声称罗政府不能同意,复将全部协同之意见取消,于是又复中断。目下罗政府对此,尚未有其他表示,则彼此间意见,似尚难接近,俄罗订约问题,恐一时尚难实现耳。

(例二)日本通信

汇兑低落外债增加
日政府亦认为将来之大难题

日本通讯 日本自从实行发挥其侵略政策之后,总算是盛极一时,独霸东亚了,然而它为什么举国上下,自当权的军部起以至于出汗赚工资生活的人,都一致高叫国难当头呢?日本之所谓国难又在哪里呢?是左倾思想的发展吗,是军事力量的不充实吗?是世界经济恐慌所给予的影响,使它商品生产过剩,酿成国内的经济恐慌吗?是农村濒于破产不可救治吗?这些问题虽然都是日本当前的难题,是日本的死活关系,如果不一齐凑起来,还是算不得致使伤痕,并且是隐埋在社会底下不十分看得清楚的,特别是它感觉迟钝头脑比较单纯的军事当局,更加对这些问题漠视。他们所看见的第一个是"满洲问题",日本虽然是吞下去,到底是不是像前外长币原喜重郎所说的真是"一颗炸弹",不久会在日本帝国肚里爆发。第二是美国既与日本对立,不可调和,苏联也并非日本的与国,根本上和日冰炭不相容,他们日夜思维如何控制美国金圆势力的东渐,如何阻止"赤化"的侵入满洲,但又不能不缓和苏联的情感,使他不为日本第一个敌人。他们对于这些都筹备得很周密,特别是对盘据呼伦贝尔一带的苏炳文、张殿九,筹备得有极毒辣的圈套,恐怕苏、张两军很难于和日本相持。殊不知极困难的问题,不在军事,不在外交,反而在日本自己的财政。

从去年秋季以后,日本的产业界衰颓日甚,市面败落,已由内而外,使社会根本上发生动摇。起初他的当局(若槻内阁和军部)以为一旦发动对外的军事行动,既取得地盘,又刺激起国民的热感,则区区财政困难,当可掩饰过去,无如事实不这样简单,匪特军费花出去一下子收不回来,即市面也因此弄得更坏。于是犬养组阁之初,就实行禁止"金输出",换一句话说,是要采用通货膨胀政策。不过日本国内的金融资本家,而有多少近代知识的人,不主张轻易放任,致陷财政于破局,然而这还不能救济他的困难,他所希望的市面繁荣,丝毫也没有改善,到了今年五六月间,生丝市价大跌,产业界几乎快要整个的破产,于是才利用美国大选的煽动市面,实行通货膨胀主义,生丝这才涨价一倍有奇,所以政友会一部分,竟主张减低货币价值一至日金百圆值美金二十五圆,以挽救日本的经济颓运。

这政策虽然当时有人反对,不曾实行,可是通货膨胀额却在八千万日金以上,同时其国内所存现金,亦减低到一忆二千万日金,因此对外汇兑更见低落,最近乃打破历来所未有的新纪录,日金百圆不过值美金二十元又八分之一,并且还要向下跌,就一方面看,固然足以刺激日本货品的向外输出,可是在另一方面,却反而令日本的输入美棉、印棉,感受莫大的威胁,这或者可以互相抵消的一件买卖,最困难的是日本所负的外债,原来票面记明是美金、英镑或法郎的,照现时的汇兑率计算,要增加负债额一倍半。

据日本银行的调查,本年十月底日本所负外债总额如次(单位:日金、千元,以平债计算):

国债	1398297
地方债	234390
银行债	19177
公司负债	459323
总计	2111187

以上总计有值二十一亿日金的外债,而对法的债务,因为大多数在欧战时都已转入日人手中,故未记入,这些债券,差不多有五亿日金在日人手中,并已向日本银行登记过,还有五亿日金的债券,虽在日人手中,却未登记。去年禁止日金输出之前,三井三菱曾做过一大笔投机生意,买进美金,无形中赚了上千万的钱,现在对外汇兑,更加低落,凡是有钱的资本家,都焦虑日本金价的将来,资本总是要往安全地方走,他们的金钱,都将逃到海外去,则日本更加困穷,不用讲产业界会陷于停滞,日币将愈不值钱,而资金逃往外国之后,单说这二十一亿余日金的外债,将如何偿还。

现在日本政府，看见了这种将来的大难题，于是由财长主张强制收买日本人手里的外国货币的债券，甚至于要管理对外贸易(效法革命后的俄国)。不过收买日本人手里的外债，须得设立外国货币评价委员会，到底依照发券当时的价格呢，照禁止金输出以前的价格呢，或另用适当的折算价格呢，还是照时价呢，现在都还不曾决定，而收买的无论是政府，是地方，是银行，是发债券的公司本身，现在姑不置论，所困难的是这笔十亿以上的巨款，同时还有十亿以上在外国人手里，这都是他莫可如何的事，且不讲还本，就是说付利，也足以使日本财政陷于破局。(十二月三日于东京)

日本现内阁与军部　日本财政总长高桥是清辞职的问题，闹了这样久，还是没有结论。究竟是高桥辞职之后，斋藤内阁一部分改造呢，还是连带着总辞职呢，这正是日本政治上一个难问题，也是一个有趣味的问题。

先就政党方面，略加分析如下。民政党自己实力不够，同时也知道一般人对政党政治表示厌倦，而民政党在议会中又只有一百二十二个议席，即使现内阁倒台，它决没有内阁的希望，所以不如作政府与党，附合非常时的说法，既可以拉拢实力派，有机会即欢迎宇垣一成入为该党总裁，又可以乘此时机，多培养自己的实力。政友会则有将近二百九十八头议员，照常理讲，它确实该掌握政权，所以高倡"非常时消解论"，反映出恢复立宪政治常规的说法，力主高桥一旦辞职,斋藤内阁就应该瓦解。但何以到现在,并不曾发动倒阁运动呢? 其原因:第一,是政友会内部意见不一致,久原派、庆次派的对立不能消除,铃木几乎不能统率,假使正式倒阁,则政友会本身,就不免分裂;第二,是对军部和元老方面,都不能求得充分的谅解,何况所谓政党政治,自从九·一八事变之后,即已寿终正寝。至于国民同盟,虽号为法西斯的代表团体,与军部和平沼等都有相当密切关系,可是议院实力很小,事实上不过是军部的尾巴,自己决没有实力,所以只得吵吵,并不发生上层的政治影响和下层的群众影响。

在日本支配上层的势力是军部,而一般群众中有军事力量作背景,有"在乡军人会"和其他右倾团体的活动,于是在民众间,也只看见军国主义的力量。因此斋藤内阁组织之初,就说是为了消除非常时代的国内不安,为了遂行其大陆侵略政策,换言之,是军部作后台的"强力内阁"。所谓政民两党的混合(协同)内阁,不过是一块政治上的招牌,所以政友会要倒阁,非看军部的颜色不可。军部对于政局的见解,——各领袖的意见,综合起来,略述如下。

(1)军部虽不至于恶意地否定政党政治,但是军部一切的行动,是要超越乎一般的政治动向,而且要排斥从前政党政治的弊病,同时更要唤起一般人民排击这种毛病。

(2)要稳固"满洲"(伪)国的基础,尽力之所能取得外交上的承认。

(3)退出国联之后,日本外交似陷于孤立,现在须重新建立外交基础,变更以前的外交政策,当然首要的是联络英国,否则在某种条件之下,联美也可以,总之是以完成"满蒙"的获得为主眼。

(4)克服(日本)国内经济的恐慌,是防止思想恶化的要着,所以救济农村是当前之急,这都不是一党一派所能胜任的。

(5)"满洲"的占领,虽有一年多,可是还说不到真正就绪,即建设工作的确立,至少还有二三年。在这二三年当中,到底还是很重大的时期,特别是树立"日满经济编制"的根基,更是一件艰苦的事。现在军事在东三省境内,仅告一段落,可是政治还没有开始,今后要做的事非常的重大,决非一党一派所能完成。

上述五点,是军部方面最近露出来的意思,纵然不是用正式的任何方式发表出来,但是表白了军部的立场,很显明地提出不赞成政党政治和进一步侵略中国的意见,对斋藤内阁不必一力支援,而主张强力内阁,却是事实。斋藤固弱,但能听军部侵略政策自由发展,亦不失为良好工具。如果斋藤倒台,则继任内阁,无论如何,必然要比斋藤还更听军部指挥才能撑持。(四月三十日于东京)

(例三)意大利通信

法西斯蒂成功大展览

十年前之意大利

法西斯蒂之成功

自豪精神之表现

意大利以协约国之一参与欧战,所遭牺牲,仅亚于法国,故战后虽空拥战胜国之名,而其元气凋丧,民生衰落,几有一蹶不振之势,重以赤色势力之猖獗,百业废弛,国内经济,益以凋零,驯至不可收拾。墨索里尼乃乘时而起,建立法西斯蒂政权,挽狂澜于既倒,使意大利复跻强盛,莫氏之丰功伟绩,诚为历史上所不可磨灭之事迹,而亦际会有以造成之也。十年之前,当1922年6月时,法西斯蒂既摧毁社会党之总同盟罢工计划,又进而扑灭其大本营后,墨索里尼之声势,已不可一世,彼时意大利政府,为薄弱无能之法克塔内阁,故国内之工商业家,实已于此时属望莫氏之出而秉政,无奈法西斯蒂在会议中为绝对少数,欲以和平手段获得政权断不可能,故不得不诉诸暴力,乃决于十月二十八日发动,占领重要都市,向罗马进发,二日之间,全局底定,法西斯蒂之政权,乃以成立。迄今年十月底恰满十年,遂决定举行盛大之庆祝,以表彰法西斯蒂之成功。

本年之盛大纪念庆典,虽定于十月二十八日,但实际上则自十月一日起,全国无日不在庆祝中,故即名十月为庆祝月,亦无不可。庆祝之种种布置中,其最足引人注意者,厥为其十年来之功绩展览,就中尤以"穀物战争之胜利"以及"新耕地之开辟"二种展览,最饶趣味,盖莫氏尝以此为其莫大之功绩,故特不厌精详,一一胪列之,唯一般观者对之,则殊厌其过于繁多耳。凡陈列展览品之大厅,其门首均缀有巨大之字样"信仰,服从,奋斗",此三者盖为法西斯蒂之无上信条,诚足代表其一般党员之精神。而在维亚纳西洪纳之"革命事迹展览"厅内,则并陈列硕大无朋之巨斧四柄,以表象法西斯蒂摧毁一切旧势力之意。自 1919 至 1922 之三年间,意大利内乱之一切遗迹均胪列于是,所搜罗之史料有一万七千余件之多,唯其中所供奉之"内乱牺牲者",则仅以法西斯蒂党人为限耳。史料之搜罗,以墨索里尼之主张,加入协约国参战为开始,莫氏所创办之意大利民报,其第一张创刊号(创刊号之出版年月,为 1914 年 11 月 15 日)特放大为巨幅,陈列于首,观之犹使人想见当年莫氏在米兰诺编辑室中之状况也。按照陈列之次序,进而观览各陈列厅,则法西斯蒂由米兰诺之开始运动,中间几经挫折,几度恢复,卒握政权,以至于今日之成功,均一一按其历史的进展,表现无遗,其布置实为一大规模之历史博物馆,但其精神之活跃,迥非寻常博物馆所可比,置身其间,恍如亲身参加此十八年之奋斗经过。另有一部分,专陈列国内外各种关于莫氏生平及法西斯蒂之著作，计有三千余种之多，各种文字之有莫索利尼之相片及雕刻像，尤随处均是，大小合计，不下数千种。莫氏之标语格言，均用巨大字样，以各种色彩放映于各厅内，间亦陈列意大利著名文豪邓南遮之手迹，以为陪衬。陈列厅之陈设装潢，不甚富丽，盖不欲以装潢故而妨害革命精神之表现，但未来派之艺术，则处处可见，而其一切布置，均充满英雄气象，则尤为观览者所感觉之特色。"意大利是我们的！意大利是我们的！""三天的法西斯主义，胜于四年的无能政府！"此固法西斯蒂自豪之语，其成就实亦可以自豪，此次罗马之成功大展览，尤充分表现此种精神也。（十一月六日）

（例四）德国通信

德国国会再选之结果

德国国会再选，又于十月六日举行，此次选举，事前因柏林交通工人罢工事件之发生，虽未免稍受影响，但在大体上，此次选举之经过，可算最守秩序和安定，幸无巨大冲突流血竞选惨剧之出现。此次国会再选之结果，票数与议席之分配情形如下。

国家社会劳工党	11713785	195
社会民主党	7237894	121
德国共产党	5974209	100
中央党	4228633	69
德国民族党	3064977	51
拜电国民党	1081932	19
德国国民党	660092	11
德国国家党	338064	2
基督社会国民服务党	412685	5
经济党	110181	2
德国农民党	148990	3
其他	636866	4
合计	35402306	577

此次选举,就票数之结果而论,选民人数较前次选举减少百分之五,就议席之结果而论,前次选出议员为六〇七位,此次只得五七七位,减退三十位,实一大可注意之事。查其原因,一方面是因为人民厌选,有所谓选举若 Wahlmube 之所致。若德国自从最近五个月来,德国国民经过十三次大选举,七百次小选举,国民有不胜其烦之苦,故消极之国民,此次大都放弃选权,此种事实,早为德国国内舆论所料及,故无足为奇。再就各派别之选举结果解剖观察,国家社会劳动党占议席一九五位,虽仍居议会政党中之首要地位,但是较之三月前选举结果,其选民票数骤形锐减,实

遭莫大之惨败，Hitler 真要丧气，Hitler 之法西斯运动至此，当遭一致命伤之极大打击，或因此而将趋于瓦解，亦未可料。当前次七月三十一日国会竞选揭晓之时，英、法、美、俄舆论，皆直捷而明显地下过断语，谓德国法西斯主义运动，业已到了最高时期，今后当不再有若何进展，彼等预言，真是十足睹穿。考其所以致此失败原因，本极复杂，但是要而言之，约有下列主因。

1. 人民逐渐发觉 Hitler 之主张多虚浮而不近实际。

2. Hilter 经济政策，日趋激烈的共产主义化，丧失中产阶级欢心。

3. 洛桑会议容忍德国停止赔款要求，缓和了德人仇外心。

4. Hilter 党徒过于横行，不绝地与共产党冲突，发生流血惨案，引起社会不安，使人民发生厌恨。

5. Hilter 经过总统及七月三十一日国会两次竞选运动失败后，气衰力竭，运动之狂潮退落。

具此五因，则法西斯主义之必呈衰落，是亦势所必然之理也。社会民主党，因其态度比较安定，此次选举结果，虽较前次竞选亦略有退缩，但仍属为国会第二重要政党。中央党因自白吕宁内阁倒闭后，政权旁落，加以党内白吕宁与巴本意见分歧，呈有分崩离析之状，且对于德国目前经济恐慌及失业问题，又无具体解决计划与主张，该党价值已逐渐丧失，所以此次国会选举结果，只得六十九位议席。但是极左德国共产党,在此次国会竞选,选民票数有惊人迅速之增加,亦可谓在此次国会竞选获得最大胜利之政党,占国会议席一百位,为第三重要政党。此次共党产票数之激增,使极右之国家社会劳动党,受莫大之威胁,即在世界舆论及政治上,亦不能不令人重视。查共产党票数增加原因,一则因由德国经济恐慌及失业工人问题所惹起,二则因为反资本主义及世界革命思潮日臻发达和紧张所致。

现在新国会既已再行选出,议席之分配,已如前述,但各政党由极左以至极右,单独皆未能占得议会绝对大多数议席,然则所谓议会政府的大多数派,将如何组合与产生。此次国会再选,共得五七七位议员,在绝对大多数派,应占二八九位议员,国家社会劳动党,只有一九五议员,当然还是相去此数甚远,单独未能成为议会中绝对大多数派,左派共党产及社会民主党合计,得议员二二一,其势较右派为大,但究是亦未能达到议会绝对大多数派资格,只有共产党能和右派,与国家社会劳动派合作,可得议员二九五位,能成绝对大多数派。究之此两党,一则向左转,一则向右跑,背道而驰,意见如冰炭之不能相容,猫与鼠能够合作,实属教人极难相信。总此而论,可知德国新国会之组合,政府大多数派问题,其困难情形,与当时七三一国会困难状况同出一辙,前途实属非常为灰色而暗淡。

巴本前次解决七三一选出之国会,正因国会不能组成政府绝对大多数派所致，假令此次再选之新国会，仍不能拉成政府绝对大多数派，则巴本内阁又将如何处置，此问题若果巴本不能找得正当途径之解决，则其内阁命运，不免因国会再选而要陷于倒闭。巴本曾在此次国会再选之前夕，借放声机之传达，向德国全体国民，做极沉痛之选举演讲，并明白表示放弃他从来袒右之态度，力陈各右左各政党行为之非分，提出一种新的主张，所谓超政党政治，他认为在德国处于当前的万分险恶与穷苦的时局，四分五裂和意见分歧的政党，无济时艰，此后救国唯一出路，只有须要全体国人以国家民族全体利益为前提，立于同一战线及集团，受指挥于劳苦功高的兴登堡总统之下，庶几可收救亡实效，换言之，巴本此种意见，即主张今后国会，当离开政党分坚之方向，应组成超政党的混合议会政府大多数派，此种所谓超致党的混合内阁问题，目前舆论界亦深表同情，形成目前新选国会核心与焦点。但巴本此种新主张，究竟能为各政党所接纳与否，甚少希望。为了他在此次国会再选前夕之演讲，大肆攻击左右派，正是惹得共党及Hitler党徒极度之愤恨，大有非立刻推翻巴本内阁不可之势，所以现在新选出国会议员，差不多皆为反对巴本之人，亦即可谓皆具反政府态度，如此荆棘重重之难关，想巴本不易于打破也。在巴本方面，虽有国家宪法第四十八条可为保全地位之护符，在国会不能组成政府大多数派或有其他任何困难问题不能解决时,可适用国家宪法第四十八条,下令解散国会再选,须知自巴本上场长内阁以来,曾经两次因议会提出不信任案而致下解散国会,人民则不胜选举之繁苦,而在经济上立论,两次选举,统计耗费七千七百万马克,所以选举越多,亦越加增国民之负担,今后若果巴本尚欲借此宪法条文赋予,以为对待国会及保全自己护符,最后或不免要激成各党实际革命行动,愈陷政局于不安。巴本现在已定两星期后,与兴登堡大总统会商,决其对于新国会之态度与步骤。新国会开会时期,依宪法规定,应在选举后一个月以内举行,官方对此事,直至记者握管时,仍未有公告,但在舆论上推测,要在十二月六日,方能如今第一次新国民会议云云。(于德国佛莱堡)

(例五)日内瓦通信

万木无声待雨来之日内瓦

李顿报告书之微妙所在

第十三届国际联盟大会,已于无精打采中在十月十七日闭幕矣。万目睽睽之满洲问题,竟应日本之要求,延期至四星期后讨论,甚矣联盟之日暮途穷也。

西俗以十三为不详,此届适逢中日纠纷,日趋尖锐,几使联盟根本动摇,若冥冥中有数存焉。其实联盟早成欧洲之联盟,此种东亚难题,衷心非渠所愿闻,然中国既已提出,并且一力仰仗,则为维持门面,又无词可以拒却,况许多与强国为邻之弱小,眼看日本不宣而战,为欧战后开一恶例,群为不寒而栗,故捷克、西班牙诸国代表在行政院中,大声疾呼,直斥日本为戎首,且怂恿中国代表,提出联盟公约第十六条,加以膺惩,事后且语曰,吾人非援助中国,乃援助自己,弱小苟无联盟,将不能安枕,联盟利在大事化小,小事化无,而彼等偏欲将范围扩大,形势加重,此即使维持世界和平之纸老虎,为之头痛而无可如何。

自李顿报告书发表后,世人莫不以多大兴味迎之,各国立场不同,故批评极不一致。英德则态度暧昧,无所可否,美国则以英国为转移,希望有联合行动,美国则谓为双方敷衍之巨著,其结果仍等于零,法国则谓现状乃中国内乱所造成,未免不愿事实,俄国则谓置满洲于国际共管之下,无异对彼挑衅,自吾辈眼光观之,以第三者之实地调查,证明日本之破坏一切条约,表面上未尝不于中国有利,如谓,(1)日本所借口之悬案,并非真确;(2)九·一八事件,日本并非出于自卫;(3)日本一切行动,乃预定之计划;(4)"满洲国"系日本所伪造,并非中国人民之意,建议中不仅主张日本撤兵,且应并南满铁道沿线之兵而尽撒之,从措辞之反面寻求,已明白宣布日本罪状,盖既非自卫,即是侵略,既非东北人民之意,即破坏中国领土完整,所可憾者,既查明九·一八事变,责任全在日本,而又以实际利益相诱,希望其与中国妥协,国联早已令日本撤兵,有煌煌议案可稽,乃又主张中日两国,在东北均不驻军,且此次调查,以东北为主体,何有插入国际合作,谋中国之改造云云,凡此皆自相矛盾,不能自圆其说者,其所以曲折迂回,想出此侵略势力已成之下折衷办法,其最大关键,在以列强自己之利益为中心,故将报告书细加推阐,则发现其虑周藻密,目前慷中国之慨,以小惠给予日本,使东北门户洞开,不许一人独占,其结果必陷日本穷促于孤岛,难圆其大陆政策之梦,故建议果一一见诸施行,于中日为两败俱伤,日本志在独霸亚东,控制宇内,而此种野心,以后决不便出诸口,即从中国所得之小惠,列强亦分杯羹,中国则任人摆布,失其自由,吃眼前亏,自无可逃,吁,可畏也矣。

欧洲近况,有附带一述之必要,德国要求军备平等,无异遗法国以一矢,故台维斯与赫里欧之行踪,最为时人所注目,四强会议乎,三强会议乎,洛桑乎,海牙乎,在予草此文时,尚在继续接洽中。夫法国欲保持既得权益,故利在维持盟约,德国反是,此事表面英国虽为调人,而实际可左右者厥为美国,日本之侵占满洲,显违门户开放主义,美国之欲维持其太平洋政策之尊严,自乐得法国同样之保证,故裁兵问题,能得一转圜之法,则欧洲暂得小康,可分其视线于东亚,日本在国际共同监视之下,或可稍稍敛手也。

"万木无声待雨来",此为日内瓦之近况。日本代表团,已由主张上海国际都市化之松冈洋右,与偕调查团赴东北之吉田伊三郎,领率而来,则日本退出联盟之说,至此更足证其为虚声恫吓。同时又雇上海远东时报主笔美人芮氏,(Bruwnson Rea)来此宣传,某夜招待各国记者,述及渠系"满洲"之代表,美人群嗤之以鼻,一中国记者直斥之曰,予知君所代表者非"满洲国",乃金钱耳。芮氏老羞成怒,遂自灭电灯而散。日人在此间以重金结纳各国记者,助彼造谣,又以英法文刊二诋毁中国之书籍,一名 The Present Condition of China(《中国之近况》),一名 Relations of Japan With Manchuria and Mongolia(《日本与满蒙之关系》)分送书肆报摊售卖,不取值,其他类此之方法甚多,不值细述。中国代表团为恐世人为一面之词所惑,不得已亦在预备刊物数种,叙日本国情及军人跋扈之真相,证明其未必为有组织之国家,留待大会时散布。据熟谙日本情形者推测,日人决不接受李顿报告书,将取延宕手段,诿其责任于中国曰:"我即接受报告书,其如对方无人可以接洽何,政府有此力量乎?"

中国代表团,租格郎路(Rue Charlcs Callond)十八号为办事处,颜惠庆代表亦即居内,其他代表主职员则或住旅馆,或住公寓,每日开支,仅足与日本代表团之汽车费相埒耳。下月大会,除颜氏仍为首席代表外,又加推顾维钧、郭泰祺二氏为代表,顾氏以曾偕调查团赴东北,已内定先出席行政院,俾随时对东北问题加以解释,此外则有副代表驻丹麦公使罗宗诒、驻荷兰公使金问泗、驻瑞士代表胡世泽、驻德使署参事梁龙诸氏、专门委员燕京大学教授徐淑希、外交月报主笔王大桢、铁道部技监颜德庆、外交部国际司长钱泰、亚洲司长沈觐鼎、驻英使署一等秘书夏晋诸氏从旁襄助。

综合多数中外人士之意见,佥谓东北问题,既非短时间所酿成,即非一朝一夕所能解决,希望联盟为中国收回失地,无殊纸上谈兵,今日中国唯一出路,只在召集贤能,会于首都,充实政府,负起责任,同时以全力援助义勇军与抵制日货,舍此以外,别无良策。语云,天助自助者,即使日本如无悔悟,或联盟不惮牺牲,然中国至少亦须表显今后确有操纵一切之能力,故吾人翘足以望,不在外交之胜利,而在内部之合一,与其恨外人无公道,何如自己振作,及做些建设事业,以杜塞谄咒者之口,应知对内无办法对外不会有办法也。(十月二十五日,日内瓦)

(二)电报通信

报派员对于重要事件之发生,可先拍电至报馆询问,如报馆回电需要详细报告,始可拍长电,以免空费、电费。下例各种标题,均由报馆编辑所加。

（例一）意大利、西班牙、德国电讯

飞机队凯旋荣归

罗马狂热欢迎盛况
廿三架飞机降落沃斯蒂亚
意相亲与巴尔波行拥抱礼
凯旋门沿途铺桂叶妇女争献花
意王宫中接见飞行员慰勉有加

△**十二日罗马电** 意大利航相巴尔波及其横渡大西洋飞行队，今晚八点三十分于万众欢声雷动之中，安抵沃斯蒂亚，十五分钟之后，飞机之前九艘俱已陆续安全下降，巴尔波以时间已晚，故决定将各处送至列独地罗马对面之停机场，约十分钟之后，巴尔波即登陆，首相墨索里尼立即向前与巴氏相抱为礼，而人民则群唱仇文齐萨之歌，而飞行队之各机亦即于此时陆续抵其目的地。

△**十二日罗马电** 巴尔波将军统率之飞行队，今晚六时三十八分飞抵沃斯蒂亚，巴尔波将军之黑色飞机前导，其余二十二机紧随其后，当飞行队出现于天际时，百万人高声欢呼，响彻云霄，军乐队旋奏法西斯党乐，意相墨索里尼驰至飞机停泊之处，与巴尔波特军行拥抱礼，观者大呼"巴尔波万岁""墨索里尼万岁"，巴尔波夫人率其三儿女莅场，当与其夫接吻时，喜极泪下，各驾机员登陆时，群众复欢声雷

动,且由巴尔波将军介绍队员一一与首相相见,队员旋分乘汽车二十四辆向罗马进发,墨索里尼与巴尔波同乘一车为前驱,车前有乘马达自动事之法西斯党员百人,车后随有骑警一队,出发之际,民众欢腾,达于极点,一行人众行抵柯隆那宫时,队员复受盛大之欢迎,巴尔波将军答复欢迎词曰:"吾侪仅为大总司令之小卒耳。"飞机二十二架因天气恶劣,未能先在罗马环飞一匝,即在活斯蒂亚降落。

△**十三日罗马电** 巴尔波将军所统率之飞行队,昨日安归,国人欢迎之盛况,为古凯撒大将凯旋以后所仅见,下午六时将近,飞机出现天涯,密集向海滨进发,当时静待终日之欢迎者十余万人,欢声雷动,震耳欲聋,队中最后一批之飞机,于七时十五分降落水面,此次来往两渡大西洋,离国四十二日,飞行一万二千五百哩,巴尔波将军于六时二十分最先在大观坛之右面登陆,其离飞机时,衣法西斯之黑衫,趋至首相墨索里尼前,向墨氏及群众行礼致敬,群众大呼巴尔波万岁,水滨特建一桥满铺花朵,以供巴氏缘以登陆,但巴氏谢绝享此奢侈之敬礼,而由其飞机之翼跃登岸上,其夫人契两小女,时亦在场,二小女皆大呼"爸爸"不已,是时乐队奏国乐,墨索里尼步前抱巴尔波而吻之,盖此为意国最热切之敬礼也,墨氏继一一接见队员,于是汽车数千辆随员而来罗马,巴尔波将军在柯隆那宫致短词,申谢国人,但其词为欢呼之声所掩。

巴尔波升航空大将

△十三日罗马电　今晨巴尔波将军率领之意大利飞机队，受各界热烈欢迎，无异凯旋，意王于宫中接见飞行队员，渠等自君斯坦丁凯旋门而入，此种荣誉自1527年以来，尚无人受过，意相墨索里尼，授航空部长巴尔波为航空大将，今晨八时起，法西斯党军即在王宫站岗，意王御制服与各飞行员谈话，历半小时之久，旋率同彼等至露台上站立，群众均欢呼若狂，飞行员等旋又列队至威尼斯广场，御道地上均铺满桂叶，从前殉难各飞行员之妻及母，均至勃纳斯寺献花与巴尔波将军，在罗马古戏院前，青年法西斯党员均高举铁矛，交叉成一甬道，飞行员经过其下，官场均在凯旋门前鹄候，贵族命妇争向巴尔波将军献花，各处鸣放礼炮，军队行举枪礼，各飞行员至巴拉丁岭上齐集，至十时三十分，意相墨索里尼莅临，身御党军制服，当由巴尔波将军与飞行员一一介绍，"吾侪为君服劳所希望之酬报，即盼有一日能为君驱使而效命"，意相发言云，各飞行员为国家为意大利革命及航空增光，欲与汝等之此次飞行相颉颃，非数年内所能再见云云，意相旋吻巴尔波将军，并宣读意王授巴氏为航空大将之诏旨，又于巴氏胸前为其佩带金鹰，意相又宣读各飞行员之升迁诏旨，后即齐向国旗行礼而散。

樊尔将军伤势无碍

△十三日玛德里电　意国航空参谋长樊尔将军星期五

日由葡京乘机赴巴塞洛那,因引擎有损,坠落西班牙伐伦西亚附近之海中,以致与同机六人悉受伤,据今日消息,樊尔伤势已脱险境,须休息数天,星期三方能出医院,余人则明日可出院。

(例二)

德国之焚书坑儒

△**七日柏林电** 学生抵制"非日耳曼精神"委员会,列一黑表册,凡著作家之姓名,列入其中者,其著作均将禁止在德国发行,计有社会党首领马克思,倍倍尔、拉基尔(经济学家),汤麦斯曼、福尔斯德、亨利宝满(以上德国文学家),巴比塞(法国文学家),雷马克(即《西线无战事》之著者),慈怀葛、考茨基、列宁、李卜克耐西、拉德诺、昂格斯、温特维尔(均为社会主义著作家)诸人在内。

△**六日柏林电** 普鲁士艺术学会诗学组亦加以肃清与改组运动,凡平日因倾向自由和平或急进主义而受抨击之作家,与认为代表犹太人文化之作家,皆勒令辞职,如曼恩、华塞曼、威尔斐、凯塞等皆在其列,反之,平日以过分民族主义而不获入选之德国作家,即均补入为会员云。

（例三）法、奥、德、捷克、伦敦、华盛顿、巴拿马、日内瓦、比利时电讯

法众院外委会通过
订立法德保险公约
法俄关系更加密切

巴黎 众议院外交委员会开会，由前总理急进党首领赫礼欧主席，赫氏将法俄最近订立之商约报告委员会，该约有一条规定苏俄驻法商务代表得在法国若干城市设立办事处，委员以为既有此款，则依照相互原则，法国亦应在俄国设置若干领事。委员会旋即对远东相关之各种问题交换意见，即通称之太平问题是也。凡日本与美国之海军问题，日俄在陆地上因创设"满洲国"而酿起之困难，以及中东路出卖问题，均经谈及，议员梅达耶及佛雷布对法俄商约提出若干问题，讨论太平洋问题时，主席赫礼欧、社会党之龙盖、右派之伊巴纳伽雷等，均先后发言，最后佛雷布主张下列两案，卒被通过，(1)法德两国社会保险公约，(2)与德国及萨尔区域毗连各省境内，关于实施社会保险公约之补充协定。（十七日）

法国罗利盎军港 据军司令部发表消息，苏联派技师若干人来法调查海军造船厂技术上营业上各种事务。业于本日抵此，曾参观船厂装修未竣之新驱逐舰及海军兵工厂

内之各工场云。(十七日)

意外次抵维也纳

与奥总理晤谈恳切
希特勒党人示威被捕十六人

维也纳 意大利外次苏维区行抵此间时,虽发生若干事端,但无关重要,警察驱散大队形迹可疑之人众,并搜出纸制炸弹数枚,当示威者高呼"希特勒万岁"时,被警察拘捕数人。(十八日)

维也纳 意大利外交次长苏维区于本日上午正式觐见米克拉总统及陶尔斐斯总理,并与陶尔斐斯晤谈历一小时,双方谈话颇为恳切,又当苏维区自车站赴其寓所时,有大队国家社会党员沿途示威,当被拘捕六十余人。(十八日)

维也纳 意大利外交次长苏维区今晨八时由罗马启程来此,苏氏此来意义重要,颇足使人注意,柏林方面当亦不能等闲视之。《新自由报》载罗马电讯,谓意国外交部力言苏氏之来奥,对于德、奥两国间冲突问题,并无向奥国政府提出任何计划之意云云。《新维也纳日报》载称,苏氏此来,将作数日勾留,通常报聘时间未有如此之长者,意大利深知,如欲奥国维持独立,必先使其在经济上能以生存,因是意、奥两国谈话将侧重于经济方面,大约特里斯脱(按:该港在欧战前属于奥匈帝国,自和约划归意大利之后,奥国即无通海之路）划为自由海港问题双方亦必谈及云云。此间人士又谓，意大利对于奥国政府之基本原则予以赞助，缘苏氏去年往德国时，曾在柏林与德国政府举行谈话，其情形似与意大利愿望不甚符合，以致意国对德所采政策为之冷淡，以此原因，故此次苏维区之游奥，其目的不在使奥国变更政策，乃在使奥国政策所根据之原则益臻坚固，且能明白表现也云。

德国取缔奥侨

一场风波已告平息
低级官员命令即将撤销

柏林 今日当局发表命令，凡在德国奥侨均须向地方官登记，普鲁士秘密警察即日宣布已编就奥侨名册将取特别计划取缔之，盖拟报复所传奥国虐待国家社会党人之举动也。萨克逊尼等处之奥侨奉命于一月二十日将职业、宗教、籍贯、财产数目填报警局，违者或虚报者均须驱逐出境，奥政府得此消息，即电令柏林奥使向德政府提出严重抗议，指此举为违反奥德条约，奥使至德外交部诘问后，德外长牛赖特即向奥使解释，该命令乃低级官员所下，即将撤销云，于是一场风波乃告平息。（十七日）

小协约各国

商定经济联盟纲要
交通合作商法关税统一

△捷克京城 小协商各国经济会议系于本月九日起在此间开会,共通过决议案十六件,原文尚未发表,惟据其最后议定书所载,今后罗马尼亚、捷克及南斯拉夫三国,在经济上合作之大纲业已划定,其议决案之最重要者有下列数事:(1)订立公约,将小协商各国间相互经济关系予以确定规定,并求其发展;(2)三国铁道及航空交通互相合作;(3)多瑙河航务合作;(4)组织邮政同盟;(5)统一三国商法及关税法;(6)游历事业之合作;(7)工商活动之合作;(8)三国中央银行及储蓄机关互相合作;(9)关于三国间贸易事务之决定。(十七日)

《泰晤士报》赞成彭古
树立国际全盘计划
凡欲军缩成功者所见皆同

伦敦 《泰晤士报》对法外长彭古昨在参议院所作外交演说发表社论,略谓,德国现有军备一问题业已引起争论,彭古不愿插身其间,但彭氏所抱目的亦不欲放弃之。目的为何？即在国际上树立一种全盘计划,以求安全是也。此种计划常袪除不平等及互相猜疑之现象,而代以平等原则与诚信心理,既为全盘计划,必由各国联合树立之。此种观念,不唯与法国人民良善愿望相符,且与英国人民目的相合,推而言之,"一切民族凡欲军缩会议成功者,固莫不抱此见解也"云云。(十八日)

麦唐纳率领阁员
挽救政府地位
分头向选民演说

伦敦 首相麦唐纳在西汉姆地方向该地选民开始作维持国民政府之宣传,其他阁员亦将参加宣传,保守党枢密大臣鲍尔温定于二月十四日赴卜莱斯顿,同党之财相张伯伦将于三月十二日赴纽凯赛尔,分头演说,至三月十五日,外相西门将以国民自由党名义在薛费尔城演说,自治领大臣将以国民工党名义在柏明罕城发表演说。(十七日)

罗斯福计划不致
引起英美币战
△因双方现仍维持通货比率
接收存金之法律问题
美国会不免一番争论

华盛顿 财部人员今日不信英、美间有因罗总统货币政策而起货币战争之可能性,谓两国将继续双方通货间现有之比率云。关于财部接收联邦储备银行存金合法与否之问题,现或不免于争论,罗总统本系中有一部分,以参议员格拉斯麦开度与弋尔为领袖,现反对此事,曾于银行委员会研究货币案时对财长摩甘索声明,联邦储备银行存金之被接收为不合宪法,且系没收性质之行为云。再讨论授权财部编制信用之提议时,亦有人以契约中金条文之尊严为言,以为全国银行结构将因此而起革命也。惟就种种现象观之,国会不久可通过总统货币案。(十七日)

伦敦 今晨外汇市场美元价值尚属有力,其原因如下:(1)罗总统之宣言,已消释整个的膨胀之惶虑,故美国资金今渐流回;(2)缺方因已获利,现继续补进;(3)外国欠美债款者,乘美元低贱时清理其对美债务;(4)美元价贱,美货因以便宜,有人购买。众料除非美国当局准备以美元价格而非以世界价格购买黄金,则美元之需求将继续不已。按现状察之,美国尚未有以美元价格购进黄金之证据,盖伦敦今日公开市场所出售之黄金,大都为美国以一百三十一先令六便士之价格收买之,其价按现率计之,固低于美国价格也。从法兰西银行提出而向美当道出售之黄金,以期获取善利者,能否照美国三十四元四角五分之价格接受之,今尚不无疑问,美元之低价,虽暂时损害英国贸易,因众不以此为扰乱市面之要素,法国虽似以沉静态度对之,然众料用金国今后受累将较今更为甚,据伦敦人士之意见,如法兰西银行之现金提出过多,法国将宣布禁止黄金输往不用金本位之国家。(十七日)

南美战云弥漫中
赫尔高唱和平
武装冲突不啻犯罪行为

△**巴拿马京城** 美国国务卿赫尔已抵此间,当乘巡洋舰"利楚蒙号"开往美国凯韦斯德港,启碇以前,赫尔向报界发表宣言,略谓和平一语,不仅为外交上之口头禅,且必须使和平之志愿,永铭全世界人民之心头云。又谓因武装冲突所引起之屠杀行动,业已公认为非法,就吾人之郑重约束(按:即非战公约)言之,则此种屠杀行动,直不啻谋杀人命之犯罪行为云。赫尔此宣言,一般人颇加重视,盖南美坡利维亚与巴拉圭之大厦谷战争,业已重行开始,古巴时局又告危急,哥伦比亚与秘鲁亦有重启畔端之虞,故赫尔此□宣言,实大可注意也。(十八日)

各国外交家会集日内瓦
军缩准备继续讨论
主干部将于二月十二日开会
萨尔问题交三国委员考虑

日内瓦 军缩会主席汉得森、英外相西门、法外长彭古、国联总委员会报告员皮尼士（捷克外长）均已抵此，故现在准备对军缩问题续作预备讨论，唯德国迄未答复法国之建设，故会务为之延缓，今料主干部将于二月十二日集议，同时众皆注意于萨尔问题。闻意大利、阿根廷、澳大利亚代表所组织之三人委员会，将考虑此难题之技术事件。（十八日）

荷兰照会国联

维持平等原则

已往失败由于大国倾轧

如有改造工作亦愿参加

日内瓦 国联秘书厅昨晚公布荷兰政府赞成改造国联之牒文，该牒文计共六页，措辞颇为审慎，内称，荷兰政府在国联改造工作中愿极力合作，但在未改造之先，应使改造能有助于世界政局之改进，因觉现在之世界。若无国联之组织，则显属不可能，而现在之国联组织，尚系1919年之物，至今颇有改造之可能云。该牒文复称，荷兰政府深觉在国联召集会议讨论任何一事项之时，若某某等数会员国另外集议，以求问题之廓清，实与国联盟约及其他会员国之利益并无妨害，即如军缩问题亦不妨如此行之，但复须订定规则，凡数会员国已成立之决议应将其全部通告国联备案也。

再则，荷兰政府现已决定要求国联会员地位平等之原则，加以确定，盖此项原则实为一切独立国家团体组织之根基也。唯荷兰承认，国联组织之中，确有大国、小国之分别存在，荷兰亦曾再三表示，不赞成理事席数之增加，因国联将不永久之席数数次增加之后，已失其效能也。至于将国联盟约与凡尔赛条约分开之主张，荷兰政府虽不极端反对，但以实际理由，颇信此种分开不如不有云。最后荷兰政府表示，愿加入国联改造之工作，但一切变更，应以盟约第二十六款所规定之状态为规范云。（十八日）

日内瓦 德政府谢绝国联邀请派遣代表出席行政会之覆文，业于今晚送达，覆文中表示德政府不能参加讨论之歉意，自萨尔区管理委员会宣布国家社会党在萨尔活动情形后，此问题顿引起各界之注意，设德政府允派遣代表出席，则势须解释国家社会党活动之事实也。（十七日）

日内瓦 国联秘书厅宣布萨尔区域分立党之呈文，文内诉述国家社会党所施之恐怖行为，此文有可注意者，其言论与萨尔委员会前答复"日耳曼前线"所上之书同一口吻，虽分立党仅占萨尔居民一小部分，而委员会对彼等呈文之态度，显有偏袒之意云。（十七日）

日内瓦 国联鸦片顾问委员会似已遭遇困难，盖中国代表表示愿商定办法，严禁波斯士输入"满洲国"，而同时不得含有承认新国政府之意，行政院小组委员会今日午后曾讨论此事，未商妥办法。（十七日）

全欧哀悼

比王游山丧生

轻车减从独自登临

峭壁之下觅见王尸

新君登极前由内阁摄政

白鲁塞尔电 比王亚尔培一世游山遇险逝世,年五十九,在位三十四年。

昨日午后,比王偕仆一人,乘汽车赴妇行严游览,其地多山,在那缪尔西五哩,风景殊佳,唯际此寒冬,冰雪载道,登临高地,不无危险,但比王雅好游览,不时莅此,以纡襟怀,昨日车抵山下,循常例留仆守车,谕其稍待一小时,而王逾时未返,仆乃离车在山旁寻觅,终未见其踪迹,后即发表电话致比京报告国王失踪。是晚八时半,比王有参加运动家宴会之约,届时王驾未临,主持宴会者询诸宫中,宫中亦茫然不知比何在,警报既达,重要官员多人即驱车赴那缪尔从事搜觅,警察与山地居民亦会同寻访,直至今晨二时,始在自那缪尔至妇行严大路旁之峭壁下觅见王尸,头颅已破,头部有深创痕,盖失足堕岩下,顿时殒命也。噩耗到京后,各阁员悉系睡梦中唤起,集于王宫,相顾失色,午后三时半,比王遗骸运入宫中。储君年三十二,适在瑞士,发电促归,太子闻耗,立即首途,今晚可抵京,王之次子,时在哇斯丹,亦闻警奔丧,王后初仅闻途中遇险之报告,今晨六时,始告以王尸之确讯。黎明,内阁开紧急会议,但阁议情形,须俟太子到京后方可发表。午前十一时,内阁又开一度会议,在新王宣誓登极以前,行政权暂由内阁执行。失事地点,旷僻崎岖,为末斯河流域之边界,路甚狭仄,峭壁在旁,有高及六百尺者,比王喜游瑞士胜地,惟以不能常往,故时来此游憩,以其风景绝佳,有瑞士山水之胜也。附近居民似深知王遇险情形,咸谓王攀登岩石时,失足堕落云。官场于觅见王尸后,即断绝该处交通,禁止人行,并于夜间派员调查。(十八日)

新君即位期
太子自瑞士奔丧回京
全国教堂皆鸣钟致哀
阁议决定念二日举殡

白鲁塞尔电 王太子利波尔将于亚尔培王举殡后之次日宣誓登位,王太子今晨行抵瑞士阿台尔波登,闻其父凶耗,即登程返国,今日午夜前后可以抵京,政府现仍照常办公,参、众两院定星期一日召集讨论国家大故事宜。(十八日)

白鲁塞尔电 比王噩耗初传出时,国人犹不尽信,迨见报纸特刊,始群相震骇,全国教堂皆鸣钟志哀,各处皆悬半旗,今晨内阁会议临时决定二月二十二日举殡,但最后之决定,尚须待诸太子抵京之后。政府今日出发文告,略谓国家惨遭大故,夺我元首,比利时全国谨向王后吊唁,并恭迎太子登极,以上苍之佑,赓续故王高尚事业云云。据调查结果,王攀登岩石之际,有一石块,因受冰冻,致不胜重力,随手破裂,王乃失其攀援而堕落,沿峭壁跌至山麓,头触石,以致殒命。(十八日)

全欧皆哀悼

英宫内服哀两星期
法总统将前往执绋
意太子赴比京吊丧

伦敦 比王噩耗为全欧所哀悼,今日清晨英皇在白金汉宫得此消息,即以个人名义电致比后吊唁,并谕令宫中自二月十九日起服哀两星期,英国舰队司令凯叶斯大将为比王之至友,今日追述比王之战绩,谓其勇武有过人处,战时常身临前敌,为敌军炮火所可及,今晨各教学作礼拜时,皆为比王祈求冥福,法总理杜迈格定明日偕赫礼欧泰狄欧亲赴比京吊唁,晚间可返巴黎,举殡时法总统勒勃伦将偕贝当上将与外长巴尔都前住执绋,意太子即比王之婿,今晚偕其妃乘专车赴比京吊丧。(十八日)

问题:

1. 试自拟长篇函稿一篇、电讯稿一篇。材料可取自国内报纸或杂志。文体须依照本章所引各例。
2. 就本章所引各例,批评其文字之优劣。

第七章　军事通信

通信记者并非军火商人,决无希冀世界发生战事的意念。但如果好战的国家一旦打起仗来,通信记者就得了一种极好的机会,借此可以发展自己的才能。在通信社或报馆方面,也常利用"战争"与"国际会议"使自己的事业日趋繁荣。试看英国路透社、法国的哈瓦斯社便可知道。1914 年的欧洲大战,一方面是炮火战,一方面也是用通信战(即国际宣传的争斗),当时英国、德国、美国的新闻与通信社,活动均甚猛烈。语云:"时势造英雄。"在新闻史上,"战争"造成了通信社的地位。此时通信社为社会所认识,规模扩大,声誉增高,信用卓著,"战争"确是一种很好的助力。

采访军事的通信员,称为从军通信员(或称从军记者,War Correapondent)。从军通信员得了军事当局的许可,随从海、陆、空军出征,报告战况、军事行动、战地状况、战后情景以及其他一切与战争有关联的状况,这些就是他们的任务。

"战争"与"变乱"为最重要的新闻,最能打动人心,能集中全国国民的注意力。军事通信记者的责任极重而完成任务时也颇感困难,军事通信记者常不为军事当局所欢迎。因为他们的任务在于详细记载实在的战况、本军的士气、敌人情势、后退、迂回行动等,这些事实的报告,极为军事当局所不悦。如果照事实登载于报纸上,无疑以战略军情授敌,所以凡军事通信均须受检查,如果记者不服从军事当局的命令,不遵照他的旨意,则从军记者的资格,就有被取消的可能。或者军事当局不肯保护,不许走进战区,记者便不能达到目的。欧洲大战时,如比利时、意大利、英国、法国的军事当局均拒绝军事通信记者。英国的记者曾向英政府提出抗议,后来英国的陆军部始许可中立国的从军通信员参加,但入英国战线,只能逗留六日,并且经过苛刻的检查。

军事通信的工作既然困难,通信员的资格也随之困难。有人对一位英国著名从军记者名叫亚琪巴尔·福比斯(Arohibald Forbes)的人发问:"理想的从军记者是怎样的人?"他回答说:"我察觉自己的缺点而痛悔之时,我的心中便生出空想,便想起理想的从军记者应该具备的各种特长。1. 他(指从军记者)必须有语言的天才,能用欧洲各国的语言说话,并且对于亚洲各国语言须有明晰的判断力,甚至如像亚比亚尼亚、阿夏特、芝尔斯达等非洲的语言也多少要有一点心得。2. 他的性格须如妇人一样的优雅温良,而且须亲切,如政治家从事选举运动时一样。同时他应有雄大的躯干和魁伟的容貌。他的风采、态度,须使对方自觉束缚他的自由,乃是失策。3. 模范的从军记者,在非常之时,从麒麟到老鼠都须能乘骑才行,并且要一口气能够骑一百哩。在不得已之时,一星期能不饮不食,也不睡眠,不知疲劳,意气毫不消沉。4. 无论跑了多远的途程,无论遭受怎样的困难,无论怎样的不眠不息,当征途既终,他在不解他的语言的外国电报局职员的面前,须在一小时内写一栏的比率上,接连在六七小时内不停地拍出电报。拍电完毕之后,自然他一刻也不迟延,飞快地驰回他的宿所。"(原文见 L. M. Salmont *The Newspaper and The Historian* 二三一页)这自然是他的空想,不过新闻记者如能实践他的空想,当然可以做一个理想的从军记者了。他所说的"在非常之时,从麒麟到老鼠都须能骑才行",这句话是很幽默的,不过在现在须改作"在非常之时,须能操纵汽车、脚踏汽车、脚踏车、飞机、飞船、汽船、潜行艇、帆船"。从他的话看来,从军记者的资格,较之"全能运动员"还要困难若干倍了。

军事通信的要点,为取得"特种"(Scoop),即在别家新闻未登以前,抢先报告之意。世界的报纸,以取得"特种"见称于世者,有英国伦敦的《泰晤士报》。如滑铁卢战胜的报告、柏林会议的报告、日俄战争的报告,在世界新闻史上,成为永不磨灭的伟绩。滑铁卢一役,关系英国与反法联合各国的运命甚大,英人日夜引颈盼望战报。《伦敦泰晤士报》发表消息以后,政府中人见报,始知战胜。那时的交通机关甚不完备,尚无电报、电信传达消息,全赖驿递。《伦敦泰晤士报》在当时遣派善于骑马、身体健强的从军记者,出入于联军大本营及各军司令部。他们传递消息时,从战场至比利时的海港用快骑,在海岸备一快船,直驶英国海岸,再从海岸传至伦敦,其用心之周到,可以概见。柏林会议(1878年)为商定俄土战争后的欧洲问题的大会议,亦即俾士麦的外交活动;俄国对于巴尔干的野心受压迫,英国的巧妙外交等的外交舞台。此次会议,英、德、俄、法、奥、土各国均派遣第一流的外交官负折冲之责。同时又为新闻界取材竞争的机会。当时的会议取绝对秘密主义,新闻记者虽如何能干,也难获得正确消息。但是《伦敦泰晤士报》的通信记者布洛维兹,却能将会议的秘密接连发表。当时害得议长俾士麦在秘密会议的席上向各国代表警告。有时甚至对英国的全权代表梭尔斯贝雷说:"《伦敦泰晤士报》的通信员也许躲在桌下。"但无论如何秘密,《伦敦泰晤士报》终于将消息发表出来。后来布洛维兹死后,从他的日记簿里,才发现他的秘密。原来他和英国全权代表的秘书结有密约,二人头上戴一顶同样的礼帽,在同一家旅馆食堂用膳,二人交换帽子。今天布洛维兹的帽里,放有发问的纸片,用膳完毕,全权代表的秘书便取布洛维兹的帽子戴在头上,等到第二次用膳时,二人又交换帽子,用这个方法,他们两个不用说一句话,一月之内,布洛维兹尽得会议的秘密。由此事看来,通信记者之善用于权谋术数,于此足以证明。不过布洛维兹之取得消息是用金钱买收的,这一事后来颇为世人诟病。日俄之役,《伦敦泰晤士报》派干姆司(James)为军事通信记者,双方海战的真相,在《伦敦泰晤士报》发表,俨如目睹,举世大骇。原来他雇用一艘汽船,在船上安置那时绝无仅有的无线电报机,在威海卫设收信机。汽船在黄海内自由游弋,无异观操。他将目击的状况,由无线电机发送至威海卫,再由威海卫转拍本国。他的汽船名叫"海门号",雇用无线电技师二人（那时的无线电技师直如凤毛麟角一般），同时与日本的海军部结有密约，船上有军令部的外波中佐同乘，所以他能自内地与日本的东乡（平八郎）舰队相并航行。战争时日本陆军上陆，俄国军舰触水雷爆沉，日本军舰初濑、八岛爆沉等秘密消息，他都一一看在眼中，用无线电通报威海卫。自然这次的用费也花了不少，同时因为东乡平八郎是英国留学生，肯帮助他，所以干姆司获得空前的成功，使世界各国的报纸舌挢不下。干姆司有自叙传，书名"*High Pressure*"，记载他的经验。由上列三事看来，军事通信记者的最好方法，就是取得"特种"。兹举例如下，说明各种军事通信的体裁。

（例一）从军采访之例

沪战之第一夜

一月二十八日午夜将近，日军向闸北进攻。据日军方面消息，夜十一时五十七分，日兵发第一弹，以回答华兵。日军进攻迅速，卒出不意，故在二十九日，十二时十五分之前，即有两卡车，载所俘华兵，驰至登陆队司令之前矣。夜中闸北边界一带，机关枪声与来福枪声，怒鸣不已，日军第一大队与第二大队，已开始穿北四川路外之小街前进。枪声一鸣，伏于各处墙隅之兵，齐起直扑华兵卫守之地点，随手而下者数处，日兵之机关枪声与欢呼声相应和。日兵所掷之炸弹，炸力甚猛，北四川路一带之玻璃窗，受震鸣碎；遥想彼等所攻击之区域，受创必重，附近华人所蒙之损失，今犹无法估计之。

进攻之两大队,似皆以北车站为其目的物。第三大队亦在预备进攻中。第一大队由北四川省公立学校穿横街而进,与北宝山路商务印书馆附近之华兵交锋。另有若干人,在登陆队司令部后与华兵接触。第二大队已在桃山咖啡馆附近奥迪安影戏院后出北四川路,两大队齐向铁路方面进发,攻入上海市义勇军防守之地。

二十八日夜十一时三十分,日水手与海军陆战队约一千名,铁甲车八辆,机关枪兵无数,炸弹兵数队,同离北四川路海军登陆队司令部,埋伏于毗连华界之各地点,准备攻入华境,以鲛岛大尉指挥全军。将近午夜,各队沿北四川路络绎而进,以齐上刺刀五十人之小队数队,蹲伏租界边线之屋隅,另以人数更少之数队,潜入华境为斥堠,铁甲车分驻各地点,候令前发;医务队携舁床药囊,伺于左右;机关枪兵则在守候之各队前列作预备放。维时北四川路之景象,俨如比利时之佛兰,特所不同者,各队军官皆佩金柄之刀耳。

日军之欲占据中国土地也,租界中之日侨,早已喧传矣。故在各队由登陆队司令部出发以前,已有日平民数百人,集于其地,纷向兵士欢呼。司令部垣内将士云集,成一大营。上海泰晤士报代表,曾伫立司令部侧汽车间之屋顶,以观日兵之集队,舍该代表外,场中无一西人焉。

夜十一时左右,第一次集队之军号声大鸣,时庭前屋内,所见皆兵,卡车之声,辘辘于途,满载全副战装之大队援兵,飞驰而至,顷刻间,庭园为之人满,机关枪兵曳其武器,列于庭之中央,长行之来福枪兵,杂以手榴弹兵,络绎开入,广场之中,有高台,上立海军参谋官两员,监视战士之会集,此时情状,大类幻景,水兵纷自暗陬拥入灯光照耀如白昼之广场。军官则踱步诸战士中,状殊闲适,维时只见钢盔颠动,绝不闻语声,即下士亦不向士兵作怒斥声,人人知其应处之地位而往就之,未及十五分钟,各组列队,皆立正待令;于是号角之声发自暗处,台上军官一员向众发言,语殊急迫,声殊壮厉。余侧之日译员低声语余曰:"彼乃谕告将士,当尽其责,非至急要,勿作无益之杀戮,非被击勿开枪,并祝众顺利。"言毕,全场寂然;于是有日本摄影师一队,开始镁光摄影,即闻砰砰炸声数次,众目暂为失明。继由台上另一军官向众勉励数言。于是号角之声又作,接以跑步之声,盖系泊浦江日军舰之援兵趣入场也,就位既定,旋有四上刺刀之兵,拥一持旭日旗之兵,步入亮处,于是闻尖锐之号令声,宏壮之革履声,又见诸军官皆拔刀出鞘。台上之二军官,则注目于其手腕之时计。维时黑暗之一隅,忽大放光明,显出铁甲车多辆,左右皆立有战士,车作橘黄色,橘形穹顶之小门半启,一钢盔之首,由内外窥。俄而,号令之声杂起,最前数行之战士,则跃登卡车,俄而机车轧轧,盖第一卡车发动矣。余车继之。但转瞬间卡车之机声,悉沉没于门外群众之狂呼声中矣,不十五分钟,广场为之一空。其间有一动人之短幕,试为纪之如下:一袖缀三 A 字之老于戎行者,忽自其队伍中趋出,向一少年奔去,既近其身,夺其手而紧握之,须臾,此灰色军服之矮汉,又狂奔归队,盖其队伍已出动矣。少年旋亦他去,此二人殆系昆季也。最后一辆之卡车,驶出广场,最后一队之水兵,开步出发时,泰晤士报代表亦离其地,时门外集有日平民一小群,而由人丛中拥出颇不易易,若辈每见卡车铁甲车驶过,辄向欢呼;步行之队伍经过时,则向鼓掌而狂号。附近日人家皆启窗以观,其中有女子"苏牙那拉"之呼声,与道中男子狂号之声相应和,水手与陆战队士兵,则皆挥手大笑以答之。五分钟后,卡车均驶抵指定之地点,战士纷由车上跃下。

尾随战士入北四川路冷静黑暗之区,摸索蛇行,以视若辈列阵,不啻握自己之生命于手掌,前进时,经过跪伏墙隅之许多队伍,行近始能见之,一稍不慎,即将践踏其身,盖处处有之也。忽墙隅枪刺齐竖,军官一员跃起,操日语问话不可辨,继出电炬照见为白人之面,乃复帖然沿华界边线一带,满布此类匍匐之兵;铁甲车则一无所见,显已在步队之前驶入华界矣。但并未闻有枪声,仅寂静之中,充满杀气耳。发号之声,既不之闻,而军器亦不使稍作响动,日兵之行动,如黑夜之猫,异常谨慎。凡人数较多之队伍所驻处,辄放哨于前。哨兵若干,在午夜时确已潜入华界,其同志紧蹑于后,机关枪则居前列,以枪向外。泰晤士报代表旋乘汽车归,沿北四川路向租界中心进发,途中时遇日兵小队,直至苏州河始已,若辈攀枪巡逻,其状森严,如闸北边线一带潜伏之队伍焉。(译自英文大美晚报)

上例为《上海英文大美晚报》(Shanghai Evening Post and mercury)特派员在"一·二八"沪变之夜,采访而得之实在资料。原文不仅文笔精细,兴趣盎然。且为一种贵重之文献。因文中所述,足以证明"一·二八"事变,实为日人有计划的攻击,责任自在日方。今日读之,令人有无穷感慨。原文作者之胆识亦堪为军事通信之模范。

(例二)抗日军事通信之例

前线民众协助作战一班

古北口民众代表切盼反攻

乡民虽迭遭损失亦不怀怨

密云特信 古北口守军,先以第二十五师奋勇杀敌,死伤颇大,师长关麟澂亲临指挥,以致负伤,军长徐庭瑶,见日军炮火激烈,二十五师牺牲过多,始电请何应钦增援第二师,极力抵抗,并在南天门一带赶筑工事,以事固守,其间在喜峰口之敌军,受有巨创,遂将此路大部分之敌军,调往增援,留此扼守者,夜间多用手电灯,散布满山,以资虚张声势,并以强光电炬,时向旷野探照,严防袭击,时在四月二十一日前,三月十二日古北口放弃后,约有一月之久,倘我军能取攻势,实易收复失地,或另提劲旅,特组别动队,来去飘忽,时袭敌之后方,突破一处,敌必自相惊扰,向后崩溃,我八十三师与二十五师,均已小试此法,且奏其效,但以未有整个计划,未获彼此联络,继续大举,唯有坐待敌攻而已,攻者自动,守者被动,自动者有乘虚蹈弱之利,被动者有一崩全溃之虞,故云攻者恒胜,守者恒败,将士中有谈论及此者,大都有"无地用武"之慨。东北军何立中部、黄显声部、王以哲部,曾在此担任左右翼防务,均有最大决心,愿与暴日一拼,以为东北军争气,唯张廷枢部,纪律较差,太师屯村长供应稍缓,即被绑去,勤赎大洋四元,某农藏现洋数百元于壁洞,闻敲门声,仓促间复将其女私资及未包扎之零星银洋数元,并藏于壁间,后有某营部前往借宿,挂枪于壁,微闻银洋碰击声,竟掘墙而窃其银,某农为之气瞎双目。上述二事,闻即该部有口皆碑之德政,人民深为恨之,竟采不合作之主义,埋藏粮食,焚烧草料,人逃他处,以陷彼于有钱亦无买处之苦境,某部未奉上命,竟敢窃退,且不通知友军,几误大事。三月十二日,古北口失守,后援会石匣办事处,冒险救护伤兵,竟在途中拾获我军遗弃炮弹四百余箱、枪五百余杆,疑为逃兵所遗。战区民众,虽极困苦,然爱国之心,颇觉真诚,前方工事建筑,每多争往协助,倘因军略关系,预筑后方阵地,则皆规避不前,如勉强使之,则云:"是为退却之准备乎,果然如此,则我村民,已遗新线之外,夫复何为?"词严义正,遇之者恒为所窘,无以解说,驻防燕落庄之骑兵第□旅,某排长奋勇作战,重伤阵亡,适为庄董所目击,遂号召全庄人民,醵金备猪四头,鸡蛋千枚,并集香菜、豆腐皮数十斤以犒三军,并用鼓吹香烛,设灵致祭该阵亡排长及其他士兵,大小黄岩口一带,获一侦探嫌疑犯,送至师部,始知乃古北口同胞派来之代表,并于万补千衲之棉衣中,出信一封,慰劳金四十元,迫望我军反攻,规复失土,八十三师换防后,仅杀敌三日,密云乡民,见其成绩卓著,即送以大批慰劳品,并附一热烈恳挚之祝词云:"武装同志,首推中央,不但救国,爱及村氓,杀敌致果,不顾死亡,昼夜苦战,敌气已僵,国体民生,两得平康,聊具食物,饷我前方,预祝将来,直捣东洋,抵彼黄龙,痛饮壶浆,歼灭倭寇,奏凯回乡,雪我国耻,为民争光,名标青史,万古流芳。"道旁偶见一乡人兀坐竟日,怪而问之,始知彼有骥、骡各一头,已为二十五师某部运输前方,适彼不在家,未及随行,家有老母、五孩、一烧火者(指其夫人),均望牲口为食,故特来此坐守,以待认领。记者以其事殊少希望,问其怨乎,彼慨然答曰:"只要打退鬼子(指敌人),夺回失地,纵做叫花子,也比亡国奴强得多,遗失牲口,何怨之有?"语虽不雅,但极中肯,且可测知凡真能奋勇抗日之军队,偶有不适,乡民亦能深予原谅,国难严重如彼,民众引领迫望者如此,负有保土卫民巨任者,何去何从,当

早筹之熟而计之审矣。(四月三十日)

(例三)内乱军事通信之例

劫后掖县视察记

断井颓垣一片瓦砾

百年精华毁于一役

济南通信 自九年十六日,韩复榘举兵数万,声讨刘珍年,刘部集中掖县,据城以抗,韩军因顾虑城内人民生命财产,故未积极进攻,仅以重兵包围,困城二月,相持不下,后经中央派员来鲁调解,韩军于十一月十二日解围,撤退潍河以西,刘军亦限期离鲁,调赴浙东,掖县刘军,自上月十七日即开始移动,次第赴烟,登轮南下,至本月九日,开拔完竣,省委之县长公安局长等,已于十日入城接事,记者为明了地方残破状况及劫后情形起见,特于十七日抽暇赴掖,视察一切,今将视察所得,分述于次,以告读者。

烟潍路上　秩序恢复 记者于十七日由济东下,当晚宿于潍县,十八日早赴烟汽车站,搭车赴掖,烟潍路上,虽遭此重大军事,除省军东进时,最紧张之数日外,始终未停止行军,掖县被围时期,潍县沙河间,照常通车,嗣军后退,通车区域亦即展长,但不能开至刘军范围以内,因其见车即扣也,记者赴掖时,通车已达龙口,现烟台刘军已悉数登船,拟今明日即放车直达烟台,唯军事发动时,在东段之车辆全被刘军扣用,现存者另十二辆,尚有数辆破旧不能用,车少客多,拥挤不堪,但在此军事甫终,人心尚未大定之际,该路已能恢复常状,殊为难得。

路基破坏　站房被烧　记者所乘之车,八时半出发,十二时抵掖,沿途尚称平稳,路面虽未有先前之平滑,尚无甚大碍,被焚之新河长桥,尚未修理,几株焦木,犹兀立河心,车抵五里猴子十里铺一带,即见省军所筑之沟垒,蜿蜒田陌间,完整如新,因车行甚速,未得仔细观察,车至离掖里许,不能前进,因此段长九百余米之路线,系绕掖城西北角而过,成一半圆形,当时刘军即就此段路面挖筑战沟,现路局正招集工夫多人,积极填补,尚未完全竣工,新垫之土甚松,车行其上,甚觉吃力,旅客至此,须下车步行,掖县北关外之汽车站房,适在刘军第一道防线上,已被先拆后烧,化为焦土,现该站暂借一幸存之古庙为临时车站,以便办理通车事务。

残沟废垒　触目惊心　记者下车后,步行进城,于北关外横渡刘军之沟垒,此处即为刘军最主要之防御线,此道防线之横断面,阻碍通行,鹿角之前,埋有地雷、炸弹、电雷等物,刘军退时虽已起掘不少,但遗留仍多,至今尚无人敢至其间,鹿角之后为外壕,深宽均可及丈,专为妨碍敌人阑踱之用,外壕之后为卧沟,深可容人,兵士即于其中或卧或坐,执枪防御,卧沟之后为交通沟,蜿蜒曲折,穿通各处,为兵士进退及运输子弹给养之用,再后始为盖沟,沟上盖以木板、树枝等物,上覆以土,盖沟再后为掩蔽部,状似地穴,或方或圆,或成不规则之形式,皆与盖沟连接,系为住宿休息及停放军品之处,现多已拆坏,因所用木板等,多系民众之门窗箱柜,已被物主起去,此防线层层排列,极为壮观,环城一周蜿蜒数十里,平复此壕,实系一极大工程也。

四关糜烂　一片瓦砾　破坏情形,以四关为最甚,尤以东关之花圆沟阁里街最为糜烂,所有建筑物全成瓦砾灰烬,无半间完整,最好者,仅余四壁屹立,然犹寥若晨星,据灾民云,此数处糜烂至此,并非毁于炮火,乃系刘军为肃清视线障碍,及防省军借此掩蔽潜进,故先将房屋梁柱拆去,再从之以火,荡为平地。此外城东北角之东营房北窑一带,破坏亦如上述,南关北关稍次之,但亦十室一空,几无四壁可徒。闻军队搜索,无所不至,恐民众将贵重物品埋藏,乃到处挖掘,无一幸免,家家户户,全无门户,状似废墟破窑,至今不见烟火,砖头瓦块,处处堆积,凄凉情况,触目伤心,各家房壁互相穿连,如通大道,有逃难归来者,惟将砖瓦累叠,暂充门户,插枝桂苇,界划廷园,其无人收拾者,则仍保留原状,任人凭吊而已。

难民含泪　寻求故物　记者进城时,城门内外,堆积麻袋砖土甚多,当时情形,概可想见,城内破坏情况,较诸四关,相差甚多,沿街房屋,尚称完整,但内部亦空空如洗,仅余四壁,挖掘情形,则一如四关,现各居民多将大门寻回装置,稍觉齐整,投机商贩,已在外贩来零星物品,摆摊兜售,故十字街口,已渐热闹,民间所有之门窗、木材、箱柜等物,被刘军征集修筑沟垒者,现刘军已退,如任民众自动掘取,恐难免争执,故由各街坊长派人掘出,集中一处,任人签认,故每至街头巷尾,往往堆有门窗柜等物,堆积如山,数十难民含泪饮泣,徘徊其间,各寻其失物,悲惨凄凉,令人不忍一睹。

积尸累累　亟待掩埋　此次作战,男女民众直接死于炮火者,据公安局调查所得,城内死三十六人,伤四十三人,四关死四十九人,伤五人,匆匆调查,难免遗漏,确数当不止此。此外死于惊吓烧杀以及妇女被奸自尽者,共约七百余人,刘军遗尸亦有数百,皆散乱遗弃,尚多暴露,间有稍事埋葬者亦掩盖极浅,急待深埋,幸在冬令,如逢炎夏,则疫疠流行,不堪设想矣。现公安局正派遣警夫,积极掩埋,以免雪后冰结,工作益形困难。

(说明)例二记载抗日军事,颇有价值。文中加圈处为有精彩的地方。① 因军事通信员不仅为一通信记者,对于军事常识,亦不可忽略,否则通信文字干燥无味,减少阅者的信仰。例三记载内乱的劫余惨况,亦至精细。此种通信使阅者触目惊心,战事之主体为谁,曲直何在,吾人可置诸不问,但看了这篇通信文,无不憎恶内乱之万恶。

---

①底本中无加圈处。

我等通信记者,希望国内永无此种资料,供通信文章之用,中国前途,方有希望。

(例四)报告帝国主义者屠杀之例

日军在抚顺屠杀惨状

美记者汉特氏亲往调查

三千村民无一幸免

遭难村落悉成灰烬

第三者之忠实报告

日军系取报复手段

(九月十六日,我国抚顺同胞近二千人,为日本军队屠杀一节,已于十一月三十日由美国国际新闻社访员汉特氏 Edward Hunter 向纽约所发一电,予以证实,因汉特氏曾亲往抚顺屠杀地点,切实调查也。我政府于获悉该屠杀消息后,曾向日本政府提出抗议,并报告国联,但日本政府对此竟予否认,兹特译录外人之纪述如次,以见第三者固有公正之报告也。)

抚顺三千人之大屠杀,男女老幼,无所幸免,乃系确实事实,余刻正返至该处,见其繁荣景象,乃由于举世最大之已开采煤矿中所获财富,余巡视附近一带后,发现当地房屋,均为日军纵火焚烧,居民均由日军集于一处,用机关枪屠杀,状极可悯,一切均为余所目击及闻自难民者,证据确凿，无容置辩。遭难村落所残留之砖泥墙壁，为火熏成黄色，状如伸出悲惨之臂，屋宇之栋梁，均化为灰烬，遭难村落中未死之中国农人、工人及妇孺，所述该事经过，莫不相同，日军抵该地后，以牲畜视村民，驱之集于豢养牲畜之围栏中，然后携至附近之山坡，加以屠杀，同时以煤油焚烧村人之住所。

日军因何有此举动 日军因何而有此措置，答案盖无不相同，盖日方对村人之报复手段也，缘当九月中旬进攻抚顺之义勇军，曾通过该区，是项攻击，使日方损失三十五万元，并杀日人数名，故即对于此处村落，施行报复手段，但即日人方面，亦认是项义勇军，并非来自日军此次屠杀之村落，而系来自距抚顺东方四十英里之新宾县内所有之红枪会，系脑筋幼稚之人民所组织，彼等所用之武器，为红色刺枪，此系人民自组之秘密团体。

血流成沟地为之红 余立于垂直之山坡上，该地适为四周屠杀农人场之中心，故一望了然，只见遭难地农人及妇孺所着农装之破片，为血所染，分散遭难地点，触目均是，一带新土隆起，均为新坟，以余鼻所闻，得证实该地，因在距屠杀场英里之遥，有一草舍，为一日本妇人所居，屋内安有电话一架，苟该日妇睹及有人在屠杀场，彼即通知抚顺之日本宪兵队，故村民均视为畏途，此间草舍，或为死魂所居，因其为惟未遭焚烧者。

危险地带之村落　遭难各村落中之第一个村落,坐落于南满铁路抚顺站八英里半径之圆弧内,但欲抵该村,极为不易,因系一危险地,各外国领事馆,均禁止各国侨民前往。日本及"满洲国"官方,亦同样拟断绝其对外交通,在抚顺煤矿终点,有铁蒺藜所围之门,此门于事间开放,以便中国矿工返其附近之村落。遭难之钱金铺村,相距约数英里,在赴钱金铺途次,须先涉过半冻之小河。该村坐落道右,一望即见,当余赴该地时,见乡村风景,透出凄凉惨状,夫中国之村落,本均甚喧哗,而该地则寂然无声,有如坟墓,男女妇孺,阒无一人。栋梁焚烧之灰烬,充满于为火焚成黑色墙壁所围之广场内,所有屋宇之惨状,均出一例。余曾进入某遭难民房,并在屋顶砖瓦,破碎碟杯湾曲之煤油桶(民众曾用作水桶)及已碎之灶神上行走,各民宅之天井,亦表示同样惨状,无一幸免者。两轮之车,则失其一轮,其一轮则已被焚毁,笨重之石臼,为家庭必须品,亦为捣毁与破焚之木料相混。此死村沿冻河,惟有乌鸦惨然隐于烟筒中。以上即余所经过之路途也。

交换惨案消息　当余前进时,沿途行人相见,必停足互相交换抚顺屠杀惨案情形,每人有其本人所知之经过,例如董某之经历为彼丧其两姐,但幸保其父母无恙,虽死伤总数几达三千人,而该村死亡者仅有二百人,因其距城最近,得到日军前来之消息较早,据董某指某四面黑墙称,此宅之主人,因不注意余劝其逃避之忠告,致夫妇均遭于难,彼两人随逃难过晚者同逃,日军飞机即在头上抛投炸弹,但其为害,较纵火及机关枪尚轻,余村中约有四百户,日军在四周山中驻扎,致逃生无路,村民均为日军驱至山麓,不能见彼等之家园,然后日军纵火,焚烧全村要,地民则全数遭难。

有纪律之破坏 余四周一望,见日方所以执行残酷之报复者,乃根据一种准确之训练,其准确性有如南满铁路之火车,彼等并非土匪,因并无一家,得免于难,而该地带之民宅,亦无一幸免者,虽在数百码外,且其破坏须费极大工夫者,亦无一幸免,无一□顶得幸存者,所有车辆均遭破碎或焚烧,鸡犬不留。较该村略远之某村,其惨景亦然,该村系砖窑兴盛之区,现仅存残余之砖,窑主及工人之住宅,其四周墙壁本为倾斜,当余入此等房屋遇及之人,彼必指余以彼等友朋之死处,"此处有一老太太,为焚余之栋梁所压,彼不能逃,以至化为灰烬","彼处为沈婶婶,因不欲远离致在火坑上烤毙"。此种可怕之惨闻,笔难尽述。抚顺方面,并非限于上述三个村落,日军所屠杀者,实达九村。据余调查得悉,距抚顺南方十英里之大东家(Tatung chia)村,在义勇军进攻抚顺之前六日,亦遭日军之同样屠杀。凡此种种,可总称为抚顺之屠杀。余之消息,系于危险环境下亲身往访,及与遭难村民谈话中之所得,约在抚顺遭义军攻击前两星期,有日军十四人在大东州(Tatungchow)村小食,当彼等离开该村时,突遭袭击,四人毙命,其余逃免,农人力谓非村民所为,后调来日军六车,在附近之门家沟(Mengchiakou)村停相当时间,焚烧三所民房。据农人所言,当彼等抵大东州村时,街上男女妇孺二十人,均为日军刺刀及枪弹所杀,日飞机在附近一带抛投炸弹,毁坏门家沟村之民房。翌日,此项日军,即遄返大东州村,村中民房百所,均遭焚烧,焚毙牲畜二十余头。以上述之经过语余者,系住于附近村落之一青年,其叔亦为遇害之一,其叔之子逃免。述及此事,据村中人称,约有六千[人]之红枪会及义勇军,来自距此间四十英里之新宾,以进攻抚顺,彼等系分三路进攻,中路趋抚顺南部,其余分左右翼由侧面进犯,仅中路攻入抚顺,彼等系于黑夜十一时进攻,全城于梦中被其呼声惊醒,于上午三时即逃走。沈阳开来之日军,因仅有六百人,故不敢追击,而对义军三路所经之村落,则施以有组织之报复屠杀。

机关枪当作照相机 红枪会之右翼,经北顶山,及李子沟,Litsekow 向南逃退,该两处有居民六千户。据避难者及该地居民告余,日本军队所召集之数千居民,即集合于一山坡上,董某之言曰:"余所居之村,离该处有八里,当余闻喧扰声向外奔时,即见一姓福者,向余狂奔,满身血染,但幸未受伤,彼面色灰白,以急促之声以彼刻所侥幸逃出之大屠杀情形告余,先有日本兵来彼家迫令背负老母,随之至山坡上,日本兵更向当时集合该处之众人发令禁止擅离山坡,因将搜索红枪会,凡附近一带被认为红枪会者,均已遭杀戮,其庐舍亦无不被焚。至是,日本兵复告彼等谓将举行照相,惟当时既无照相机,复无镜头,所有者,惟机关枪与枪弹而已。福姓称,彼之老母即系第一批被杀者,当彼倾跌时,其母之尸身即倒压彼身上,时忽有高丽人大呼,'日本人已经退去,汝等可起立',彼当时幸无力起立,凡起立者,即受第二次机枪扫射,应声而倒,凡被踢而有动作者,以及儿童,均受枪刺,福为其母流血染,故得假装已死,幸免于难。以一部义勇军未能进入抚顺,而逃窜至此村落,该村间最严酷之极刑,余曾目睹中部之海林墩,杨北埔 Yangpaipu 及钱金铺三,每村有居民百户,当红枪会袭击前,日本军队曾于此处筑防御线,据农民告余,日本军队以此三村未能将义勇军进逼之事实,事先通知,故予以报复处置。日本军队分成多数小队,每队对付若干居户。余目睹时,该项报复工作已告完成,凡匿居屋内之居民,已尽被焚毙,西部之三村,即安独寞 Ertaokov 钱角硗子 Chieakuchiatyze 及何角硗子 Huvhvchiatye,受殃较少,钱村焚去七户,何村三户。屠杀后,中国警察自卫团及义勇军,均起叛变,据数星期所传,在残酷屠杀后,红枪会仍向抚顺袭击,惟规模略小。故在城内虽能听到枪声,迄未受有损失。"

(说明)上例所记内容,并非报告战争,似不应视为军事通信。但编者以为此种惊天动地之事，不见国内通信记者的报告，乃出于美国国际新闻社汉特氏之手，实为可羞之事。我国受日帝国主义者的压迫，东四省的屠杀状况，国人均无由得知，我国的各通信社与报纸是应该负责的。我国的通信员虽然不能仿效欧战时各国军事通信员的活跃，但是东北义勇军的抗日行动以及日本军队的屠杀，却非设法报告国人不可，这是我国通信员万万不可忽略的。编者特举此例，借以鼓励我国的通讯员。

（例五）报告义勇军苦战之例

黑龙江义军之现势

哈尔滨特讯 辽、吉两省，既为日本所侵占，黑龙江及吉林北部，亦因孤立无援，而相继陷落，马占山将军虽曾使用极痛苦之苦肉计，以图与各部联络，多得后援，设能一举而颠覆满洲伪国者，未始非不幸中之幸也。乃再次举义而后，血肉之躯，爱国之诚，纵使全部牺牲，亦仅能在民族争斗史中留一页满纸血痕之痛史，供后人之奋勉而已。马将军既遭遇光荣的失败，东北民众于无可奈何之中，富庶者仅有蒙首饮泣，而劳苦的农人只有引颈以待帝国主义榨取及杀戮，然而在傀儡指挥之下，亦非尽皆傀儡，尽有假装傀儡，一鸣惊人之民族英雄在。此人为谁？东北救国军总司令苏炳文是也。

满洲伪国统治之下，各部队军官虽勉强接受傀儡国的委任,最初尚以为对日交涉不过时间问题,终于恢复中华民国原状,无奈时局迁延,回天无力,一般人民固甚失望,即稍有人心之军官,亦皆愤恨填胸,爱国之士莫不发指眦裂,苏炳文司令预备反正尚未充分,而北满义军各部已弹尽粮绝,如再无援兵加入,则前功尽弃矣,故苏司令乃不能待时机成熟,不待准备之充分,而决然举义,当举义之日(九月二十七日),召集日本驻满洲里山崎领事、宇野警察队长、小原特务机关长,至满洲里军司令部谈话,当即令其转致警备队解除武装,而妇孺则可释出境,日伪官吏则暂留此间。警备队得闻中国军队反正,经一度交涉之后,即解除武装,宇野虽蛮横作恶尚有限,而小原则以专事敲诈之故,而投诸于狱,是恶劣势力肃清,还我河山,重见青天白日之帜,社会秩序异常安谧,人心欢悦,共庆民困之得苏也。

苏炳文既在满洲里举义,于是张殿九、谢珂、金奎壁、濮炳珊等四十一人,于九月卅日,通电拥苏为东北民众救国军总司令,举所部军队悉归节制。十月一日,苏炳文在满洲里成立黑省府,通电全国,就救国军总司令职,誓死抗日,张殿九为副司令,谢珂为总参谋长,金壁奎为副参长,电文略谓"我东北三千万民众,惨遭蹂躏于暴寇铁蹄之下,求死不得,偷生不能,处于水深火热之中,已逾一载,顾人心不死,国未可亡,卧榻之旁,宁容鼾睡,文等待罪边陲,惨逢国难,苦心应付,寸土幸存,兹承民众付托之重,受将领推戴之诚,统率义师,共伸一讨,捐躯报国,不惮牺牲,……务使我东北三千万民众之真正心理,大白于环球,消灭伪国,铲除汉奸,揭破暴寇鬼蜮之伎俩,恢复中华固有之土地,家亡国破,早决原轸之心,力尽势穷,必洗李陵之耻,……"中间历数日人对我之暴行,以及创设伪国之种种阴谋,悲壮激烈,八个独立连,一个技术营,驻胪滨迤东迄博克图一带,至是合各县民团义勇军,人数约五万之众,复有李海青部及黑东马占山,相与呼应联络,准备会攻黑垣。苏部吴玉书旅二千余人,于一日由嫩江下游渡江,开始进攻昂昂溪。张殿九第一旅担任中东路正面,由嫩江桥直逼卜奎。李海青五千人及黑东马占山,同时出动,进袭黄垣。李海青部当时曾一度攻至齐齐哈尔车站,因乏接济,不得已退出。日人于苏炳文等反正之举,突出意外,此时因满洲里日领山侨及日幸一百余人,悉为苏所拘禁,又因自黑垣以西,地域辽阔,军队不敷分配,故不敢即向苏等用重兵压迫,但求以政治手腕疏解。事变起后,即有哈埠日本特务机关宫崎少校乘飞机在海拉尔,中途掷下信筒,希望和平解决。义军置之不理,二日救国军六十路司令季汉东部二千人,克复绥中,并击落日飞机二架,因无后援,即行退出,自二日迄三日,救国军在江湾沿岸,与日军迭有接触,张殿九所部完全集中富拉尔基,黑东方面,义军前锋达呼兰河,与立合屯安达县义军联络。二日,海拉尔民众,在亚山公园召集市民大会,游行示威,全市罢市一日,赠苏炳文"奋斗到底"旗帜一面,民情兴奋异常。是时苏部主力集中博克图、扎兰诺尔,沿中东路海拉尔,免渡河,博克图,扎兰屯,各设兵站一处扎兰札,东迄富拉尔基则由张殿九部警备,自昂昂溪以西,至是悉属救国军范围,吉东王德林等义军,同时积极活动,遥为声援,马占山则由黑东进占呼海路,庆城巴彦一带,则有南廷芳义军九千人,泰来镇方面,有蒙黑混合义勇军千余,皆向昂昂溪作包围形势,所惜者,在大兴安岭西,对索伦一带并无戒备,恐侧面不免被击耳。

苏炳文通电国联,痛揭日本暴行,有云"……日本以侵略主义强行占据东北,假借民意,组织满洲伪国,迄今已逾一载,中国民众既全体反对,东北全境更陷于永无止息之纷乱状态中,日兵虽驻重兵,毫无维持治安能力,而焚杀淫掠,种种残暴,无一不出公理人道恒轨以外。现在东北居民,四分之三已不能生活,此种行动,损害中国领土主权之完整,而国际间迁延至今,毫无拘束制止日本暴行之能力,中国民众,实不能不取紧急有效之自卫手段。最近日本军阀,更悍然与满洲伪国缔结承认条约,独占东北利源,封锁国际商务,我东北民众,万难忍受……"此电发出后,日方顾忌更多,吉黑民众为之一振,二十二日,日方派齐齐哈尔伪市政局长金宪立至贝兰屯,与苏军代表商洽释放日侨问题,要求苏炳文停止抗日反满并许其继续担任呼伦贝尔警备司令,月给经费三十万元,以为释放日侨条件。苏炳文明知其目的在日侨,亦不遽加拒绝,但允考虑,二十二日至二十三日,富拉尔基、呼兰呼拉等处有激战,各处义勇军出没无常,日军派飞机至扎兰屯以西一带侦察,十一月一日,苏部第一二两旅一万六千人,由朱家坎、腰库勒一带,向富拉尔基推进,左翼骑兵队进至海拉屯,三日夜,李海青部进昂昂溪车站,濮炳珊部向杨屯方面进展,亦占优势。但义军军火不足,声势虽盛,终难堪日军之猛烈炮火压迫,日军又常以飞机轰炸义军阵地,故我方损失颇大。十一月四日,日军部小矶参谋长重向苏炳文提出和解,苏当提出罢兵四条件:(1)撤退富拉尔之日军,由苏部驻扎;(2)支付欠饷三十万元;(3)满洲国须表示诚意;(4)日本虽一兵不得入呼伦尔贝。此种条件,日方难以承认,但日军认和议尚未绝望,十二日又派交涉员小松原大佐,乘飞机至大乌里,电请苏炳文派代表至俄境马列夫喀牙,协议和平条件,苏仍加以拒绝,日军部于是乃决定牲满洲里日侨,实行攻击。十九日敌以坦克车掩护,开始进攻蓬花镇阵地,伪国军队,亦由林家店进击,激战三日,义军前仆后继,死伤甚众,同时黑东方面,日军于十七日开始分七路围攻拜泉,拟将马占山一部兵力先行击散,再以主力西向攻苏,故拜泉明水一带,连日又有激战,马军尚穿夹衣,枪弹均感缺乏,恒肉搏临阵,转战冰雪之中,手足冻裂,日军以飞机坦克车大队进迫,血战三日夜,马军不得已退通北,二十二日苏炳文、马占山、丁超、李杜、王德林、李海青等三省抗日将领,联名致电国联,首述自九·一八以还迄伪造民意组织满洲国经过,继述民众与日军血战一年事实及日军残杀无辜人民逾五万之惨状,郑重声明,东北民众对暴日只有抵抗,决无屈服,除非杀尽我三千万人民,万不许傀儡组织存在,亦不承认任何非法权益要求,更不能抛弃主权,造成所谓共管局面,中国现无一人敢许割裂版团,政府纵不能武力收复失地,人民则精诚团结,誓非驱日寇出境,还我河山不止。日人闻之益愤,日军既东败马军,复回兵西进,其时救国军形势,(1)濮炳珊部主力已移至讷河附近,连日反攻,互有胜败;(2)马军徐子崔旅,驻宁年东北方;(3)邹文达在安达一带,与敌有接触,李海青主力在望奎安达一带;(4)才鸿犹李云集两部,频在呼海线海伦绥化呼兰一带活动,二十七日、二十八日、二十九日,黑省三十县市民众团体及商联会,呼伦贝尔蒙旗,开代表大会于海拉尔,决定抗日大纲十七条,决一致誓死抗日,民心士气,皆极激昂,但救国军后路接济缺乏,作战困难,日军又专以飞机轰炸,血肉之躯,岂易与炸弹相抗,现在固可勉强支持,将来何如,恐悲观之成分多,而乐观之事实少耳。(十一月三十日)

(说明)例三与例五的性质相同,但例五的记叙较为详尽。叙事亦有一定的观点,即专文报告苏炳文部的抗日情形。此种通信文字易流于为个人宣传之弊,但本文所记,尚无此种弊端,故乐为介绍。

问题:

试就文字及取材二点,批评上列五篇通信文字之优劣。

第八章　结　论

"新闻兴盛,文章衰落",这句话在欧、美、日本各国都极流行。现代的新闻纸由大规模的机械生产,以迅速敏捷为尚,新闻记者、通信员执笔写稿,没有充分的时间可以供他们推敲琢磨。他们写稿,有时在编辑室内,有时在飞行机上,又或者在火车上、汽车上。甚至有时得了最关紧要的消息,连写稿的时间都没,只能起一个腹稿,便直接由电话传至报馆。如拍电报,又须将数千言不能写尽的事实,压缩成一通简短的电报。因此之故,文章粗杂,在所难免。今后通信员的工作,练习优美"新闻记事"的写作,乃是最重要的。

通信员练习写作,可先从简明记事入手,在技巧上必须写得有兴趣,能够把握读者的兴趣。当一个读者或是吃早茶或在车中看报的时候,他仅仅看那些足以引起他的有趣的记事,如兴趣索然,他就要将报纸放下了。不过所谓兴趣,是要依赖通信员的技巧的,有许多杂乱的事实或者干燥无味的事实,如经过通信员的写作点染,便不难变为极兴兴趣的记事了。

通信员除了写作技能之外，有一桩重要的事件，在训练时要时时刻刻注意的，就是在访问人物之后，用怎样的文章去表现那被访问的人物。我们在访问人物后写作通信稿，可以引用他（指被访问的人物）的意见和重述他的观点。描写那人的容貌、谈话姿势，借以暗示他的人格及动作等。最好的方法，通信员要将本身置于记事之外，因为读者所感到兴趣的是那些显著的人物，而不是写稿的通信员。

通信员的访问记事发表之后，也许要受到"否认"的危险。有时发言人匆促地发表谈话之后，因为后来感到发言有误，揭载以后，对于他个人有不利之处，他便决然否认，甚至抵赖，说自己并未和某某通讯员会见。这么一来，对于通信员的信誉大有妨害。遇着此种情形，通信员的防御方法，只有预先请他在稿上签名为证，表示通信员的原稿并未记错。但此法颇不易实行，因为他未必肯在纸上随便签名。请发言人校正原稿，也是一种办法，不过必须机警，使原稿不要被他耽搁起来，否则通信员的原稿就有被他没收的危险了。

以上所述，无非引起通信员对于"写作技巧"与"访问人物"二者特别注意，补足本讲义前面所疏漏的地方。

地方通信员除写作"长篇通信"文之外，还应练习"电报文"的写作，注意"拍电手续"等。这些如自己肯稍加留意，实地练习，便可以应付，本讲义不再赘述。

人名索引

C·H·克赖克 96/ C. H. Clerck

W. D. 施考特 53/沃尔·迪尔·斯科特

E·B·贝克 96/E. B. Baker

E·H·班特拉 96/E. H. Bandera

E·L·赖伊 96/E·L·Ray

G·P·J·穆勒 96/G. P. J. Muller

J·H·费雷 99/J. H. Ferre

J·R·岳特 96/J. R. Gote

M·W·朋氏 99/马克·威廉·庞

艾奇 135、136 /迪安·古德哈姆·艾奇逊

爱德华·金氏(Edward King) 99

昂格斯 251/弗里德里希·恩格斯

奥古斯特·哈瓦斯(Auguste Havas) 103/奥格斯特·哈瓦斯

奥克登·李特(Ogden Leed) 10/奥格登·利德

巴本 240、241、242、243/弗朗茨·冯·巴本

巴德 6、7/罗伯特·斯科特

巴尔波 248、249、250/巴尔博亚

巴尔都 263/路易·巴尔杜尔

巴拉姆爵士 14

巴雷 99/穆罕默德·西亚德·巴雷

白吕宁 240/海因里希·勃鲁宁

鲍尔温 256/斯坦利·鲍德温

北岩爵士 6、13、15、82;诺斯克利夫 84/诺德·诺斯克利夫(北岩勋爵)

贝当 263/亨利·菲利浦·贝当

贝格·地答罗 60/贝格·狄德罗

贝雷兄弟(Sir William Perry;Sir Games Perry) 13、14、15、82、86、87;伯雷 85/贝里兄弟(威廉·贝里和詹姆斯·贝里)

倍倍尔 251/奥古斯特·倍倍尔

俾士麦 93、267/俾斯麦

币原喜重郎 230

毕弗勃洛克 88/比弗布鲁克爵士

伯仑哈尔特 70

布莱克 23/威廉·布莱克

布立耶教授 188/布莱耶教授

布立兹(Joseph Pulitzer) 9;约瑟弗·布立资 55/约瑟夫·普利策

布洛维兹 267/安迪·布洛维兹

川口浩 170、171

慈怀葛 251

迨诺 84

道基 180/冯道基

德尔南吉男爵（Baron D'Erlenger）103/爱兰奇男爵

邓南遮 238/加布里埃尔·邓南遮

东川嘉一 105

东乡平八郎 268

杜迈格 263/加斯东·杜迈格

佛兰克·罗伊耶斯 95、96、97/佛兰克·罗伊耶斯

弗劳贝尔 110/福楼拜

孚希 70

福尔斯德 251

福煦将军 22/费迪南德·福煦

福泽谕吉 37、38

高桥 233/高桥是清

哥玛·贝雷爵士 13/詹姆斯·贝里

格贝尔斯博士 66/保罗·约瑟夫·戈培尔

光永星郎 105

哈丁 107/沃伦·甘梅利尔·哈定

哈斯特（Hearst）7、8、9、10、55、97；赫斯特 53、54、56/威廉·伦道夫·赫斯特

海涅 171

汉特（Edward Hunter）279、285/爱德华·亨特

何勒斯·格里尼 49/霍勒斯·格里利

赫礼欧 252、263；赫里欧 245/爱德华·赫里欧

亨利 31/约瑟夫·亨利

亨利·巴比塞 22;巴比塞 251/亨利·巴比塞

亨利·福特 61

亨利宝满 251/亨利·鲍曼

胡佛 135、136

华根纳 218/瓦格纳

华塞曼 251/厄尔华塞曼

基休 171

吉田伊三郎 246

贾克·伦敦 171/杰克·伦敦

蒋·乔勒斯 22/让·饶勒斯

蒋光鼐 120、201

喀斯台尔罗将军 21/卡斯特罗将军

卡耳·比克尔(Karl Bickel) 99/卡尔·比克尔

卡姆洛斯 13

凯塞 251/罗伯特·凯塞

考茨基 251/卡尔·考茨基

柯贝(Kent Cooper) 94;肯特·柯贝 96/肯特·库伯

柯迪斯 10/塞勒斯·H.K.柯蒂斯

柯迭(Coty) 21/科蒂

克赖克·霍耶耳 96

拉德诺 251

拉狄克 228/卡尔·伯恩哈多维奇·拉狄克

拉基尔 251/布鲁斯·弗拉基尔

勒勃伦 263/阿尔贝·勒布伦

雷马克 251/埃里希·玛利亚·雷马克

李卜克耐西 251/卡尔·李卜克内西

李卜曼（Walter Lippman）9/沃尔特·李普曼

李维诺夫 229/马克西姆·马克西莫维奇·李维诺夫

里昂·雷利耶尔 102

列宁 226、227、251

林伯大佐 6、7/查尔斯·林德伯格

龙伯特（Loubet）103/卢贝

路透男爵（Baron Herbertde Reuter）93/保罗·朱利叶斯·弗雷海尔·冯·路透

罗巴特·麦克仑 96

罗莎米亚 13、14、15；罗特米耳（Lord Rothermere）82；罗特梅耳 87、88/罗瑟米尔爵士（Lord Rothermere）

罗斯福 135、136、256

洛巴特彭达 99

落合芳几 23

马克思 251

马洛 15

马塞尔·加洵（Marcel Cachin）22/马赛尔·加香

玛利塞·雷比雪尔 102

麦可米克 56

麦唐纳 256/拉姆齐·麦克唐纳

曼恩 251/托马斯·曼

梅贝尔·斯透 97/斯通

米克拉 253/米克拉·阿扎罗夫

摩甘索 257/小亨利·摩根索

摩西 16/鲁道夫·莫斯

莫泊桑 110

莫干生 218

莫理斯·巴勒 21

墨索里尼 236、237、248、249、250

木塞(Muεor) 65

拿破仑 101；拿破仑第三世 92、93/拿破仑·波拿巴

内田 128/内田康哉

牛赖特 254/康斯坦丁·冯·牛赖特(Konstantin von Neurath)

挪门·台维斯 135；台维斯 229、245

珮特(SirPercy Bate) 84/珀西·贝特爵士

彭勒特(Gordon Pennett) 10、224/詹姆士·戈登·贝内特

仆尔加 171/高特夫里特·奥古斯特·毕尔格

仆尔曼菲尔特 15

前岛密 23

乾姆司·谬勒 99

琼斯(Sir Rodesic Jones) 93/罗德里克·琼斯爵士

却尔·哈瓦斯(Charles Havas) 101、103/夏尔·哈瓦斯；

芮氏(Bruwnson Rea) 246

沙尔 16/奥古斯特·谢尔(August Scherl)

杉树广太郎 207

施克利朴何怀德 100；施克利朴 98、100/爱德华·怀利斯·斯克里普斯(Edward Wyllis Scripps)

施台勒斯(Hugo Stinnes) 66、70/胡戈·斯廷内斯

施威特兰（Horace M. Swetland）172/哈拉斯·M·斯威特兰

史达林 226/斯大林

斯蒂生 136/亨利·刘易斯·史汀生

梭尔斯贝雷 267

台俄妥耳·吴尔夫 69

太田金右卫门 23

汤姆斯·穆尔（Thomas Moore）3/托马斯·莫尔

陶尔斐斯 253/恩格尔伯特·陶尔斐斯（Engelbert Dollfuβ）

条野传平 23

托勒兹基（J. S. Doletzky）104

脱尔布（Winton Thorpe）107/温顿·索普

瓦尔特（John Walter）84/约翰·沃尔特

威尔斐 251/弗朗茨·韦尔弗

威尔思 227/赫伯特·乔治·威尔斯

威廉·亚波特 55

威士威斯（Wordsworth）3/华兹华斯

维尔斯太因 16/利奥波德·乌尔斯泰因

维克多·劳孙 97

温特维尔 251

渥尔特 6、9/沃尔特·威廉

吴特 31

西门 125、131、256、259

西姆仁 171

西野传助 23

希特勒 66、67、69、70、253

享利巴蒲斯 226/Henry Bapus

小幡笃次郎 37

兴登堡 242、243/保罗·冯·兴登堡

胥贝 133

亚尔弗勒·胡根堡(Alfred Hugenberg) 66/阿尔弗雷德·胡根堡

亚朴顿·辛克莱 171/厄普顿·辛克莱尔

亚琪巴尔·福比斯(Arohibald Forbes) 265/阿罗希尔德·福布斯

亚司托少佐(Major J. J. Astor) 84/约翰·雅各·阿斯特;约翰·阿失脱 6/约翰·雅各布·阿斯特

亚肃·步里斯本 54/亚瑟·布里斯班

亚妥尔夫·奥克斯 6;亚妥洛夫·S 奥克斯 96/阿道夫·西蒙·奥克斯(Adolph Simon Ochs)

岩永祐吉 104

耶稣(Jesus) 21

伊巴纳伽雷 252

伊达源一郎 105

宇垣一成 233

约翰·康伯尔 49/约翰·坎贝尔

约翰·拉塞尔·克勒德氏 105

张伯伦 256

秩父 33/秩父宫亲王雍仁

中上川彦次郎 37

佐藤 125/佐藤荣作